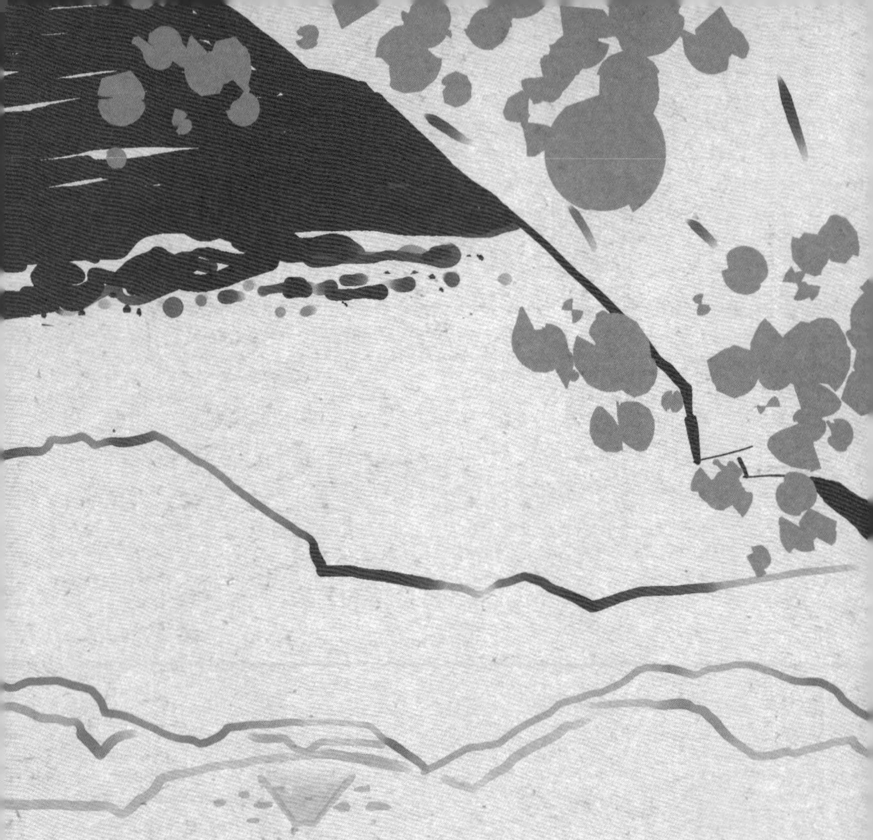

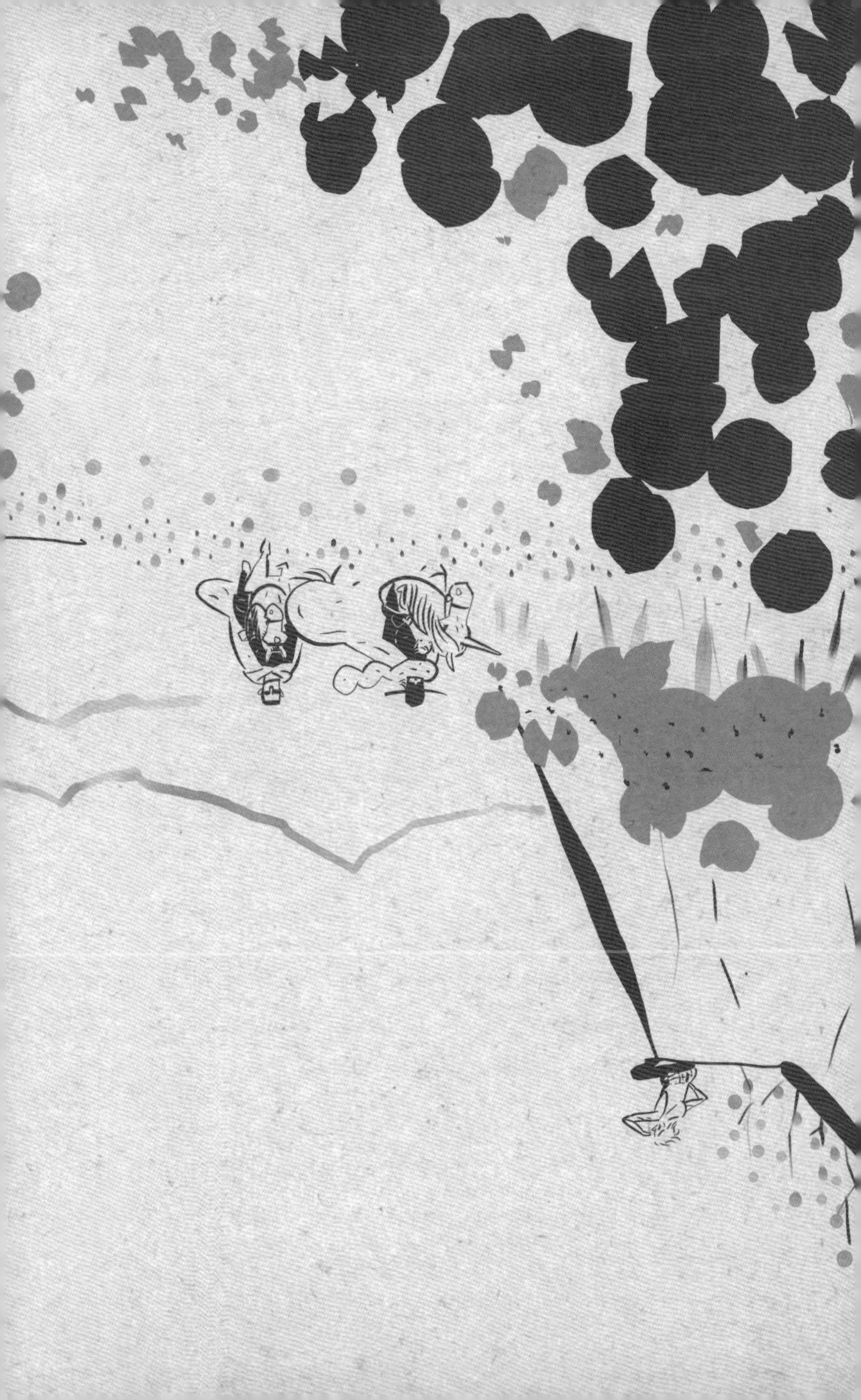

老騎士巴爾特・羅恩，
踏上了尋找葬身之地，
並大啖美食的隨心所欲之旅。
在無數的邂逅中，
他的旅途開始轉為求生之路，
也遇見了可靠的夥伴。
開朗的大力騎士——哥頓・察爾克斯。
通曉人情世故的盜賊——朱露察卡。
而此時，有位夥伴即將加入他的行列。
今後，老騎士將會遇見一位女騎士。
因為後有追兵而筋疲力盡倒下的女騎士。
與她的相遇，
將成為引領老騎士至大陸中央的指標。

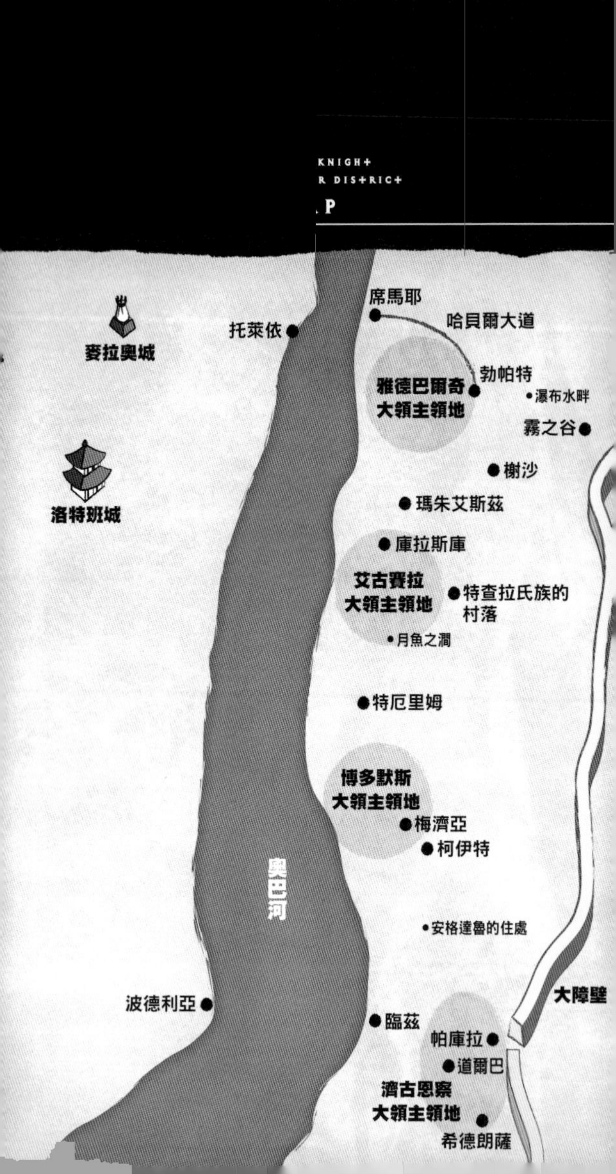
KNIGH+
R DIS+RIC+
P
席馬耶
哈貝爾大道
托萊依
麥拉奧城
勃帕特
雅德巴爾奇
大領主領地
瀑布水畔
霧之谷
榭沙
瑪朱艾斯茲
洛特班城
庫拉斯庫
艾古賽拉
大領主領地
特查拉氏族的
村落
月魚之澗
特厄里姆
博多默斯
大領主領地
梅濟亞
柯伊特
奧巴河
安格達魯的住處
大障壁
波德利亞
臨茲
帕庫拉
道爾巴
濟古恩察
大領主領地
希德朗薩

邊境的老騎士

THE OLD KNIGHT OF A FRONTIER DISTRICT

新生之森

2

作者
支援BIS
插畫
笹井一個

Kadokawa Fantastic Novels

CONTENTS

第三部　新生之森

第一章　霧之谷——于安・那・歐蒲的可丘——11
第二章　女騎士——紅燒夷爾貝——23
第三章　騎士隊的背叛——汴草傀儡煮——46
第四章　狩獵魔獸——伍涅露烤扁魚——68
第五章　討伐盜賊團——水煮炙烤堤多拉——84
第六章　葛斯・羅恩——巴路克的肥肉——108
第七章　於瀑布水畔——由芙果實——126
第八章　卡翠亞枝枒——恰可與炒布蘭燉湯——140
第九章　河梟翱翔之夜——大魚的內臟——161

第四部　哥頓・察爾克斯返鄉

第一章　橫渡奧巴大河——油煮柯爾柯露杜魯——179
第二章　翟菲特——油炸克斯苟魚拌酒醋——208
第三章　洛特班城的危機——石烤牛背肉——232
第四章　暴風將軍——鹽漬豬腿肉——252
第五章　安格達魯——煙燻奇奧魚乾——266
第六章　收復梅濟亞城——醃漬布里克——286
第七章　旅行記趣的晚宴——水夫鳥的葡萄燒——318
終章　338
後記　352

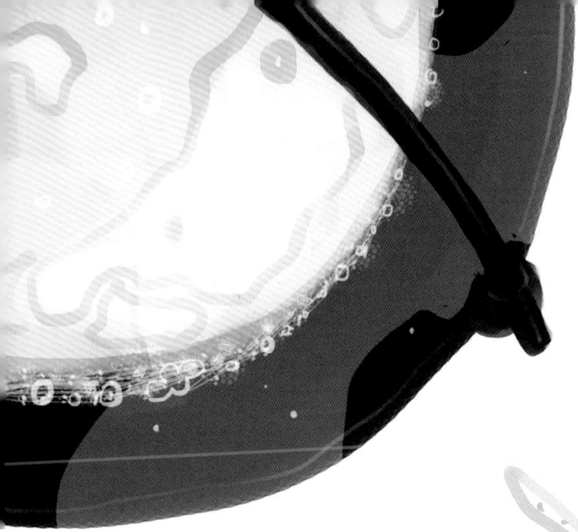

第三部・新生之森

邊境的老騎士

第一章——霧之谷

于安・那・歐蒲的可丘

1

離開榭沙，一行人與少年奧薩主僕道別後往東北方出發，前往最高的山峰。

雖然巴爾特與哥頓騎馬，朱露察卡則是徒步，不過他非但沒有落後，還在前方帶路。來到林木茂密處時，甚至能夠比巴爾特和哥頓更加靈活地前進。而盧貝拉・迪安德的毛烏拉依然乘坐在巴爾特的馬上。

而一行人中，還有一位身影模糊的成員——精靈（姆立克）小穗。

小穗的身影時而清晰，時而模糊，很不可思議。即使變得有些模糊，但現在的巴爾特也已經看得到他。聽說精靈會在心靈相通的人面前現身，這或許代表小穗已經開始對巴爾特敞開心胸了吧。而在朱露察卡和哥頓眼裡，好像有時候看得見，有時候又看不見。

他們花了五天抵達山峰，推測應該走了四十刻里左右。

從山峰俯瞰東方，有道被白色霧氣覆蓋，彷彿被巨人挖開大地的巨大深谷延伸出去。

這就是「霧之谷」。

據說盧具拉・迪安德的村落就位於這座「霧之谷」裡。

在那遙遠的另一端，地形再次隆起，有另一座山峰矗立在比這座山峰更高的位置。一道巨牆縱貫南北，彷彿沿著這座山峰的稜線起伏。

大障壁（吉安・杜沙・羅）。

這道障壁將人類居住的世界與魔獸們棲息的密林區隔開來。高度超越千步，寬度也有大約兩百步，在山谷地帶甚至具有接近兩千步的高度。憑這高度及寬度將人類居住的世界團團包圍。它的形狀規則，難以想像是大自然的傑作。人在一刻中能前進的最大距離為一刻里，而兩千步是它的四分之一。它巨大得實在無法以人類的力量打造出來。傳說中，這是古代君王為了保護人民在一夜間建構而成的牆壁。

將目光移開大障壁，回頭看向正北方，可以看見遙遠的彼方有座山峰。

靈峰伏薩。

巴爾特、哥頓及朱露察卡都不曾見過伏薩。但是，一眼就認出來了，不可能是其他地方。無數個山脈層層疊疊，消失在地平線的另一端。而在那更遙遠的遠方，冷不防地有個看似三角形的雪白山頂冒出頭來。據說，伏薩山頂覆蓋著萬年不化的冰雪，想必就是那裡了吧。

它位在比遠方山巒更遙遠的地方，雖然只看得見朦朧模糊的輪廓，卻給予眾人不可思議的感動。從這麼遙遠的距離居然還看得見伏薩，這件事就足以讓人驚訝。

——我來到看得見伏薩的地方了。

巴爾特望著伏薩一會兒，沉浸於感慨。

同行的兩人也不發一語，著迷地看著靈山。

2

一行人依照毛烏拉的指示，逐步走下霧之谷。剎那間開闊的世界被高聳茂密的樹林掩蔽，此時明明日正當中，山谷裡卻暗得像黃昏時分。

他們察覺到有其他人在。

是盧具拉．迪安德人，身形很高大。

毛烏拉的體格只跟六七歲的孩子差不多大，所以巴爾特還以為盧具拉．迪安德的個頭都很嬌小，但看來並非如此。

一個人、兩個人、三個人。不對，還有其他人。不知不覺間，他們被十位以上的盧具拉．

迪安德包圍了。這群人身形各異，有些人比巴爾特矮小許多，也有人比巴爾特高大不少。

盧具拉．迪安德們身邊散發出緊張的感覺，似乎正在警戒著。在毛烏拉比手劃腳地說了些話之後，氣氛稍微緩和下來。

「人類巴爾特，讓我下馬。」

巴爾特放毛烏拉下馬。有一位盧具拉．迪安德站在一群人的最前方，毛烏拉一下馬就往他身旁飛奔而去，討論起一些事。

「毛烏拉，你能見到族人真是太好了。我們這就回去了。」

「巴爾特，等一下。我想讓你見見我的父母。」

巴爾特看了哥頓和朱露察卡一眼。

「喔喔！伯父，你居然能受到盧具拉．迪安德歡迎，這真是難得的經驗啊！」

朱露察卡也面帶微笑地點點頭。

「好。只要跟你一起走就可以了嗎？」

「不，你們最好不要再往前了。稍微往西邊走有個空曠的地方，你們到那裡等我。我的父母住在村落的深處，明天才能帶他們過來。」

當晚，他們露宿在盧具拉．迪安德村落附近。由於盧具拉．迪安德們對巴爾特等人有所顧慮，沒有靠近；巴爾特一行人也不吵不鬧地靜靜地紮了野營，因此這天晚上安穩地度過了。

眾人認為在這裡宰殺動物來吃，可能會觸犯盧具拉．迪安德的禁忌，所以沒有前往狩獵，這一夜僅以手邊有的食材填飽肚子。

隔天上午，毛烏拉帶著父母前來。

父親的身高約到巴爾特胸口，皮膚呈咖啡色且滿布皺紋，跟樹皮很相似。綠色複眼中藏著深沉的叡智，從他的坐姿可以感受到威嚴。

毛烏拉的父親會說人類語言。盧具拉．迪安德族分為十二個氏族，氏族中有先後排序。毛烏拉的父親是第四氏族的族長。居於這種地位的人都必須學習人類及其他亞人的語言。而毛烏拉身為族長之子，也是從小就開始學習人類語言。

每個氏族的體格特徵都不相同。雖然第四氏族的族人個頭非常嬌小，但是其他氏族中也有比人類高大許多的族人。以第四氏族的人來說，毛烏拉的父親已經算非常高大了。

毛烏拉的父母準備了罕見的果實及果汁招待三人，毛烏拉的父親對他們救了被抓到恩賽亞大人城中的毛烏拉及小穗，並送回來一事表達了深厚的謝意。

「人類巴爾特．羅恩，感謝你把精靈平安地帶回這座山谷。此外，您還救了我的兒子，這份恩情沒齒難忘。」

——聽他這麼說，似乎把帶回精靈小穗一事看得比救了自己兒子還重要。

而他口中的小穗還是老樣子，輕巧地飄浮在毛烏拉身邊。

他們帶領巴爾特等人進入的地方，離山谷的中央地帶還非常遙遠。這座山谷呈現巨大的擂缽形狀，最底部被濃霧籠罩。有數十棵樹木突破濃霧，露出頂端。如果這些樹是從谷底生長至此的，想必棵棵都是極為巨大的樹木。

宴會安靜地進行著，除了巴爾特等人之外，開口說話的只有毛烏拉和他的父親而已，但這其中卻蘊含著不可思議的安穩。

約有三十位盧具拉・迪安德前來參加宴會，但是他們只是靜靜地吹著風，偶爾拿起果實放入口中。

就連聒噪的朱露察卡，今晚也閉上嘴，守住了現場的靜謐。

這裡看不到任何多餘的東西，只看得見霧之谷與夜空，但這樣的情景反而讓巴爾特認知到世界有多寬闊。

不知道過了多久，兩位極為高大的盧具拉・迪安德拎著壺狀容器走了過來。

「這是于安・那・歐蒲的可丘。是我請人從山谷最深處送來的，所以花了點時間。」

毛烏拉的父親將壺裡的液體倒進碗中，遞給巴爾特。裡頭裝著黏稠的白色汁液。

「于安・那・歐蒲是什麼？我也沒聽過可丘這種東西。」

「于安・那・歐蒲是一種果實，每一百年才會結一次果實。可丘則是飲料。是將果實裝進壺裡，放到『紮根於大地之物』的洞穴，長時間熟成完成的。」

雖然不知道「紮根於大地之物」是指什麼，不過既然有洞，應該是某種古木吧？巴爾特聞了一下白色汁液的味道。其中帶著些微的青草味及酸甜氣味，不過幾乎沒有味道。巴爾特的碗裡裝著滿滿的汁液，但是他只淺淺地啜了一口。

毛烏拉的父親伸出手，意思應該是要巴爾特把碗遞給他。巴爾特把裝著可丘的碗遞過去後，毛烏拉的父親仰頭喝了一口，但碗裡大概還有八分滿。

毛烏拉的父親把碗遞給哥頓。哥頓豪邁地仰頭喝下一口。看到他這樣喝，不禁讓人擔憂這樣一口氣喝下去沒問題嗎？話雖這麼說，剛才喝下一口的巴爾特還沒感到任何異樣。即使盧具拉．迪安德們是一番好意，但這種飲料不見得對人體無害，不過看來這飲料似乎沒問題。口感濃醇，但不甜也不鹹。

就在此時，巴爾特突然覺得自己的身體輕飄飄的，眼前開始迅速暗了下來。

——糟了！這是毒藥嗎？

他試圖警告夥伴們，卻無法開口。他想以動作示警，身體卻無法動彈。雖然如此，身體也沒有任何疼痛或麻痺的感覺。不知道為什麼，巴爾特還能呼吸。因此他不斷深呼吸，試圖調整身體的狀況。

呼吸空氣的感覺也跟平時不同，喉嚨的知覺似乎已經麻痺。感覺像隔著一層皮膜在呼吸空氣。周遭一片寂靜。不，不對。他連耳朵都聽不見了。

不過，他沒有不舒服，不知道為什麼也不覺得危險，反而感覺像被難以言喻的開闊感及安詳包圍。

而殘留在口中的于安·那·歐蒲的可丘，開始發出馥郁的香氣。這味道真是五味雜陳。說甜很甜，說辛辣也很辛辣，說是酸也有一股酸味，說會刺麻也有點刺麻。全身顫慄不止，卻又寒毛直豎。每一剎那都有完全不同的滋味冒出來。

順著喉嚨而下的可丘又別有一番風味。口感柔和溫潤，有種一下子被帶到未知地點的快感。

——這是……

說起來，「味道」是什麼呢？味道是在舌頭或口腔裡感覺到的事物，但是巴爾特知道其實並不只是如此。

只要試著在閉上眼睛、捏住鼻子的狀態下，吃口香甜的水果就會明白了。這樣會讓人完全感受不到香氣，像在吃著平淡無味的根菜。也就是說，味道不只是靠舌頭，眼睛看見的印象或氣味也會有很大的影響。

此外，除了酸甜苦辣澀這些所謂的「味道」之外，食物的形狀、口感及軟硬度等條件也會對味道產生大幅影響。

——此刻，我只能感覺到這杯可丘的味道、風味及口感，其他的感覺已經全都麻痺了。

不對，這種名為可丘的飲料就是如此。

巴爾特心裡這麼想著。這種名為可丘的飲料，會掩蓋飲料本身之外的所有刺激。以結果來說，感覺就像本來以為幾乎沒有味道及風味的可丘，它的味道被極端地突顯出來。可丘就是一種不可思議的飲料，每一刻的味道都變幻無窮。

「再喝一杯吧！」

聽見這句話後，巴爾特睜開了眼睛。看來他在不知不覺間閉起眼睛，享受著可丘的滋味。聽得見毛烏拉父親的聲音，應該就代表剛才喝下的可丘已經失去效果了。

一看，碗裡倒上了滿滿的可丘。應該是重新倒的吧？環顧四周，哥頓和朱露察卡也陶醉地閉著雙眼。在座的盧具拉．迪安德們也如出一轍。大家都在品嚐著可丘的滋味。

這次，巴爾特在嘴裡含了滿滿一口可丘，再緩緩嚥下。

巴爾特覺得自己的身體好像突然變大，飄浮在空中。該怎麼形容這種飄浮感呢？巴爾特已經是心神出竅的狀態。

巴爾特身處於宇宙的黑暗之中，被閃亮的星點包圍。

而可丘的味道化為時而紅色，時而藍色，時而黃色的喧囂光芒，將巴爾特包覆其中。原來可丘的味道有著色彩。

可丘的味道時而溫柔地撫過巴爾特的身體，時而威猛地錘鍊著他的身體。

——彷彿被召喚到諸神的世界之中。

至今巴爾特從未感受過如此安詳的孤獨。由於名為可丘的飲料效用，讓巴爾特在自己的內在旅遊。

「巴爾特。」

「人類巴爾特。」

——這是誰的聲音？很耳熟。原來如此，這是毛烏拉的聲音。

此時的巴爾特似乎正在與毛烏拉以心靈對話。此刻迴盪在他心中的毛烏拉聲音明亮閃耀，近乎清澈。巴爾特心想，這個聲音中想必呈現了毛烏拉的本質吧？

不久後，巴爾特從可丘帶來的暈眩中緩緩醒來，取回了五感。飲用可丘是場絕佳的體驗，但是今天晚上他已經不想再喝了。他已經充分品嚐了這種滋味，毛烏拉的父親也不再勸他多喝一些。

盧具拉·迪安德們啟程返回山谷深處。他們沒有出言道別，但是一切原本就盡在不言中。

而後，巴爾特墜入有生以來未曾有過的安穩睡眠中。

隔天早上，在眾人整裝待發時，毛烏拉父親出現了。

「具備慈愛之心的人類巴爾特·羅恩。你不能再到這裡來了。但是，如果有一天你必須再度造訪此處，而我們能在此迎接你，或許人類與盧具拉·迪安德將能夠再次結下友誼關係。」

巴爾特將這句語意不明的話牢記在心，離開了霧之谷。

3

起初，巴爾特想從他們走到谷底的地方，稍微往北走一點再爬上去，卻遭到朱露察卡反對。

「這裡可是莫名其妙的地方啊～不管怎麼樣，選一條保險的路線才是最好的選擇。我們從走下來的那座山峰回去吧。」

而他們一直到很久以後才明白，朱露察卡的這段話其實再正確不過了。這座山谷中施了魔法，只能特定場所進出。不過，朱露察卡並非發覺了這一點，而是心裡有別的想法而提出要照原路回去。

回到山峰後，朱露察卡不斷折彎兩側路旁的樹枝。走下了山峰，轉往北方前進時，他也折彎了樹枝。

因為看到了細窄山谷河川，所以一行人往下走取水飲用，接著順著山谷往西方前進，朱露察卡還是持續折彎樹枝。

「朱露察卡，你常常這樣又折又凹著樹枝玩嗎？真是童心未泯。」

「啊，你說這個嗎？哥頓老爺，別在意這件事。巴爾特老爺也是一看到竹葉就扯下來放進懷裡啊，雖然他剛才讓葉子隨水流走了。」

——朱露察卡這傢伙眼力真好。

巴爾特剛才的確是將索伊竹放進山谷河川中，同時回味著在霧之谷喝下的可丘滋味。至今為止，他也偶爾會這麼做，想必以後也會吧。

巴爾特手裡握著柏裘亞葉。這片葉子是他剛才坐在月丹背上晃啊晃的時候所摘下，一片平凡無奇的柏裘亞葉片。

今天早上，他們從盧具拉．迪安德居住的霧之谷啟程。霧之谷中的柏裘亞葉比這片大上一倍，葉片厚實許多，且長著許多細毛，氣味也十分濃烈。蜂斗菜和竹子都長得很巨大，令人吃驚，巴爾特甚至覺得自己成了小矮人。谷裡還長著許多未曾見過的樹木。那個地方果然有些不凡之處。

——說不定霧之谷中的草木生長狀況，是與大障壁的另一邊相似。

巴爾特忽然這麼想。

第二章 女騎士

紅燒夷爾貝

1

一行人往西北方前進。

第三天時，朱露察卡突然說：

「感覺再過三四天就會抵達有人住的地方了呢。」

巴爾特覺得很不可思議。他自己也一直在注意是否有村莊的氣息，但是完全沒有看見街道或是炊煙。

「你怎麼知道？」

「味道啦∫味道。」

巴爾特聽了這句話，再次用鼻子吸吸空氣，卻聞不出任何有人居住的跡象。或許朱露察卡所說的味道不是香氣或臭味，而是某種氣息吧。因為無法說明是什麼氣息而說是氣味。這個名為朱露察卡的男人身上，具備著常人沒有的感知能力。

又過了三天後，在一群人即將走入山裡時，本來說說笑笑的朱露察卡突然認真地開口說：

「情況不對勁。我去看看，你們慢慢走。」

他丟下這句話後走下了山澗。

過了不久，樹叢另一邊傳來朱露察卡的聲音。

「過來這邊～有人倒在這裡～」

巴爾特勉強找到能往下走的路，來到山澗處，走向朱露察卡等待的地方。

有位騎士倒在樹根的地方。他身上穿著整套金屬盔甲，一身裝備十分華麗，應該是位身分相當的貴族。騎士身邊有一匹馬。這是匹好馬。看得出來這匹馬本身是匹好馬之外，牠身上的馬鞍及裝飾的繩結也是非常高級且極具巧思的物品。

朱露察卡把鼻子湊近盔甲的顏面部位，不知道在聞什麼。

「她中了麻藥之類的呢。味道非常刺鼻～快點幫她脫掉盔甲比較好呢～」

先別說幫人穿上盔甲，要幫人卸下盔甲並不是件難事。巴爾特心想著：「你自己動手不就得了？真是個怪傢伙。」，不過還是決定先幫騎士拿下頭盔。

巴爾特要哥頓．察爾克斯從騎士背後抱起他，自己則俐落地解開釦子，卸下鉤子。盔甲本身和裡面的人都非常輕。體型感覺也很苗條，或許還很年輕。

一脫下頭盔，一頭具有光澤的栗色長髮披散而下。

——居然是個女人！

巴爾特感到驚訝，但也不能愣在原地。他和哥頓一起幫她脫下盔甲。女騎士滿身大汗，正在發燒。

朱露察卡遞出一塊用水沾濕的汗巾，意思似乎是要巴爾特動手。巴爾特沒有幫騎士脫下貼身衣物，只擦了擦得到的地方。

「她好像在發燒，先讓她吃點退燒藥吧。」

「不，哥頓老爺。我覺得不要讓她身體降溫比較好喔～反而應該起個火堆，讓她大量流汗比較好吧？可以的話，我是想讓她喝點水啦！」

朱露察卡這麼說著，開始準備生火，似乎打算在這裡野營。

女騎士的行李中剛好有可以用的皮革墊子，所以就讓她躺在上頭，替她蓋上披風。那是朱露察卡的披風。朱露察卡只會在睡覺時用庫拉斯庫得到的披風，所以平常就把披風放在月丹背上。

巴爾特從行囊中拿出解毒藥草，把水煮沸後煎藥，再以水稀釋藥湯並冷卻。倒進碗裡後，巴爾特把女騎士抱起來。

「妳聽得到我說什麼嗎？撐著點，把這個喝掉。」

他把碗湊到女騎士嘴邊，但她沒有喝下。無奈之下，巴爾特再讓她睡下。

過了一會兒，她開始發出「唔唔唔……唔唔唔……」的呻吟聲。巴爾特以為她稍微恢復了意識，再次將碗湊到女騎士嘴邊，這次她喝了一點。之後重複了好幾次這樣的動作。

朱露察卡煮了湯，哥頓．察爾克斯則準備了柴火。

三人輪流睡覺並顧著火堆。就在破曉之際，她似乎作了惡夢，出了許多汗。在朝陽完全升起時，她才發出安穩的鼻息聲。

「看來沒事了呢。」

2

巴爾特沐浴在早晨的陽光中，走近河岸。

他跪在地上，用乾淨的河水潑洗臉龐。

好冰。

這冰涼的感覺振奮了他的身心。

巴爾特雙手掬起水，把水含在口中，仔細品嚐水的滋味後緩緩嚥下。他感覺得到水正在滋潤他的身體。

天地萬物豐饒，但水也許可說是最大的恩惠。不管是煮菜或洗東西，人都會用到水。說到底，人三天不吃東西也能存活，但是不喝水卻不行。在戰爭或行軍疲乏之際，一杯水能帶給身體驚人的活力。水神伊沙．露沙正是支撐生命之源的神祇。

但是旅人也怕水，因為水土不服會對身體產生危害。

「人到外地時別喝水。要吃東西，而且要細嚼慢嚥。」

這是巴爾特父親的教誨。雖然當時他不曾想過要到外地旅行。

他不經意地盯著清澈的河流看時，有些貝類混雜在河底的石頭中。那是夷爾貝，一種非常小的貝類，但此處的夷爾貝卻相當大顆。

——真大顆的夷爾貝！

只要土地不同，水的味道也不同，生長在其中的貝類味道當然也不同。不知道這裡的夷爾貝吃起來是什麼味道。

「看起來很好吃呢～」

朱露察卡似乎看穿了巴爾特的心思，如此說道。一看，不知道什麼時候，他已經把夷爾貝排在鍋子裡，倒了少許的水。這水裡應該放了一小撮鹽。這麼做可以讓夷爾貝吐沙，變得美味。

把含有泥沙的水倒掉後，因為夷爾貝十分新鮮，巴爾特本來想直接加鹽下去煮，但是朱露察卡卻開始取下殼內的貝肉。

「你挖出貝肉要做什麼？」

「那個，我還有一些在恩賽亞大人城裡拿到的小麥味噌（伍涅露）。我想用這個燉煮，應該會變成最好吃的下酒菜～」

在這種時候，「拿到」一詞指的是在沒有告知之下，偷偷拿了一點的意思，不過也無所謂了。

伍涅露是一種能存放許久的調味料。先將穀物或豆類煮至軟爛，再用鹽或佐料調味製成。每個村莊用的材料都不同，每個家庭也有不同的做法，而且不同的季節也可以做出不同的味道。朱露察卡從恩賽亞大人城內拿來的小麥味噌味道內斂，搭配任何食材都很適合。

朱露察卡熟練地將貝肉和水放進鍋裡，放在火上後，在煮至溫熱時將伍涅露在水裡化開。鍋裡一開始只散發著加熱伍涅露的香氣，但隨著湯汁變得濃稠，開始漸漸冒出紅燒貝肉的香氣。

紅燒真是種不可思議的烹調技法。

不僅能夠幫食物調味，可能還能完全改變食材性質。在貝肉熟透，伍涅露也漸漸滲入其中時，食材的滋味濃縮起來，逐漸變成別種食物。而本來很快就會腐壞的食材，成了能長期存放的料理。

過了不久，夷爾貝充分吸收融合了伍涅露的湯汁。大塊的貝肉縮成一小塊，味道應該也濃縮在裡面，散發出令人難以抗拒的香味。

就在巴爾特覺得差不多可以吃了時，朱露察卡卻把鍋子從火上拿下來，再把貝肉攪拌幾次後，把它裝進竹筒。

「喂喂喂，朱露察卡，不讓我試吃一下嗎？」

「巴爾特老爺，不能心急。這東西最好先把它放涼，等一小段時間讓它充分入味後再吃。」

「不，這我知道，但是試試味道也很重要。」

「不行不行。」

朱露察卡無情地拒絕了巴爾特試吃的要求。相對地，他又加了一點水到殘留著夷爾貝和伍涅露湯汁的鍋子裡，轉眼間用魚乾及野草煮了一鍋湯。

巴爾特把硬麵包丟入湯裡，享用著簡單早餐的同時，想像起夷爾貝的滋味。

咬起來應該很有嚼勁吧？

濃縮了所有精華，滋味應該濃醇無比吧？

想必也很適合下酒。

或許會越嚼越有滋味，口齒留香。

朱露察卡在貝肉充分冷卻後，用樹葉將它蓋住。

——看來是要留到今晚享用了。

巴爾特心裡想著，晚上怎麼不快點到來呢？

在大家瞎忙的期間，女騎士醒了。

3

她的身體還無法活動自如，但能夠開口說話了。剛開始她十分警戒，後來或許是明白這三人不是敵人，這才開口道了謝。她的眼神有點迷茫，講話的語調也有些飄忽不定。意識似乎還沒有完全清醒。

女子自稱是葛立奧拉皇國的騎士——多里亞德莎．伊爾．巴杰．可布利耶。

葛立奧拉皇國是一個泱泱大國，位於帕魯薩姆王國北方的遙遠之地。巴爾特只聽說過它的名字。巴爾特本來還在想，她是從這麼遠的地方來到這裡的嗎？但仔細一想，他們自己也來到了相當北邊的地帶，搞不好這裡離葛立奧拉皇國還比較近。話雖如此，無論如何它就是一個位於奧巴大河西邊的遙遠國度。這種國家的貴族居然會出現在這種邊境地帶的深處，真是件怪事。

伊爾．巴杰．可布利耶的意思是統治可布利耶領地的子爵。也就是說，這位女性是擁有領地的子爵家家主。這件事雖然也令巴爾特吃驚，不過更令人吃驚的是她自稱騎士。女人不可能當得了騎士，當了也沒意義。還是說，她要以這副纖瘦之軀上戰場打仗？

多里亞德莎是為了某個目的，而帶著兩位從騎士、一位隨從來到這一帶。昨天吃完午餐後，身體感到非常不舒服。她說自己下了馬，喝下隨從趕緊準備的藥湯後，身體就開始麻痺且動彈不得。在差點被從騎士和隨從侵犯時，她才發覺自己遭人算計，勉強地將三個人打倒了。從這三人說的話，她研判追兵就在附近，所以本來想盡量逃遠一點，卻在路上力竭昏厥。

巴爾特和哥頓、朱露察卡商量過後，決定先往有人住的地方前進。後有追兵一事雖然令人在意，但是既然有巴爾特和哥頓在，應該不至於敗在追兵手上，而且現在更重要的是希望能讓多里亞德莎好好休息。

多里亞德莎堅持要自己騎馬，不過她的狀況實在難以操控韁繩。於是三人決定用常春藤將她的盔甲綁在馬上，由朱露察卡牽著馬匹前進。

多里亞德莎本人則依舊包著兩件披風，由巴爾特抱著，坐在月丹上前進。她本人百般不願，但巴爾特不理會。不久後她放棄抵抗，把身體靠在巴爾特身上，在接下來的路途上迷迷糊糊地睡著了。

「老爺，你的右肩不要緊吧？」

「嗯，最近肩膀和手肘都不會痛了。」

一行人在日落前抵達了村莊。

不知道為什麼村裡吵成一片。

在他們拜訪村長，麻煩村長協助找尋落腳之地的時候，村長看著多里亞德莎的樣子吃了一驚，把村郊的空屋借給了他們。

巴爾特看村民們慌張的模樣，開口詢問原因。

「河、河熊(鎟巴)出現了！」

河熊是三眼類的野獸，移動速度不快，但是攻擊力強且十分強韌。不過一般來說，牠並不凶暴，反而是膽小的動物。

由於河熊出現在村莊附近，村民就將牠驅逐了。其中有幾位村民受了輕傷，不過這點小事的話構不成問題。

有位少年湊巧跑到森林裡採集果實，要從森林返回村莊時撞見了河熊。少年慌張地調頭折回森林，河熊也追著逃跑的少年衝進了森林。有好幾位村民追了上去，卻追丟了。

大家還以為少年能夠甩掉步伐緩慢的河熊回來，但到了現在還沒回來。太陽馬上就要下山了，夜間搜索森林太危險了。然而，不論如何都要去找的話，必須多人結伴移動，還得有能夠戰鬥的人同行。據說村民中有人會用弓箭，有人擁有木製長槍。最後決定由哥頓．察爾克斯和朱露察卡協助搜索，巴爾特則留在村裡。

4

多里亞德莎正在床上靜靜地睡著。晚上她喝了湯，由村長的女兒幫她擦了身體並換了衣服。

換了衣服是很好。但仔細一想，他現在是和一位妙齡女子獨處，有種莫名的尷尬。

「……唔唔唔……唔唔唔……」

多里亞德莎發出呻吟，巴爾特誤以為她醒了，把藥湯倒進碗裡，走近床鋪。她似乎正在作惡夢，表情痛苦地蜷起身子。巴爾特觀察了一會兒，但她一直在作惡夢。

他放下藥湯，又靠近了一些，卻不知道該如何是好。他幫她擦去額頭的汗水，而她不斷痛苦地扭動著身子。

——真可憐。

巴爾特撫過她的背。忽然間，多里亞德莎抬起上半身抱住他。以女性而言，她的體格較為壯碩，但相較於巴爾特十分嬌小，整個人陷入他的懷裡。

她在發抖。

巴爾特用右手抓住多里亞德莎的左肩，支撐著她的身體，將左手放在她的背上。大大的手掌溫度一點一點地滲入多里亞德莎的背部，他的手緩緩地上下撫著她的背部。

「沒事了，沒事了。」

巴爾特的聲音十分溫柔。

過了一會兒，多里亞德莎的身體放鬆下來，應該是再度沉沉睡去了。她的額頭輕輕抵在巴爾特胸口，這感覺讓他會心一笑。

在巴爾特要讓她睡下時，多里亞德沙扭過身子，使他的鼻尖擦過她的頸項。汗水淋漓的身體散發出強烈的女人香氣。吸入胸口時讓他全身麻木，感受到男人的本能在蠢蠢欲動。他對這樣的自己感到吃驚，露出苦笑。

他輕輕讓多里亞德莎躺好，重新整理好寢具。她那張毫無防備的睡臉極為美麗。他幫她擦去汗水，把凌亂的頭髮撥到臉龐兩側。由於她的嘴唇乾燥，巴爾特用手指沾取藥湯，滋潤她的唇。這時，她一邊睡著一邊吸取著水分。

他覺得她想再多喝一點，再一次用手指沾取水滴，觸碰她的唇。接著，她又吸了進去。重複這個動作大約十次後，她心滿意足地舔舔嘴唇，開始發出安穩的鼻息聲。

巴爾特小心地不發出任何聲音，帶著劍走出小屋。在他正上方的空中，妹之月（沙里耶）散發著燦爛的光芒。他將夜晚的冰涼空氣吸個滿懷，拔出古代劍往空中的沙里耶砍去。經由劈斬不可劈斬之物，驅除了心中的雜念。

忽然間，他感覺多里亞德莎正看著自己而回頭望去，但當然是他的錯覺。

5

天亮後不久，搜索隊回來了。

他們順利找到了失蹤的少年，還救出了另一個大人。搜索隊不僅救了兩人，還打倒了一隻河熊和三隻鼠猿（賽由斯巴），並將牠們帶回來，真是戰功彪炳。和牠們打鬥的當然是哥頓．察爾克斯。

少年在逃離河熊魔掌的途中，遇上別有要事而進入森林的男人，在男人的帶領下逃跑。兩人被逼到爬到樹上，煩惱著該如何逃脫。但過了不久，他們看見有大量火把接近而來，於是高聲呼喊。搜索隊的眾人順著聲音找到了兩人的所在地，看見河熊就待在樹下。牠情緒亢奮，看來很難趕走牠。

這時，哥頓・察爾克斯獨自走過去，掄起戰槌，只用三擊就打倒了河熊。

三隻鼠猿似乎是被河熊的血腥味吸引而來，襲擊眾人。哥頓沒三兩下就又打倒了新的敵人。而且，聽說他還當場宣布要把野獸們的屍骸送給村莊當財產。光聽這些內容，巴爾特就知道哥頓的技藝與日俱進，也開始具備武士風範。

一群人十分歡喜地把河熊和鼠猿的屍體綁好，踏上歸途。聽說他們回來晚了是因為搬運屍體很麻煩，擔心的村民們都鬆了口氣。

村長的女兒送來早餐，三人開始用餐。接著，村長的女兒幫忙照顧著多里亞德莎。哥頓・察爾克斯保養完武器後，把小屋前的樹根當成枕頭，倒頭就睡，開始發出鼾聲。朱露察卡則是在他身旁舖了稻草睡下。

巴爾特去看了交給村長的三匹馬的狀況後，回到小屋。心情非常好的村長也給馬兒添了許多乾草。

中午過後，多里亞德莎恢復了精神。

6

晚餐時間，巴爾特、哥頓、多里亞德沙和朱露察卡圍著餐桌坐下。

「察爾克斯大人，我聽說您瞬間就打倒了一隻河熊和三匹鼠猿。」

「沒有啦～這都是多虧巴爾特大人陪我練習。不然，我也不會把戰槌拿出來用。而且是這位朱露察卡靈敏地察覺到鼠猿來襲，並告訴我的。要是他沒說，我一定會受到慘痛的教訓。哇哈哈哈！」

看著哥頓爽朗的笑容，多里亞德莎也微微勾起嘴角。

「馬上聽到呼救聲的人也是朱露察卡。」

「喔～朱露察卡很機警嘛。」

「沒有啦～這樣稱讚我，我會害羞的。嘿嘿嘿……」

朱露察卡被介紹為臨茲伯爵——賽門．艾比巴雷斯的僕人，而多里亞德莎對他與眾人同桌吃飯、毫不客套的講話方式等等不感到懷疑，也不生氣。以大陸中央的貴族來說實屬難得。搞不好把他當成了臨茲伯爵的遠房親戚，或是出身低微的庶子也說不定。

在遙遠的南方地帶，朱露察卡可是位頗負盛名的盜賊。現在不知道看上了什麼，一路黏著巴爾特一起旅行。

而提到這位巴爾特．羅恩，他是位流浪騎士，年邁的他向主家辭行，朝著靈峰伏薩隨心所欲地旅行著。

哥頓・察爾克斯則是嚮往旅行，不請自來地成了旅行同伴，雖然領地不大，但也是一位領主。

大概可說是關係錯綜複雜的奇妙三人組。

「而且要說英勇，鄙人可遠遠不及巴爾特閣下。畢竟伯父可是曾經單槍匹馬打敗三隻河熊和河熊魔獸（基傑露），保護了村民們。」

「咦！魔獸？還是河熊魔獸？你、你說的是真的嗎？」

「妳仔細看看伯父的皮甲，這件皮甲就是用河熊魔獸的毛皮製成的。」

巴爾特的皮甲已經保養完畢，攤開擺在枯枝上。

「巴、巴爾特閣下，我可以看看嗎？」

「嗯，可以。」

多里亞德莎拿起皮甲仔細端詳。這件逸品是庫拉庫斯的皮甲工匠——波爾普為了恩人巴爾特精心打造的皮甲。

「這就是魔獸毛皮製成的皮甲。做工樸實卻極為出色。原來如此，這不是普通的皮革。」

多里亞德莎端正姿勢，對巴爾特及哥頓致謝，以莊重的語調說：

「羅恩閣下、察爾克斯閣下及朱露察卡閣下，幾位在我危急之際出手相救，真是感激不盡。雖然再跟各位求助太過厚顏無恥，但我有一事想請教。請問到哪裡才能狩獵魔獸呢？」

哥頓和朱露察卡看向巴爾特，他們認為這個問題應該由巴爾特來解答。

「即使在邊境地帶，魔獸也不是隨處都會出現。只不過，過去我所侍奉的德魯西亞家領地——帕庫拉位於大障壁的缺口，每年都會有大約十幾二十隻魔獸闖入。」

「大障壁的缺口……真的有這種地方嗎？帕庫拉領地是嗎……從這裡過去大概有多遠的距離？」

巴爾特望向朱露察卡，這部分是他最擅長的。

「嗯～雖然要看走哪條路線，不過大概兩百五十刻里吧。就算是很熟悉路線的人，抱著累垮馬匹的覺悟，而且肯在飼料或有的沒的上砸下大筆金錢，我想也要花四十到五十天吧。」

「單程就要五十天……」

「朱露察卡，你之前往返庫拉庫斯和臨茲，不是只花了三十天嗎？」

「哥頓老爺，那種事只有我才辦得到好嗎？對路不熟悉的人騎著載有旅程行李的馬匹慢慢前進，速度怎麼可能跟我一樣。我剛才說五十天抵達帕庫拉，也是在沒有遭到野獸襲擊、沒有遇上壞天氣且沒有迷路，並籌措到足夠的糧食，還很熟悉水源地的位置，對野營準備也相當熟練的情況喔。」

講真的，光靠小姐一個人搞不好得花上一倍的時間。看是要訂艘快船順著奧巴河而下，還是渡河後跑過草原可能還比較快。」

「這……真難辦啊。不過，是這樣沒錯吧，羅恩閣下？假設我前往帕庫拉領地，是否有可能加入狩獵魔獸的行列，並得到魔獸的頭顱呢？」

「在德魯西亞家，不曾讓女性持有武器，或者讓女性上陣殺敵。無論子爵妳的武藝多高超，只要德魯西亞的騎士還有一個人活著，就不會讓妳面對魔獸的尖爪利牙。」

巴爾特看見多里亞德莎的表情因失望而扭曲，不禁又補了一句話。

「妳想要魔獸的頭顱嗎？如果是這樣，我可以寫封信讓朱露察卡帶走，兩個多月後魔獸首級應該就能送達這裡了。」

在德魯西亞家，魔獸頭顱是名譽的象徵，也是不外流的珍藏品。畢竟很難取得狀況良好，具有保存價值的頭顱。即使如此，巴爾特認為只要自己開口，德魯西亞家應該會應允自己的要求。對於認識不久的他國女貴族來說，這可以說是難以想像的美意。

話說如此，巴爾特猜想這應該不是這位子爵大人想要的答案。果然不出他所料，多里亞德莎如此回答：

「您的這份美意，我愧不敢當。但是，這麼做是行不通的。得由我親手打倒魔獸才有意義。至少得讓我砍上一兩刀，才算得上是我的功勞。而且，我必須在今年內返回皇都，沒有時間花上兩個月之久來回兩地。」

接下來，她開始說起自己的故事。

7

葛立奧拉皇國的君主——皇王膝下有位名叫雪露妮莉雅的公主。她是十四位王子和十一位王女之中的么女，備受寵愛。雪露妮莉雅到了差不多該挑選伴侶的年齡，但是這位公主很喜歡傳說故事，所以她的內心偷偷藏著一個願望，可以的話，她希望和喜歡的人共結連理。

而她身為皇國公主，當然也非常清楚自己會被迫接受對國家有利益的婚姻，從來沒有把這個任性的想法說出口。不過在皇王心裡，只要她選的對象對皇家有利，也希望儘可能讓公主嫁給心儀的人。

皇王舉辦了兩次舞會和一次園遊會，讓公主對貴族品評，卻沒有讓她動心的人出現。

因此皇王下了命令，要公主代替他參加明年四月召開的邊境武術競技會。這也是想告訴公主，她可以從帕魯薩姆王國的騎士中選擇伴侶。皇王並不想讓公主嫁到他國，他打著讓公主在皇宮內建立新的家庭，讓騎士入贅的如意算盤。

多里亞德莎是法伐連侯爵家的小姐，雖然母親是第三順位的側室，但是父親對所有孩子都一視同仁地疼愛。

侯爵父親的正妃是從皇王家下嫁而來。也因為這個緣分，雪露妮莉雅公主出生時，多里亞德莎被選為公主的學伴。在雪露妮莉雅三歲，多里亞德莎五歲時，這才實際以學伴的身分前往皇宮，伺候公主。兩人成了彼此的好朋友。同時，多里亞德莎的心中也萌生了必須保護公主的強烈使命感。

葛立奧拉皇國中有女武官的職銜，是在只有女人才能隨行的地方或場合，負責保護達官貴人的淑女。約莫兩百年前，皇王臥病在床，有位王妃挺身上戰場，保衛了國家。在皇王死後的幾年間，王妃則作為女帝支撐國家。因為這項傳統，才會留下允許女性習武的風潮。

多里亞德莎勤於鍛練武藝，最後就任成為騎士。

皇家公主不管到哪裡，都必須有一位以上的騎士相伴。多虧公主喜愛的多里亞德莎成了騎士，她可以自由地在廣大的皇宮中活動。

「我一直這樣侍奉她至今。五歲時進皇宮，十二歲成為學伴兼女武官，十六歲當上騎士。從那時起到現在的三年內，我一直守在她的身旁。」

——等等，也就是說，她今年十九歲！

巴爾特驚訝不已。他還以為她肯定已經二十二三歲了，或者更年長一些。儘管驚訝，巴爾特仍讚賞自己沒有把情緒顯露於外。

——女孩子討厭看起來比實際年齡老啊。

然而，這裡有一位不懂得什麼叫體貼的男人。

「喔～小姐，原來妳是十九歲啊～我還以為妳肯定已經二十二三歲，或是再老一點呢～真是嚇我一跳。」

哥頓・察爾克斯點著頭。巴爾特心想著這兩個蠢蛋，但朱露察卡的話沒有在此打住。

「該說是妳的氣質很成熟，還是妳正值花樣年華呢？畢竟妳是個大美人～」

朱露察卡笑容可掬地這麼說。真是巧妙無比的收尾。

多里亞德莎沒有生氣也不見害羞，繼續說了下去。

「這段期間一切風平浪靜。無風無雨讓我感到很驕傲，是件值得高興的事，然而……」

多里亞德莎垂下視線，稍稍壓低了聲音。

「我心裡總是想著，只要一次就夠了。我希望以這把劍取勝，將勝利獻給公主。我希望能用自己的力量贏得某些東西，讓公主開心。我的想法錯了嗎？」

她這個問題像是在問自己，巴爾特也答不上來。

「女騎士即使能參加訓練，卻無法參與比試，也不能上戰場。我不小心脫口說出想要參加邊境武術競技會。公主得知這件事後，就推薦我出賽。皇王陛下雖然允諾了這個史無前例的推薦，但要參加比賽必須有實際的戰績。因此，他們給我三個月的時間。如果我能討伐魔獸，就是個無可置喙的戰績。我需要頭顱——魔獸的頭顱。公主的婚事一旦定下，我就必須離開公主身邊。這次是我第一個也是最後的機會了。」

巴爾特感到極為不悅。

巴爾特在侍奉德魯西亞家的四十八年裡，幾乎每一年都有人死去。在葛立奧拉皇國中，肯定也有為數不少的騎士或士兵不斷地奉獻他們的性命。在國家裡最安全的地方過日子，還懊悔著沒有立功的機會，這算什麼？說什麼想用自己的劍取勝，能說出這種話，就證明她真的不明白這份安全的價值。

——再說，一邊在皇宮工作，十六歲就能當上的騎士算什麼騎士啊？而且還是個女兒身。我從來沒聽過這麼荒唐的事。

巴爾特火大得不得了。

不過，他突然開始思考，為什麼自己的心會如此躁動？巴爾特閉上眼，捫心自問。這時，他漸漸釐清了自己的想法。

——在我心裡，對騎士有個理想的形象，有個自己努力想成為的理想形象。我認為要是認同這個女孩是位騎士，就會傷及心中的騎士形象。此外，是她明明是個女孩，卻不了解被人守護是多麼珍貴的事。

——不過，如果先撇開是不是騎士，或男女之別這些條件，再來看這件事如何？想為敬愛之人有所貢獻的心意；想要在自己的生存之道中，尋求自己能認同之證明的心意。這個年輕人懷抱著這種心情，忠於自己的想法，努力地想要活下去。

——過去的我也跟她一樣，衝動莽撞，任性妄為。艾倫瑟拉大人總是認同這樣的我。

——無論這個年輕人的想法是否太天真，那有什麼關係？不管這個年輕人是不是騎士，她都已經來到無路可退的地步了。然而，卻遭到信賴的同伴背叛，落得孤身一人。即使如此她也不放棄，開口詢問要去哪裡才能狩獵魔獸。我不回應她才是違反騎士道。即使她是這番打扮，小姑娘終究還是小姑娘。

巴爾特張開眼時，眾人皆沉默地望著他。他深吸一口氣，在吁出半口氣之後簡短地說：

「我決定幫助子爵大人。我們去找魔獸吧！」

哥頓・察爾克斯大吼了一聲「好！」，朱露察卡則微笑著點點頭。多里亞德莎對他深深低下頭。

這是個沒什麼希望的挑戰，只能放手一搏了。

——話又說回來，我居然會這麼心煩，我也還是老當益壯呢。

巴爾特露出苦笑。

這天夜上，巴爾特等人將朱露察卡做的紅燒夷爾貝拿來當下酒菜，喝了酒。

夷爾貝非常入味，好吃得很。

第三章——騎士隊的背叛

—汴草傀儡煮—

1

要去哪裡狩獵魔獸呢？

巴爾特自然先想到的就是帕庫拉領地。但是光是一來一回就要一百天。而且不是回到現在的所在位置就好，而是必須回到葛立奧拉皇國，所以時間上必須再多估三十天。為防天候不佳，真希望還有十天的空檔。

據說邊境武術競技會將於明年四月舉行，代表出賽的人員會在一月時決定。今年的最後一天——也就是十月四十二日是必須帶著魔獸頭顱回來的最後期限。今天是八月十三日，等於他們還剩下一百一十三天。

去一趟帕庫拉再回來會來不及。而且，即使抵達了帕庫拉，還必須在不被德魯西亞家的家臣發現的情況下，找到魔獸並打倒牠。根本辦不到。

——乾脆越過大障壁吧？

這想法太可怕了。沒有人類能夠越過大障壁。從這裡往正東方前進，應該大概十天至十五天就會抵達大障壁吧。越過大障壁到了另一邊，就是四處都有魔獸徘徊的祕境。

——不，果然辦不到。我們無法越過那面牆。

大障壁的牆面垂直陡立，高度也有千步左右。上頭雖然被常春藤及樹根所覆蓋，但這些植物很不穩定，穿著盔甲、帶著武器爬上爬下實在是太過魯莽。

話雖這麼說，一直在這一帶閒晃也不是辦法，到底該去哪裡好呢？

此時，巴爾特的腦海裡浮現了一個想法。

——等等，捷閔的勇士伊耶米特是怎麼說的？他是不是說過這裡有魔獸出沒並不是什麼新鮮事？

如果前往特查拉氏族的居住地，距離大概是到帕庫拉的三分之一吧。雖然不知道能否取得捷閔一族的同意，但有去看看的價值。

雖說是在大障壁的這一側，可是踏入亞人們占有的區域，還想進行狩獵根本就是瘋了。更何況，捷閔還把魔獸當成被祖先靈魂附身的野獸。不過，總之還是能試試看。必要的話，要再跟什麼靈獸打一場也無所謂。

正當巴爾特在思考這些事時，鼻子上的舊傷傳來微微的刺痛感。這是危機逼近的徵兆。

朱露察卡飛奔進小屋。

「抱歉啦，要是我再早點回來就好了。這間小屋已經被包圍了。」

2

對方是從村莊的方向過來，擺出扇形陣式包圍著小屋。

包圍網的中央排成一列，其中有三位體格壯碩的武人正策著巨大的馬匹緩緩前進。他們無疑是騎士。中央的騎士穿著全身鎧甲，兩側的騎士則穿著輕鎧甲。

右翼及左翼分別排成兩列。前排的兩翼分別配了五位年輕步兵，架著弓逼近而來，應該是勤務兵吧？腰上還掛著短劍。

後列兩翼則各有三位應該位屬從騎士的騎馬兵，手上舉著投槍。腰上佩著長劍。

也就是說，這隊騎士隊是由三位騎士、六位從騎士及十位勤務兵所組成。

他們是多里亞德莎曾提過的追兵。

多里亞德莎決定渡過奧巴河，前往狩獵魔獸時，雪露妮莉亞公主的皇姊——愛莎公主主動提議，務必讓她母親娘家的騎士同行。愛莎公主母親的娘家是佛特雷斯侯爵家，擁有勇猛的騎士團。雪露妮莉雅公主徵得多里亞德莎的同意後，接受了這個提議。

在渡過奧巴河前沒有任何問題。直到走過雅德巴爾奇大領主領地，進入勃帕特領地的時候開始，狀況變得很奇怪。他們的行動開始莫名地遲緩，也不遵從多里亞德莎的指示。

多里亞德莎既氣憤又無奈，只帶了兩位從騎士和一位勤務兵，說要去調查有魔獸出沒在東北方村莊的謠言，就先行出發了。而事實上，她是往東南方的村莊而去。

她並不是在這個時候就已對佛特雷斯的騎士起疑，只是突然覺得東南方比較好而已。當她在調查周遭時，遭到從騎士及勤務兵的偷襲，差點受到侮辱。此時她才從從騎士透露的話中得知，同行的所有人都是敵人。就在多里亞德莎徹底打敗三位暴徒，卻因為被下了麻藥而無法動彈之際，遇上了巴爾特一行人。

雖然不知道緣故，本來應該保護多里亞德莎的佛特雷斯家騎士團背叛了她。不止放棄了保護、幫助她的職責，甚至還想姦殺她。

要是他們做出這種行為的事曝光，實行犯們應該會被處以極刑，佛特雷斯侯爵也會名譽掃地，且遭到問罪。

這裡雖然是個小村莊，但也有五十位居民。所以多里亞德莎認為在村子裡不會被襲擊，而巴爾特也持相同意見。然而，他們卻攻了過來。

這個舉動的意義太過嚇人。他們打算滅了這個村莊。

「該不會……」

多里亞德莎的臉色一片蒼白。

「對不起。」

她的語調中帶著懊悔。

眼前的戰力差距不可能贏得了。她自己不用說，他們也不可能讓目擊者——巴爾特、哥頓、朱露察卡活命。他們三人將和多里亞德莎一起喪命。她是為了將三人捲入此事感到抱歉。

「哥頓、多里亞德莎閣下，我們到小屋外。待在裡面只會被他們折磨致死。朱露察卡，你留在小屋裡弄出聲音，讓他們以為屋裡還有人。他們或許已經從村民的口中得知了我們有多少人，但應該能多少分散注意力。」

巴爾特、哥頓及多里亞德莎來到小屋外，和正在接近小屋的敵人正面相對。小屋位於村郊，周圍長著稀疏的樹木。

不巧的是，巴爾特等人的馬交給村長照料，餵食乾草。雖然也可以打破小屋後方的牆壁逃進森林，但是光靠步行無法完全甩掉敵人。多里亞德莎穿著板甲，跑起來很慢。

不管怎麼說，中央的三位騎士是個威脅。騎在馬上的騎士與徒步的騎士對決，不用說，一定是騎在馬上的騎士具有壓倒性的優勢。無論哥頓是何等英雄豪傑，也難以與暴衝的巨馬抗衡。

巴爾特等人來到小屋外時，六位從騎士重新舉起了投槍。

——唔……沒有受到任何指示，就定好了自己的攻擊目標。這些傢伙非常熟練呢。

具有重量的投槍能輕易貫穿這種小屋的牆。如果沒有穿著金屬盔甲，那一擊可能會造成致命傷，即使身穿金屬盔甲，也得承受巨大的衝擊。而且，從騎士們在扔出投槍後，應該會拔出腰間的長劍，等於騎馬戰力將增加為九人。不管怎麼做，徒步的三人都無法與其對戰。

以近身戰來說，讓幾乎算不上戰力的勤務兵們裝備弓箭也是個明智之舉。對於沒穿著金屬盔甲的巴爾特和哥頓來說，僅僅一支箭也是大大的威脅。

這布陣相當合情合理。原來如此，看來佛特雷斯侯爵家中確實擁有優秀的武人。

多里亞德莎以飽滿的聲音向襲擊者們放話：

「亨里丹大人，佛特雷斯的勇者居然想要區區一名女子的頭顱？」

回答她的是正中央的中年騎士。他就是亨里丹吧？

「可布利耶子爵大人，我並不想要妳的頭顱。但這也是兵家常事，請做好心理準備。」

「您所謂的兵家常事，包括假扮成同伴後讓女騎士喝下麻藥，像發情的野獸偷襲嗎？」

「妳說什麼！」

亨里丹神色憤怒地瞪著身旁的騎士。被瞪的騎士一臉平靜，瞥了亨里丹一眼後一語不發。

他瞪著同僚一陣子之後，轉頭將視線移回。

「那些不法之徒呢？」

「被我殺了。」

「那真是太好了。」

「您只要告訴我一件事，我該在騎士庭園（可爾德葛特·萊岩）摘下什麼顏色的花朵？紅花還是白花呢？」

這個說法晦澀難懂，但應該是在問死後應該要恨誰吧？

——居然懂得利用對自己不利的情況問出情報，這小姑娘真有一套。

騎士亨里丹舉起右手做出準備攻擊的指示，並開口回答：

「紅花比較適合妳。預備！」

從騎士們向後仰，準備拋出舉在手上的長槍，勤務兵們則拉滿了弓弦。

隨著騎士亨里丹將手放下，就會發出攻擊號令。到時候，箭和長槍會飛來，這個情況可說是窮途末路。

——有沒有辦法能打亂這完美的包圍陣形？我只需要一點點的時間，只要能引開敵人的注意力，我就能衝進敵陣引起混戰。

雖然引起混戰的勝算也不高，但是除此之外已無活路。

此時，巴爾特的目光捕捉到了某樣東西。

就在騎士們的後方，村民們遠遠圍觀著事情的發展。有個男人推開村民們走近而來。

巴爾特看向那個男人，那個男人也看向巴爾特。

——喔！這下搞不好有辦法。

巴爾特認識這個像幽魂一樣，無聲無息地接近而來的男人。

那是「赤鴉（羅羅・斯比亞）」班・伍利略。

3

身影飄忽之間，班・伍利略襲擊了左翼的三位從騎士。巴爾特看見第一位從騎士拿著長槍的手，從手肘以下遭到截斷。被砍傷的從騎士大聲疾呼，襲擊者們一起回頭望去。

騎士亨里丹錯過了下達攻擊命令的時機。

巴爾特沒有放過這個大好機會，向前衝刺。他看見左翼第二位從騎士的右側腹被劃出一道深深的傷口。晚了巴爾特一步，哥頓・察爾克斯開始向前衝去。

有幾位勤務兵察覺到巴爾特等人的行動，慌忙放箭。有兩支箭擊中胸口及腰間，但被強韌的皮甲彈開。巴爾特衝過勤務兵身邊，跑到左側騎士的左方。

騎士亨里丹高舉起劍想迎擊巴爾特，但是在左側騎士的妨礙之下，無法發動攻擊。左側騎士已將劍舉到半空中，但是他對班．伍利略的動作感到驚訝，來不及應對巴爾特的攻擊。

巴爾特與騎士擦身而過時，以古代劍奮力擊向他的右膝。由於騎士身穿堅固的皮甲，胸前部分以金屬補強，但只有膝蓋的裝甲看起來很薄弱。如他所料，手上傳來打碎膝蓋的感覺。

巴爾特瞥了一眼右翼。就在左翼第三位從騎士要落馬的時候，班．伍利略一邊將左翼的勤務兵趕盡殺絕，一邊往中央前進。巴爾特判斷左翼可以交給班．伍利略，決定繞到右翼後方去。

金屬互擊，發出了響亮的聲響。哥頓．察爾克斯已經打倒了騎士亨里丹。巴爾頓看見亨里丹從馬上摔飛出去。

哥頓依巴爾特的教導，跑到騎士亨里丹的右側。巴爾特曾經教過他，徒步與在馬上的敵人戰鬥時，要繞到手持武器的相反方位。騎士亨利丹被自己座騎的頭部妨礙，攻擊威力和速度應該有所減弱。說不定是因為哥頓手上的戰槌尺寸比較小，使他掉以輕心。襲擊者們中，只有騎士亨里丹一人穿著板甲。然而，由哥頓手上揮出的戰槌可是擁有連巴爾特都覺得即使自己持盾也無法抵擋的威力。

原本在亨里丹右側的騎士看著從後方繞過來的巴爾特，把已揮下的劍高舉起來。第一擊本來打算攻擊哥頓．察爾克斯，但是哥頓一個勁兒地猛衝離去。巴爾特與哥頓十字交會，往右側騎士的右後方跑去。右側騎士想配合巴爾特的動作，策馬往右方回頭，卻被樹木阻礙了

行動。

巴爾特的古代劍陷入了他的右側腹部。還以為騎士在盔甲罩衣下穿了輕鎧甲，但似乎不是如此，劍深深地劈開了腹部。

一陣鏗鏘聲響傳來——多里亞德莎跑了過來。還有幾聲噹噹噹的聲音，應該是被箭射中了。巴爾特聽著劍打中盔甲的聲音，回頭望去。

右肩受到一道衝擊。是騎在馬上的從騎士反手拿著投槍，從上方往巴爾特刺來。

巴爾特由左往右揮舞古代劍，斬上從騎士的右側腹部。皮甲不耐刺擊，巴爾特的肩膀卻沒有任何損傷。皮甲工匠波爾普曾說過，這件皮甲擁有等同金屬鎧甲的防禦力，果真正如他所說。

巴爾特抓住呻吟著的從騎士右手，拖他下馬，並將古代劍砍上他的頸部。

另一頭，多里亞德莎正在制服勤務兵們。最右側的從騎士策馬轉向側面，跨越蜷成一團的勤務兵，對多里亞德莎揮下劍。

多里亞德莎扭動身子避過這一擊，舉劍劈向對方的右臂。劍身雖細，看上去卻是把不錯的名劍，深深地劃開了對方的手臂。從騎士手中的劍掉落，用左手按住右手。

這時，哥頓．察爾克斯後方飛奔而來，狠狠擊向這名從騎士的腰部。從騎士往前大幅傾倒，抱著馬脖子倒下。

巴爾特繞過眼前的馬匹，以眼角餘光看著馬匹的模樣。在巴爾特來到最後一位從騎士面前時，從騎士大喊了一聲「唔喔！」摔下馬。因為班・伍利略砍下了他拉著韁繩的手腕。

剩下的勤務兵們也已經沒了戰鬥的能力和氣力。

4

巴爾特拿著未入鞘的劍巡視戰場。

左翼第一位從騎士失去了右手，但經過治療應該能撿回一條命。左翼第二位從騎士腹部裂開，難以活命了。

左翼第三位從騎士被刺穿喉嚨，已經喪命。這是班・伍利略的傑作。巴爾特看向馬，固定馬鐙的皮帶被割斷了——這樣就知道他為什麼墜馬了。雖然不知道他是怎麼砍斷位於腿部內側的皮帶。

左翼的五位勤務兵都只有手腳被輕微劃傷，沒有性命之虞。

騎士亨里丹似乎是被戰槌擊中了左側頭部，金屬扣環碎裂飛散。真虧他的頸部沒有斷。脫下凹陷的盔甲時，雖然有流血，但沒有受到致命傷。若不是他身上的盔甲極為出色，他應該早就死了。

被巴爾特打碎膝蓋的騎士被砍去頭顱死了。這應該也是班·伍利略所為。

被巴爾特劃開側腹的騎士從馬上摔下來，仰躺在地。他血流滿地，肚破腸流，臉色蒼白，不斷顫抖著。這位騎士已經沒救了，應該幫他從痛苦中解脫。

巴爾特望向班·伍利略。班·伍利略似乎明白了他的想法，步履輕盈地走過來，若無其事地揮下劍——騎士的頭顱輕輕落下。

右翼的五位勤務兵之中，有兩位頭部及肩膀受了相當嚴重的傷，有三位則是毫髮無傷。右翼的三位從騎士之中，有一位傷及右臂和腰部，應該不至於致命。

被巴爾特砍了頸部的從騎士正在大量失血，也沒有意識。雖然身體還在抽搐著，但馬上就會撒手人寰吧。

被班·伍利略砍下手腕的從騎士必須立刻接受治療。

巴爾特望向多里亞德莎，她拿著沾滿鮮血的劍呆愣在原地。想必還沒有理解發生了什麼事吧。在這唯有一死的狀況下，她也做好了心理準備。但是戰鬥結束時，自己一方的人還站著，敵人則一敗塗地，也難怪她會有這種反應。

發動攻擊的三位騎士中，兩位死亡，一位昏厥。六位從騎士中，三人死亡，三人重傷。相較之下，我方連個像樣的傷口都沒有，可說是壓倒性勝利。

但是只要走錯一步，變成屍骸，躺在地上的就是自己了。班・伍利略在極佳的時間點參戰，讓他們反敗為勝。即使如此，如果敵方的騎士都穿了板甲，我方應該也會受到很大的創傷。

「子爵閣下，妳最好告知村民妳的身分，並向他們說明，我們是遭到襲擊才會迎擊敵人。還有，麻煩妳命令村民們幫忙照料傷者。」

「喔，好。巴爾特閣下，我知道了。」

巴爾特讓還能活動的勤務兵們幫忙照料同伴，在一切告一段落時，讓死者安詳地睡下。死者們躺在粗糙的布上，巴爾特在他們面前單膝跪地，閉上眼祈求死者的安寧。敵人、夥伴、村民們都群起仿效，脫帽跪地進行默禱。

「子爵閣下，妳打算怎麼處置襲擊者們？」

巴爾特向多里亞德莎確認該怎麼處置存活下來的人們。

多里亞德莎沉思了好一陣子後回答：

「直接放他們走吧。」

巴爾特點點頭。本來就只有這個答案。在這種地方沒辦法處理這麼多傷者及俘虜。能做的，大概只有斬首了。但是不管怎麼說，一切都得由多里亞德莎判斷才行。

「那個叫亨里丹的騎士是個信守承諾的男人吧？」

「嗯，他是個可以信賴的男人。」

「妳寫一封報告信件交給亨里丹，要他發誓必定會將信送到妳父親手上如何？」

由於多里亞德莎自己無法馬上回國，怕傳出去的事實會被扭曲。

「這是個好主意，就這麼辦。」

騎士亨里丹醒來後，讓他發了兩項誓言就放了他。第一，他必須將多里亞德莎的信件送至法伐連侯爵手上；第二，他必須將事情的始末正確地呈報給佛特雷斯侯爵。

他應該會在部下們可以動身後才啟程，搞不好會把重傷者留在村裡也不一定。

5

互相殘殺非常消耗體力和精力。特別是跟具壓倒性優勢地位的敵人戰鬥更是如此。將死者埋葬完畢時，巴爾特已經筋疲力盡。

——肚子餓壞啦。

雖說忍耐力會隨著年齡增長，但是關於忍受飢餓這件事，巴爾特倒覺得自己的忍耐力是隨著年紀減弱。

巴爾特催促村長準備吃飯。

「武士大人，已經在小屋那邊做好準備了。」

巴爾特感到有些疑惑。村長一副精神奕奕的模樣，看起來很開心。眾多騎士在這種鄉下村莊中互相殘殺，鮮血汙染了村莊的土地。他們被要求幫忙照顧傷者，還為了埋葬死者而幫忙挖坑或搬運屍體。村裡的工作全都丟在一旁，村長的心情卻很不錯，甚至在不知不覺間，連食物都準備好了。

回到小屋一看，柴火、鍋子及食材都準備好了。看了那些食材，巴爾特才明白村長心情好的理由。屋裡準備了大量汴草和意料之中的大量熊肉。這些是哥頓等人打倒的河熊肉。

肉是貴族的食物，而穀物及蔬菜是平民的食物。據說中原地帶中，某些國家除了特殊慶典之時，平民吃肉會受到懲罰。

邊境地帶不曾發生過平民因為吃肉受罰的事，但肉原本就不好取得。要是中大型野獸，只有騎士才有能力打倒。即使是小型野獸，如果不是獵人，也很難找到蹤跡並獵殺牠們。對獵人來說是費盡了心力才抓到野獸，所以還是會想換成金錢，也就是把肉拿去跟貴族兜售。結果在邊境地帶，肉也是貴族的食物。

然而，哥頓輕而易舉地打敗了河熊，還說牠的肉、毛皮、骨頭都交給村民自由處置。河熊的肉雖然偏硬且味道特殊，但那畢竟還是肉。光是一隻河熊，所有村民都能得到大量的肉。

三隻鼠猿對村民來說也是歡天喜地的禮物。鼠猿肉帶有難聞的氣味，所以不適合直接拿來煮食，但是先以炙燒等方法處理過，就可以變成冬季的珍貴糧食。原來如此，難怪村長和村民們這麼開心。

「喔～是汴草啊。就來個傀儡煮吧。」

「巴爾特閣下，您口中的傀儡煮是什麼料理呢？」

「啊～中原貴族的貴族小姐應該沒看過汴草吧～就是這個。」

朱露察卡拿起汴草給多里亞德莎看。

「它的形狀真是奇特，是山菜嗎？」

汴草的根部粗壯且呈白色，莖部是褐色，綠色的前端則纖長地向四面八方伸展。雖然名字中有個草字，但是屬於山菜的一種。在東部邊境地帶的山上，除了嚴冬時期以外，隨處都能採到這種植物。雖然它算不上特別好吃，但是要採到滿滿一籃汴草也很困難。

在這種深山野嶺中，連小麥也無法種植。儘管有幾塊看似農田的地，不過頂多只能種植少許雜糧及幾種容易有飽足感的蔬菜。最後，大部分的食材都要仰賴山野林地的恩澤。

這個村裡只有五十人左右，而除了巴爾特一行人的到來，還有佛特雷斯騎士隊的倖存者，對村民的負擔很大。村裡的生活原本就不寬裕，所有村民每天都在想方設法活下來。對他們來說，滿滿一籠汴草應該已經是絕佳的美食了。

在巴爾特等人脫下盔甲，保養武器的期間，朱露察卡已經將鍋子準備好了。雖說是準備，但是肉都已經切好了，蔬菜也已經仔細地清洗乾淨，他只要負責生火並調整火勢，從不易煮熟的食材開始丟進鍋裡而已。

「我看看，大家可以吃飯了嗎？那圍到鍋子旁邊來吧～好，我要放汴草嘍！小姐，汴草稍微煮一下就熟了。煮過頭會冒出難入口的浮渣，整鍋湯就報銷嘍！所以要抓準煮好的時機，迅速夾起來吃才行。妳就看大家怎麼做，學著做吧。」

朱露察卡丟了一把汴草進鍋子裡。掉入鍋中的汴草吸收湯汁後站了起來。簡單來說，是根部吸取了大量湯汁而變重，但前端不會吸收湯汁，所以依然輕巧。因此重的部位下沉，而輕的部位浮起，看起來就像站起來一樣。

而汴草開始晃動手腳，跳起舞來。因為前端的綠色部分遇熱開始扭動彎曲，看起來就像人偶在跳舞。舞蹈停下時就可以吃了。

巴爾特、哥頓、班・伍利略和朱露察卡一起夾起汴草，放入碗中。多里亞德莎看著這稀奇的景象，瞪大了雙眼，不過還是依樣畫葫蘆地夾起了汴草。

「原來如此。這個煮法會讓草像人偶一般起舞，所以才叫傀儡煮啊？」

「沒錯沒錯，就是這樣～」

巴爾特吃下放進碗裡的汴草，不好吃。汴草本來就不好吃，但是獨特的口感很有趣。根部很有嚼勁，口感卻很輕盈。用牙齒咀嚼時，彷彿能聽到蔬菜的清脆聲響。中間的褐色部分味道濃醇，容易入喉。前端的藍色部位口感黏滑，和湯汁很搭。

巴爾特看向多里亞德莎，她一臉微妙的表情。果然不合都會貴族的胃口吧。

「肉和其他蔬菜也都煮好嘍～大家多吃點喔～」

巴爾特等人把河熊肉和根菜夾到碗裡，吃了起來，還喝了點湯。

說起味道，並不是特別好吃。但是疲憊不堪的身體正渴望著滋養，肉、根菜及汴草的湯沁入身體。

——在戰鬥後吃東西，能深刻地感覺到自己還活著呢。

像這種時候，與其說是用舌頭品嚐食物，更像是整副身軀在補充食物。巴爾特等人大吃傀儡煮直到飽足。

多里亞德莎吃得不多。或許是不合胃口，也可能是她本來就是小鳥胃。

飽餐一頓後，朱露察卡對班．伍利略說：

「班～謝謝你來得這麼及時～不過坦白說，我希望你能再早一點到。」

「朱露察卡，你的記號幫了大忙。謝謝你。我本來應該會更早到的，但在路上遇見了大紅熊（杜沙．羅羅巴）魔獸。因為牠實在太壯觀了，我在那裡看了一陣子。」

一群人不禁注視著班．伍利略。

「你說你遇上魔獸了？在哪裡遇到的？」

「主人，那是三天前的事了。我在從霧之谷來這裡的路上看到的。」

6

巴爾特・羅恩和「赤鴉」班・伍利略第一次見面，正好是一年前的事了。當時班・伍利略受寇安德勒加僱用，要來取巴爾特的性命。

第二次見面是在那件事發生的兩個月後，班・伍利略坐在路旁，頸項上掛著寫著「我要賣身」的牌子。路人問他多少錢，他答了一百萬蓋爾的夢幻價格。巴爾特推測這其中應該有什麼緣由，把身上的金子全給了他。那個金額只有稍微少於一百萬蓋爾的十分之一，但班・伍利略收下金子，與巴爾特約好辦完事就會回來他身邊的約定後，揚長而去。

在那之後，他的事情雖然辦完了，卻被捲入混亂中，似乎是在八個月後才回到臨茲。隔了這麼一大段時間，他沒頭沒腦地四處追尋也找不到人。

不過，班・伍利略在臨茲街上聽到了有趣的傳聞，說「人民的騎士(可爾德葛西・古耶拉)」巴爾特・羅恩救了身陷困境的臨茲伯爵，兩人成了摯友。因此，班・伍利略前往拜訪臨茲伯爵。

臨茲伯爵聽完事情始末後，覺得十分有趣。

「既然是巴爾特閣下的隨從，我隨時歡迎。巴爾特閣下現在在庫拉斯庫。他的使者三天前才來過，剛離開呢。就算你去了庫拉斯庫，也只會擦肩而過。你在這裡等到使者下次來吧。在那之前，你就住在這間屋子裡。話說回來，傳聞中的班・伍利略閣下居然成了巴爾特閣下的家臣。如果一百萬蓋爾能買下你，我求之不得呢。」

這位「使者」指的是朱露察卡。

臨茲伯爵非常禮遇班。班・伍利略為了答謝臨茲伯爵，主動擔任他的護衛等職責。東忙西忙時，不消三十天，朱露察卡就來了。但不巧的是，班・伍利略接下了某項工作，他不想半途而廢。所以他和朱露察卡說好，要在沿路折彎樹枝當作記號，以便他隨後追上，也決定在村莊或城鎮的出入口留下記號，並留話給旅館或村長。

十天後，班・伍利略從臨茲出發，仰賴朱露察卡在村莊或城鎮出入口及森林中留下的記號，追上了巴爾特。

以上就是班・伍利略所說的事情原委。

聽他這麼一說，有幾件事得到了解釋。

從霧之谷出來時，朱露察卡會說要從進入山谷時的同個地方離開，應該是因為把進谷和出谷的記號做在同一個地方，班・伍利略就不用白跑一趟了。

另外也有一些類似的狀況。這都是朱露察卡為了班．伍利略方便追蹤而下的苦心。

「什麼啊，要是這樣，你明明只要告訴我一聲，我就會在庫拉斯庫等班．伍利略追上來了。」

「不是，我也是這麼跟班說，可是班就說他不要啊！所以才會討論要怎麼留下記號，方便他追蹤。」

原來如此，以班．伍利略的立場而言，想必是不希望因為自己而拖住巴爾特的腳步吧。

不過話又說回來，朱露察卡也可以告訴巴爾特，班．伍利略隨後就會追上來了吧？這麼一來，巴爾特也會讓班更容易追上來。

朱露察卡意外地只是想看看巴爾特驚訝的表情也說不定。

但是，如果要讓班．伍利略容易追蹤，或許就不會遇上月丹，也無法救出毛烏拉和小穗了。

而且肯定沒辦法拯救陷入困境的多里亞德莎。

搞不好班．伍利略也不會發現魔獸了。

總之，班．伍利略遇見魔獸是上天保祐。而且，距離此處大概只需要三天就能抵達。魔獸這種生物對人的氣息很敏感，真虧他能在不被發現的情況下在一旁觀賞。

多里亞德莎向神明獻上感謝的祈禱。

第四章——狩獵魔獸

伍涅露烤扁魚

1

翌日，多里亞德莎將寫好的信交給騎士亨里丹，向村長道過謝後送了謝禮。

亨里丹向巴爾特針對死者及傷者處置道謝，於是兩人聊了幾句。亨里丹還以為巴爾特等人是法伐連家派來的援兵，得知他只是偶遇多里亞德莎的流浪騎士時吃了一驚。

亨里丹提議遵循古老習俗，打算交出武器、馬及身上一半的錢，但是巴爾特拒絕了。巴爾特表示，由於這次並非事先訂下約定的衝突，稱不上是榮譽的集團決鬥，所以不打算行使略奪權。

如果行使略奪權，就等同於他們完成了戰敗補償。但這次得讓他們回國之後，在適當的情況下做出補償。而且巴爾特等人手上有足夠的金錢，對馬匹、武器和防具也沒有任何不滿。

亨里丹說回國之前，要先去回收一開始襲擊多里亞德莎的從騎士及勤務兵的遺髮及遺物。

而巴爾特一行人離開村莊，尋找魔獸。

開始搜索的第一天。雖然沒有找到魔獸，不過巴爾特發現了極佳的獵物。河水流過有高低差的地方，形成矮小的瀑布水池，裡頭有一群扁魚。扁魚是一種平貼於水底游泳的魚，但肉質清淡細緻，非常好吃。他們一共捕到六隻大扁魚和八隻小扁魚。和朱露察卡商量過後，決定在大魚身上塗上味噌以火炙烤，小隻的拿來和山菜一起煮湯。塗上伍涅露的魚要以遠火慢慢炙烤，所以比較耗時。由於湯先煮好了，巴爾特讓多里亞德莎先喝湯。

多里亞德莎看起來沒什麼興趣地喝了一口，突然像變了個人似的狼吞虎嚥，把湯喝個精光，馬上又要了一碗。

「等等喔～巴爾特老爺的鍋子很小，我再煮一碗新的～」

「鍋子小真是抱歉啊。哪像你這傢伙，根本連鍋子這種東西都沒有。」

「別這麼說嘛！我要是帶著那種東西四處跑，遇到緊要關頭就糟了啊。」

他指的緊要關頭，是指偷東西被發現，需要逃跑的時候吧？朱露察卡的行李非常少，甚至令人很佩服他只帶這麼點東西就能旅行。說到鍋子，只有班．伍利略帶著一個單人用的小鐵鍋，至於哥頓雖然帶了不少行李，裡面卻沒有鍋子。結果是巴爾特帶的萬用鍋最為實用。

「真好吃，我都等不及再來一碗了。」

「啊，小姐，妳好像很喜歡這種湯呢～真是太好了。」

這麼說來，昨晚多里亞德莎吃得非常少。她明明已經好一陣子沒吃過像樣的食物，但還是吃得很少，所以巴爾特還以為她原本就是小鳥胃，看來並非如此。

應該是在村裡吃的汴草傀儡煮不合她的胃口，但那種食材只能那樣烹調。現在是因為取得了新鮮食材並立刻烹煮，滋味自然不差。

在各自忙碌的期間，扁魚烤好了。香氣四溢，多里亞德莎雙眼亮晶晶地等著烤好的魚。塗在扁魚上的伍涅露是朱露察卡厚顏無恥地從村長那裡得來的。這似乎是以某種豆類製成，比較不鹹，但又具有辛辣風味。

「來，小姐。小心邊緣凸出來的魚刺喔。還有，扁魚的肉很容易散掉，最好放在盤子上再吃。」

多里亞德莎實在無法大口咬下熱騰騰的魚，她把已經熟透的烤魚串放到盤子上，剝下魚肉。

香氣瞬間四溢。

這麼肥美的扁魚卻不帶什麼油脂。相對地，魚肉緊實，帶著雅致的鮮甜。塗上伍涅露將風味全鎖在裡頭，讓它的香氣更上一層樓。

多里亞德莎靈巧地以手裡的叉子撈起身體部位的肉，送入口中。

這時，她瞪大雙眼，剎那間停下了動作。

不久後，多里亞德莎再次動了起來，以橫掃千軍之勢吃起扁魚。

——看來鮮美的滋味讓她非常感動。

扁魚是扁平的魚類，所以扠起魚肉時會立刻碰到骨頭，也可以說是種多刺的魚。明明如此，多里亞德莎卻在篝火的微光下，俐落地去除魚骨，吃下魚肉。

「來，巴爾特老爺，烤好嘍～」

「好，不好意思了。」

巴爾特對這一點點刺毫不在意。塗上伍涅露，以火炙燒過的鰭骨反倒是他的心頭好。鰭骨口感酥脆，伍涅露的辛辣滋味挑動著他的食欲。

他慢慢地吃到了魚肉的部分。

——喔！

好甜，這甜味如此高雅又有深度。以光滑來形容似乎有些奇怪，但也只有這句話能確切地形容這如寶石般的白肉魚滋味。

魚肉本身就有甜味，在炙烤過程中，鎖在骨頭中的甘甜也沁入魚肉之中。從伍涅露滲出的鹹味襯托出它的鮮甜。

大啖美食可以消除疲勞，讓體內湧出新的活力。

這一晚，眾人在搜索下產生的疲勞得到了充分療癒。

第二天，魔獸依然不見蹤影，不過抓到了道勒豬。為了方便多里亞德莎食用，把豬肉做成了烤肉串。她口口聲聲說著好吃，吃下了令人傻眼的分量。多里亞德莎才不是什麼小鳥胃，相較於她的體型，反而幾乎可說是個大胃王。

「可布利耶子爵閣下，妳似乎很喜歡這豬肉。」

「巴爾特閣下，請您直呼我的名字就好。嗯，實在是太好吃了。不對，不止是這豬肉，您和朱露察卡所做的料理非常美味。」

之後的話題自然圍繞在食物上。

多里亞德莎與佛特雷斯騎士團一同踏上旅程後，立刻讓她感到吃不消的就是吃飯。餐食是由值勤的勤務兵負責，但似乎只要食物裡有肉，他們就覺得是道美食，對味道毫不講究，而且鹹得不得了。能盡情使用鹽巴的確是件奢侈的事，但並不是灑越多鹽巴越好。然而，接下來出現的都是燉煮到硬得不得了，且口味極重的料理。

即使如此，在渡過奧巴河之前，偶爾會進城休息，她還能喘口氣。因為城裡的貴族之家會提供一些稍微好一點的食物。

在渡過奧巴河之後，一開始還算好的。在海港城鎮和後來停靠的城鎮，料理都還算吃得入口。不過在這一刻，她極度想念皇都的料理也是事實。

再之後根本悽慘不已。勤務兵做的料理依然都是鹹得不得了又煮過頭的肉。偶爾經過一些村莊，餐桌上也會出現類似用雜草煮出來的東西。她知道自己不能要求太多，但她傷透了腦筋。

——這也難怪。

畢竟多里亞德莎是住在大國都城的大貴族千金。當然，宅邸之中應該有手藝極佳的大廚，食材肯定十分豐富，品質又佳，烹飪方法也是極其奢華。雖然她是騎士，但她的工作是侍奉宮廷中的高貴公主，騎士團的餐點不可能合胃口。騎士團在行軍中吃的料理是為了讓身體不適的人也不會生病，確實燉煮過的東西，為了承擔重勞動，調味也會比較重。這位公主連這些都不懂嗎？此外，邊境村莊的生活貧乏，所以對美味的標準非常低。

——不對，可是……等等。

這樣的多里亞德莎讚不絕口地吃著巴爾特或朱露察卡做的料理。這是怎麼回事？

到頭來，關鍵或許還是在於食材。對於有能力捕獲食物的人來說，邊境的山林野地是個食材寶庫，堪稱是集結諸神恩澤的地方。那新鮮的食材滋味，連在大國都市中長大的貴族都能買單。應該是這樣吧？

不管怎麼說，若不確實吃東西，就無法療養身體。若不充分療養身體，內心也容易失控。多里亞德莎恢復了胃口，是再歡迎不過了。

在眾人一同行動過後，大家都明白在取得食材這方面，這群人簡直是最佳組合。巴爾特只要有河川或池塘，就能輕易捕到漁獲。朱露察卡總能像在變魔術，從森林中弄來果實、水果或蔬菜。而對班·伍利略來說，找出藏匿的野獸就跟呼吸一樣簡單。

「好~小姐，包在我身上。我明天也會去找好吃的東西。」

「朱露察卡，先找魔獸吧。」

2

魔獸不在班·伍利略看見牠的地方附近。他們四處找了長達二十天的時間，最後班·伍利略突然說：

「我感覺到魔獸的氣息在那裡。」

一群人調頭回去來時的方向。而且，居然發現魔獸在眾人遇見多里亞德莎的那片沼澤裡。這裡離村莊很近，差點就引起大悲劇了。

那確實是大紅熊。

牠的體型壯碩又美麗，皮毛非常漂亮。也可以理解為什麼班·伍利略會看得入迷，情不自禁地在此久待。從這個距離無法判斷牠是不是魔獸，但是既然班・伍利略都這麼說了，應該不會錯吧。

——應該在哪裡，用什麼方式戰鬥呢？

以戰鬥而言，立足點很重要，又為了活用人數優勢，得選個地勢寬闊的地方才行。魔獸現在的位置滿是岩石及雜草，凹凸不平，很難站穩。而四周環境是長滿茂密樹林的斜坡和山路，更難以活動。想找稍微開闊的地點，就屬村莊附近了，但是他們也不可能把野獸帶去那裡。

在巴爾特判斷無法進行騎馬戰後，下達作戰指示。由於多里亞德莎自己也說過，希望巴爾特把她當成普通的年輕騎士對待，巴爾特的語氣也很熟稔。

「首先，班・伍利略和哥頓・察爾克斯先到沼澤，從左右兩方吸引魔獸的注意。接下來，我會衝向魔獸，從正面給予打擊。我們重複這個循環，等到魔獸力量被削弱得差不多了，再由多里亞德莎閣下做最後一擊。」

多里亞德莎對巴爾特的指示提出異議。

「不行，巴爾特閣下，不可以這樣。我非常清楚三位的本領強得嚇人。但是這場戰鬥是我想打的。我沒辦法讓毫無關係的人負責危險的工作，自己卻在安全的地方等。我會從正面突擊，麻煩你們援護我。」

——這小姑娘完全不了解魔獸的可怕。

就算身上穿著板甲，要是結實地挨下大紅熊的攻擊會頸骨骨折，腸破肚爛。

不過，多里亞德莎比他想像的還強。在與襲擊者們的戰鬥中，敵人從馬上揮下的劍，她也只用些微的動作避開，同時做出精確的反擊。在混戰中能立刻做出這種反應，證明她累積了相當程度的訓練。更何況是在視線不佳，穿著不利迅速動作的全身盔甲時，更證明了這一點。

她說在被下了麻藥的狀態下，斬殺了兩位騎士及一位勤務兵，所以她也具有膽識。她的盔甲也很高級，不用說是箭，受到長槍攻擊時也幾乎毫髮無傷，連凹陷的痕跡都沒有。

再加上這二十天的期間，多里亞德莎也沒有放棄鍛練劍術。穿著盔甲進行揮劍練習時，她的劍法也讓人感覺到修練的痕跡。

——如果不是倒霉透頂，應該不會一擊即死。而且這個小姑娘是一旦決定了，就說不聽的性格。

「主人，讓騎士小姐照她意思去做吧，生死有命。」

聽班・伍利略這麼說，巴爾特也下了決心。

「多里亞德莎閣下，別用劈砍的方式，用刺擊！」

3

眾人衝了出去。

大紅熊也立刻發現了他們。

班・伍利略如影子般滑行，衝下斜坡逼近大紅熊，與其他同伴拉開很大一段距離。大紅熊鮮紅的眼中燃起怒火，張開血盆大口想咬上班・伍利略。

——原來如此，這確實是魔獸沒錯。

班・伍利略向左避開逼向自己的魔獸尖牙，之後衝了過去。魔獸發出憤怒的聲音，調頭試圖攻擊他。班・伍利略俐落地繞到魔獸後方，魔獸一時失去目標，停下了動作。

人稱赤鴉的男人極為大膽，不拔劍就這麼站著觀察魔獸的動作。魔獸再次發出吼叫，以後腳站立，往班・伍利略襲去。

真雄偉，太雄偉了。

牠站立起來的身高幾乎是班・伍利略的一點五倍。就連巴爾特也不曾見過身形如此巨大的魔獸。一般大紅熊的攻擊力就很高，何況這是一隻魔獸。即使身穿重甲也有可能被一擊擊斃，但班・伍利略身上穿的是皮甲。

然而，班．伍利略沒有要逃走的意思。他輕巧地躲過魔獸揮下的右前腳，繞到左方去。

此時，哥頓．察爾克斯趕來，舉起戰槌往魔獸的左腳膝蓋內側擊去。魔獸往一旁倒去。只憑一擊就把如此巨大的魔獸倒下，可見哥頓．察爾克斯揮出的戰槌威力有多驚人。

魔獸立刻爬起身。

班．伍利略在牠眼前。魔獸揮舞著右前腳。這次班．伍利略也沒有後退，扭轉上半身，稍微移動腳步避開這一擊。

哥頓的戰槌打中魔獸的臀部。魔獸發出響亮的怒吼，卻沒有向後看的意思。魔獸此刻的注意力完全集中在班．伍利略身上。

——真奇怪，班．伍利略沒有發動攻擊。應該會轉身看向給牠沉重打擊的哥頓．察爾克斯才對。難道在魔獸眼裡，班．伍利略有這麼難以對付嗎？

魔獸輪流揮出兩隻前腳進行攻擊。班．伍利略左閃右避，歪過上半身躲開。魔獸一直保持著極近的距離，攻擊卻不斷落空。他的閃避能力十分驚人。

巴爾特也來到了魔獸附近，但不妨礙兩人，等待著攻擊時機來臨。

大紅熊沒有比河熊強韌，身軀卻大上許多，動作也很靈活。不管巴爾特手上拿著多麼厲害的古代魔劍，也不代表他的防禦力提升了。這隻魔獸揮出的每一擊都具有致命的威力。

就在這個時候，多里亞德莎衝了過來，身上的盔甲鏗鏘作響。她利用衝刺的加速度，雙手持劍，刺進了魔獸的左側腹。劍大概有一半沒入了魔獸身體。

魔獸的表情如惡鬼般猙獰，大吼大叫地以右前腳打上刺中自己腹部的敵人。多里亞德莎連躲都來不及躲，就被打飛出去。手裡的劍還留在魔獸的腹部上。

魔獸猛地拔腿狂奔過去，想用右前腳把倒地的多里亞德莎踩扁。

然而，在牠的腳即將踩上多里亞德莎時，速度突然慢了下來。是班．伍利略砍飛了魔獸的右腳踝。這個動作給了巴爾特飛奔過去的時間。

巴爾特手中的古代劍一揮，斬落了魔獸的頭顱。

魔獸保持著前衝的勢頭倒向大地，血液四濺。頭顱滾到一旁停下，眼裡的紅光已然消失。

班．伍利略凝視著巴爾特和他手裡的劍，臉上難得地露出了驚訝的神情。

不過，巴爾特也同樣驚訝，細劍一揮居然能把魔獸堅硬的腳踝連骨斬斷。

班．伍利略的劍恐怕……不對，肯定也是魔劍（艾魯戈斗拉）。

而多里亞德莎的劍恐怕也是魔劍。

多里亞德莎起身走近魔獸的頭顱。剛被斬下的頭顱像是還活著，她在頭顱前跪下，以雙手抓住它。

她嗚咽地哭著。

她雖然想取得魔獸頭顱，但想必也很清楚這願望有多難實現。一個只知道過著奢華生活的貴族千金，踏進這等邊境深處，遭到信賴的夥伴們背叛和攻擊。即使如此，她還是想憑一己之力狩獵魔獸。她的心中不知道有多害怕。

——妳就哭吧。這個頭顱值得妳哭，妳也有資格哭。剛才那記漂亮的刺擊魄力十足。那隻魔獸的吼聲，連普通騎士聽到都會嚇得腿軟，但妳忍住了。妳很努力地刺出了那一記充滿氣魄的刺擊。幹得很漂亮。

巴爾特在心中慰勞著女騎士。

4

「這把魔劍是法伐連侯爵家的傳家之寶，名為『夜之少女（夏里・烏露露）』。哥哥知道我怎樣都不會放棄擊退魔獸，所以讓我帶在身上。」

這把劍的劍身雖細，卻很厚實出色，看起來也像刺突劍，不過也有銳利的劍刃。巴爾特不覺得這把劍能用錢買到，不過如果買得到，想必是天價吧。

——居然讓一個小姑娘拿這種劍，一定有哪裡搞錯了。

「班・伍利略，你的劍也是魔劍吧？叫什麼名字？」

所謂魔劍都是特別的劍，必定會有名字。取名方式依各鑄劍工匠的習慣有不同的法則，所以經常只要問出劍名，就能知道那把劍出自何方。不過巴爾特對魔劍的名字和流派並不了解，問這個問題別無它意。

「主人，抱歉，我不能告訴你劍名。倒是主人的那把劍究竟是什麼？」

「沒什麼，就是把在村莊雜貨店買來的柴刀劍。」

「這怎麼可能。嗯……不過畢竟您是帶有天命之人，這種事或許也有可能。」

不管怎麼樣，現在不是悠閒聊天的時候。眾人合力剝下了魔獸的毛皮，把頭的內部挖空，用水清洗。

魔獸死後，皮革和骨頭會保留其異常堅硬的特性，肉則會軟化。有人說這是因為魔獸死後，妖魔（基耶魯卡諾斯）會脫離魔獸軀體，但是這個說法無法解釋皮革和骨頭為何依然堅硬。不論怎麼說，幸好肉會軟化，不然無法剝下魔獸的毛皮。

「到了村莊後，我們去要點灰來塞。大家暫時忍耐一下這股腥味吧。」

魔獸流出的血量及腥味驚人，多里亞德莎很快就受不了，到遠處休息了。

她雖然在戰鬥中受到魔獸的一擊而飛出去，不過似乎是多虧了盔甲性能佳及體重較輕，所以沒有受什麼傷或感到疼痛。

巴爾特很擔心在處理期間會有野獸靠近，但是沒有。

活著的魔獸會促使周遭的野獸凶暴化，魔獸死去的血肉腥味反而會讓野獸遠離。真是不可思議。

雖然皮革面積大又重，但把它丟在這裡太可惜了。

——有了這張皮，就可以幫哥頓和班．伍利略做套鎧甲了。

最後由巴爾特拿著頭部，皮革則由哥頓．察爾克斯帶著。

起初多里亞德莎不肯退讓，說要由自己帶著頭部，但是怎麼想都不可能。多里亞德莎騎的是一匹名為克莉爾滋卡的母馬，牠聰明靈活，但是體型偏小。光是載著身穿金屬盔甲的多里亞德莎和她的行李，對牠來說就是相當大的負擔。

關於這一點，巴爾特乘坐的月丹則是體型極為高大，看起來還是遊刃有餘。站在月丹身旁，克莉爾滋卡看起來只像匹幼馬。

他們準備的袋子完全不夠用。得請村裡的人賣他們大袋子或布匹才行。當巴爾特以常春藤將還沒乾透的魔獸頭顱綁著，掛上馬背時，月丹厭惡地哼了一聲。

「抱歉啊。」

巴爾特開口向牠道歉。

第五章——討伐盜賊團

——水煮炙烤堤多拉——

1

巴爾特一行人打倒魔獸後，回到了村莊。

村長衝了出來，俯伏在克莉爾滋卡的腳邊。他的背後有大批的村民聚集。

「子、子爵大人！請、請您一定要可憐可憐我們！有、有山賊！他們想滅村啊！幫幫我們，請您一定要幫幫我們！」

多里亞德莎大吃一驚，從愛馬克莉爾滋卡背上下來。

「村長，怎麼回事？到底發生了什麼事？請冷靜下來，把事情說明清楚。」

村長開始說起來龍去脈，講述的過程中似乎漸漸冷靜下來，開始能夠依事情先後順序進行說明。

在巴爾特等人離開村莊的三天後，騎士亨里丹也離開了村莊。光憑原本有的兩台馬車不夠乘載傷者，所以跟村裡買了兩台載貨馬車。

之後又過了十幾天，某一天有位名叫貝爾傑克的年輕人，從北方村莊氣喘吁吁地衝進村子裡來。他說村裡遭到山賊襲擊，全村都死光了。而且，勃帕特領主沒有出兵相助的意思。山賊現在占據了北方村莊，但是一旦食物沒了，接下來肯定會輪到這個村莊遭殃。

「說來奇怪，北方村莊和我們村莊都和勃帕特領主締結了守護契約，以往每十天就會來巡邏一次，但最近三十天左右都沒有人來巡視。

而且，據貝爾傑克所說，他跑進勃帕特領主宅邸時，見到了熟識的士兵。他跟那位士兵說了山賊的事，但對方也只是含糊其詞，沒有幫忙確實傳達。

貝爾傑克認為再這麼下去也不會有結果，才跑到我們村莊來。我聽了也很驚訝，五天前就立刻叫我兒子去一趟勃帕特。我讓他騎馬前往，早就該回來了，但是到現在也是音訊全無。

再、再這樣下去，下一個被襲擊的就是我們村莊了。我們也沒辦法拋下好不容易建立起來的村莊逃跑，也沒有足夠的載貨馬車裝進大家的家產。

求求您，求求您了，子爵大人。我們拜託您這位來自遠方的葛立奧拉皇國的騎士大人很不合情理，但是請您可憐、關心我們一下，務必幫幫我們。」

他們很明白村長為什麼會這麼說。如果他們去找流浪騎士或傭兵，也可能需要出錢僱用他們。但是，平民不能僱用貴族。只能一股腦地跪伏在貴族面前，請求他們慈悲為懷。而不論事實如何，表面上貴族是能憐憫並幫助無力人民的存在。

此外，聽多里亞德莎所說，這座村莊和葛立奧拉皇國並非毫無瓜葛。

從葛立奧拉皇國向東前進，越過奧巴大河，稍微往南一點的地方有雅德巴爾奇大領主領地。這塊領地原本是遭葛立奧拉皇國流放的貴族們流落之處。

而被流放的貴族們帶著些許財富、家臣及領民在此落地生根。活用他們帶來的知識及工具，開始開拓邊境，將人們聚集於此，最終發展成大領主領地。

不久後，有一派人在雅德巴爾奇大領主領地的權力鬥爭中落敗，獨立建立了勃帕特領地。勃帕特位於雅德巴爾奇大領主領地的東邊不遠處，但兩個領地間並不和睦。

後來，在勃帕特再往東一點的地區，南邊和北邊形成了村莊。這兩個村莊都是由在勃帕特犯下罪行的人們，以開拓荒地為條件重獲自由後建立的。

這裡就是那個南方村莊。雖然位在較無整建的內地，但是這一帶野獸不多，水源豐沛，天氣穩定。就這樣，兩個村莊過著和平的生活到現在。

勃帕特的居民及兩村村民都不曾見過什麼葛立奧拉皇國的貴族。即使如此，他們認為自己原本也是葛立奧拉皇國出身的居民，因此感到非常親切，抱持著憧憬。所以他們認為這個災難來臨時，葛立奧拉皇國的子爵騎士正好在此是上天的巧妙安排吧。

多里亞德莎受到他們苦苦哀求，不知道該如何是好。

這也難怪。她一個人什麼也做不到。話雖如此，同行的巴爾特等人不是她的部下，她也沒有立場命令他們。更何況這群人對她有著難以回報的恩情。在多里亞德莎開口前，哥頓‧察爾克斯如此斷言：

「唔唔，村長，這下可麻煩了。不過你放心吧！這位巴爾特‧羅恩閣下是曾擊退許多魔獸及惡棍，威名遠播之人，在遙遠的南方地區被稱為『人民的騎士』，受到民眾尊崇。羅恩閣下不會放任事情變糟的。」

村民們一片譁然，「喔喔喔」地驚嘆。

「他們好像願意幫助我們。」

「太好了，太好了。」

「他說這位是巴爾特‧羅恩大人呢。」

「說是『人民的騎士』大人呢。」

眾人越說越起勁，其中還有人向巴爾特跪拜。

巴爾特彆扭地看著這副景象。不管他跟哥頓‧察爾克斯說過多少次，他就是不肯停止宣傳巴爾特的名號。

不對，他應該沒有宣傳的意思。這是哥頓‧察爾克斯愛護人民的獨特方式。

「你們不用擔心，巴爾特‧羅恩大人會立刻為你們解決困擾的問題！」

哥頓是想這麼說。令人頭痛的是，哥頓非常信任巴爾特，就像孩子們對童話中的英雄有所憧憬一樣，甚至可以說他信奉著巴爾特。得找一天想辦法處理才行。

——不管怎麼說，這件事不能置之不理。得先去聽聽那個叫貝爾傑克的青年怎麼說。

當天夜裡，一行人在村長家聽過詳細狀況後，隔天一早就出發了。最後決定由一位名為柯魯齊的少年同行，負責帶路。

前天晚上，貝爾傑克堅持要同行。但是一覺睡下去，就睡得不省人事。但是這也不怪他，畢竟他一路不眠不休從北方村莊趕到勃帕特，再從勃帕特趕到南方村莊來。

巴爾特策馬前往北方村莊，同時想起了班·伍利略與魔獸戰鬥時的模樣。

他的動作非常精彩。

班·伍利略衝至大紅熊的胸前，戰鬥期間都沒有離開過。明明只要沒躲過一擊就會喪命，他卻為了讓多里亞德莎和其他人便於戰鬥，連劍也不拔，平靜淡漠地引著魔獸。

而且在多里亞德莎遇上危機時，他在眾人面前連骨斬斷了大紅熊的粗壯腳踝。這一擊不是用大劍，而是一把普通的細劍。雖然這把劍也不錯，但是他的本領也十分高超。要是他有意願，光憑他一人也能輕輕鬆鬆打倒魔獸吧。

——班·伍利略，真是個高手。

看過這麼精彩的技巧，巴爾特身為武人的血開始騷動起來。在班·伍利略散發的氣息中，他覺得自己似乎也變強了。彷彿回到夢想成為騎士的少年時代，心裡感到興奮高昂。月丹似乎感受到巴爾特的興奮情緒，牠有時會跑得太快，得讓牠鎮定下來。

2

一行人做好了野營的準備。在抵達北方村莊前，他們將野營兩次。這個距離若勉強趕路，只需要野營一次就能抵達，但是疲累不堪的人和馬派不上用場。

班·伍利略抓了兩隻堤多拉回來。巴爾特看見堤多拉時，自告奮勇地接下了煮菜的工作。正好溪畔長了茂盛的約布葉。

「巴爾特老爺～要不要我去挖個芋頭之類的回來～？」

「不用，雖然機會難得，但算了吧。丟太多食材進去會讓湯汁混濁。」

「喔～」

不過，牠還真可愛。如果是在帕庫拉，抓到再年幼一點的堤多拉，大概就不會煮來吃，而是帶回去當作送給小姑娘們的伴手禮吧。當然是送活的。堤多拉的幼獸有著蓬鬆柔軟的白色毛髮、圓滾滾的耳朵和眼睛，在年輕女孩之間非常受歡迎。雖然牠現在已經死亡，閉著眼睛，不過微微抿起的嘴巴非常可愛。

好了，得快點放血才行。巴爾特先把堤多拉倒掛在樹枝上，在下方挖個洞，把頭砍下後丟進洞裡。多里亞德莎正在收集柴火，但她在不遠處看著這一幕，表情有些微妙。

在放血的期間，巴爾特走下溪邊採集約布葉，以溪水清洗後，用斯克路巴葉子包起來。之後他劃開堤多拉的腹部，去除內臟。內臟只要妥善調理，吃起來也很美味，但在這裡辦不到。雖然很可惜，但為了不吸引危險的野獸靠近，只能埋在土裡了。巴爾特挖了個洞，把內臟埋起來。接著剝下毛皮，也把皮和骨頭埋進土裡。

他再次走下溪流，清洗堤多拉的肉，把肉擦乾後依部位切開。這個步驟最為耗時，卻不能假手他人。因為若是在這時的切肉手法太粗糙，味道就會一落千丈。等他爬上營地時，野營的準備工作都已經完成，朱露察卡已經在幫忙生火了。

青年柯魯齊把裝了水的鍋子掛在火上方，當溫度升到即將沸騰時，將磨碎的岩鹽丟進鍋子裡調味。

「好，可以吃了，大家過來吧！」

「咦？巴爾特閣下，已經可以吃了嗎？」

「嗯。多里亞德莎閣下，這東西要邊煮邊吃。」

「喔，伯父，您這是要做什麼料理啊？」

「哥頓老爺，吃了就知道啦！」

「來來來，大家先把碗拿出來吧。」

巴爾特的手邊準備了幾支用木頭削成的木籤。這些是他先請班・伍利略幫忙做的。拿起兩支木籤，分別扠起堤多拉的肉，直接在火上炙烤。一開始先烤油脂少的臀部。肉不可以太靠近火，只要稍微烤過表面，不到烤焦的程度。

香噴噴的味道飄散出來。臀部的肉正靜靜地烤著。必須靠眼睛判斷炙烤的狀況，但是在陰暗的森林中，執行起來相當困難。

「好了。」

巴爾特說完，丟了一把約布葉下鍋。顏色黯淡的約布葉馬上變成鮮艷的綠色。

「多里亞德莎閣下先來吧。把肉放進熱水涮一下後立刻拿起來。」

「啊，好。」

巴爾特一邊說一邊把串在木籤上的肉放進鍋中的熱水。

「喔喔。」

多里亞德莎瞪大眼睛看著。

「來，多里亞德莎閣下。得把肉從熱水中撈起來了，還有約布葉。動作快。」

多里亞德莎有些困惑，但仍用叉子把肉和約布葉撈到盤子裡。

「趁熱吃。」

巴爾特看著多里亞德莎的動作，同時以木籤扠起另一塊肉，放上火烤。

「這東西要像這樣，一人份一人份下去燙。別急，大家很快就能吃到一次。」

多里亞德莎戰戰兢兢地把肉送進嘴裡後，開心地喊著：

「真好吃！」

沒錯。把放完血的肉在火上炙烤，再放進鹹味十足的湯裡，最後配上約布葉一起食用。如此簡單純粹的方式最能品嘗到美味的堤多拉肉。

「好，接下來換哥頓。嘿咻！」

約布葉和炙烤肉塊丟進鍋裡。很快地，每個人都輪過一次了。青年柯魯齊也拿著木匙，熟練地舀著肉和蔬菜。

最後換巴爾特了。他丟了兩塊炙烤肉塊進鍋子後，放入約布葉。巴爾特喜歡煮到半熟的約布葉。他迅速地將肉塊及約布葉放到自己的碗裡，呼呼地吹了幾口氣，把食物送進嘴裡。

——真好吃！

一開始在口中擴散開來的是炙燒肉塊表面的香氣，接著是鹹味十足的湯汁滿溢出來。在咀嚼的過程中，堤多拉肉擁有的清淡卻複雜的肉汁逐漸滲出。

要是把堤多拉的肉拿去水煮，肉質會過度緊縮硬化，還會留下噁心的味道。用烤的雖然可以去除臭味，但是如果要烤到全熟，肉的表面會烤過頭。

巴爾特開始研究能美味地品嚐堤多拉的方法，最後找到直接用火稍微烤過，在鹽味湯汁裡涮的調理方法。以這個方式品嚐堤多拉的肉後，可以發現大家認為平淡無味的堤多拉肉，其實具備複雜細膩的滋味。搭配帶有甜味的鹽巴更是一絕。

約布是一種蔬菜，葉片纖細扁平，在海拔不高的山上隨處可見，在平地也會自然生長。只不過生長在日照充足處的約布會長過頭，變得很硬，所以在森林中採到的約布會比較好吃。它有獨特的辣味及苦味，光是這些特質就無法多吃，就算吃了大量的約布，也無法填飽肚子，是種可有可無的蔬菜。

但是，約布葉非常適合搭配肉，不管是配水煮肉還是烤過的肉都很好吃。而且，在這種鹹味十足的湯汁中涮過後，刺鼻的腥味會消失，並逼出葉片中的黏液。它的口感好，風味也佳，與帶著強烈野外風味的肉是天作之合。

——唔嗯，唔嗯！

成品的味道如巴爾特所期待，不，比他期待的更美味，他感到非常滿足。不經意地看去，多里亞德莎拿著空碗，目不轉睛地看著巴爾特。

巴爾特在鍋裡加滿了水，磨了少許岩鹽加入水中。

接著又扠起一塊肉。這次是略帶脂肪的背脊肉。就在巴爾特稍微烤過肉，抓起一把約布葉要丟進鍋裡的時候——

「啊！巴爾特閣下，我的約布葉也想在肉之後放。」

——喔～這小姑娘很識貨嘛！

完全煮熟的約布葉較為大眾所接受，但是半生熟的約布葉，味道才最為鮮明強烈，口感也很清脆。而且稍不注意就會煮過頭，葉子會變成褐色並散發苦味，所以以這層意義來說，早早送入嘴裡可說是個明智之舉。巴爾特露出笑容，實現了女子爵的願望。

背部和臀部的肉味道完全不同。也只有在鹽湯中稍微涮過的料理方法，才能吃出其中不同。吃完背部後吃腹部，接著吃腰部和腹部中間的肉。當然，每吃完一輪，他都不會忘記再添水和鹽。起初清淡的料理，開始漸漸增添風味。一開始從紅肉滲出的肉汁為湯汁增添了深度，在燙過帶有油脂的肉之後，湯汁也充分吸收了油脂的鮮甜。

沒錯。想以這個料理方法吃到好吃的堤多拉肉，吃肉的順序非常重要，因為煮過頭等原因造成湯汁混濁也是大忌，偶爾也必須撈出浮渣。這些小地方的處理都會大大影響味道，所以巴爾特才不想讓別人來處理這道料理。

巴爾特所煮的肉慢慢地開始轉向油脂肥厚的部位。他把滿是油脂的肉移到火前，炙烤時發出悅耳的「劈啪」聲響。把肉放進鍋裡就開始滋滋作響，散發出香味。撈去浮渣，再添了水和鹽的湯汁漸漸變得白濁，化身為濃郁的美味結晶。吸收了白濁湯汁的約布葉也終於要煮成美食了。

眾人一開始飢腸轆轆地排著隊，等不及輪到自己。隨著肚子漸漸有飽足感，就開始一邊想像下一塊肉吃起來的滋味，一邊享受舌尖上的美味。

中途料理的速度減緩，大家小口小口地啜著酒，等待下一塊肉放進自己的碗裡。青年柯魯齊也喝了酒，心情稍微放鬆了下來，跟大家說了許多村子裡的事。

只有兩隻堤多拉卻要分給六個人吃，但吸了大量湯汁的肉意外地有飽足感，而且還吃了同樣吸足湯汁的約布葉。說不上吃得很飽，但是一群人充分滿足了。

眾人今晚應該都能一夜好眠吧。

「呼～吃飽啦～」

「巴爾特閣下，感謝您的招待。」

「真是美味。」

「主人真會做菜。」

「很、很好吃。」

「那是因為我的本性是個貪吃鬼。話說回來，班・伍利略，你可不可以別叫我主人？我之前也說過了，我沒有要買下你的意思，雖然有你的協助幫了我們大忙。我是希望你協助擊退這些盜賊，但在這之後，你愛去哪裡就去哪裡吧。」

「嗯，主人。一開始，我對主人策劃了連續三次的攻擊。」

這是一年前的事。班・伍利略作為寇安德勒僱用的刺客，向巴爾特提出了決鬥的要求。

「主人連續三次避開了我發出的三次攻擊，還毫髮無傷。」

「那只是運氣好罷了。」

「我的劍技沒有鈍到能靠運氣應付。以主人的本事想避開我的斬擊，只有百分之一的機率。百分之一的機率不可能連續出現三次。在那個時候，我就知道主人是受到老天守護之人，殺害您是違背天意的事。違背上天旨意之人只有毀滅一途。當時我還不能被毀滅，所以不想與主人戰鬥。」

這麼說來，當時在一開始的連續攻擊之後，他感覺得到班・伍利略的攻擊中欠缺了神采。

「命令我的愚蠢之人把自己送上了黃泉路，我才能不再與主人打鬥。不過，我也失去了賺錢的機會。我抱著測試上天的想法，發了個願，開始在臨茲賣身。在我發願的最後一天，主人買下了我。雖然金額不到我所需的十分之一，但是我想，或許能憑這些錢想辦法完成。」

「你當時說有件事非得去辦不可呢，看來是順利解決了吧？」

「解決了。我的妹妹在花街柳巷被客人強行帶走，需要一百萬蓋爾才能將她贖回。我很早就離開家了，不過在某一天得知了這件事。期限逼近，我帶著主人的錢前往目的地。結果有個男人表示想迎娶妹妹為妻，還幫我準備了錢，但是還差了一點點。主人的錢扣掉旅行所需的費用後，剛好補足了不夠的部分。妹妹得到了幸福。聽說我要是再晚個幾天就來不及了。此時，我了解到主人正是帶著天命之人。」

這些話令人很難照單全收。無論是多麼高級的妓女，要用一百萬蓋爾贖身也太過誇張。故事的其他部分聽起來很像虛構情節。

——不過，也不全是謊話。

他應該是有什麼苦衷，才不能將事實全盤托出吧。諸如把事情說出口，可能會有危難降臨在班·伍利略身上，或許也是不想讓巴爾特等人淌入這場渾水。但是，他不想以沉默回答巴爾特的問題，所以才以虛構的故事回答。這個虛構故事裡，包含著他努力的真相。

3

第二天，一行人多趕了一段距離。

負責帶路的青年柯魯齊及他的馬很努力，沒有落後地跟了上來。黃昏時分，他們來到可從崖上眺望北方村莊的位置。

一行人決定在崖下的河畔野營。巴爾特命令朱露察卡生火時，多里亞德莎吃驚地問道：

「巴爾特閣下，生火沒關係嗎？會不會被盜賊發現？」

「或許會被發現吧。但是，也可能不會被發現。如果擔心這點就不生火，情況會怎麼樣？冰冷的食物無法充分補充體力。現在已經入秋了，如果不生火，夜裡會非常冷。不僅會削弱體力，身體不夠暖和也無法發揮出平常的力量。這種時候才正該慢慢地吃頓飯，好好取暖。這麼一來，假設受到襲擊也能充分發揮戰力。而且，就一道炊煙，對方也可得知我們人數不多。對方可是人多勢眾，想必不會放棄人數優勢，貿然踏進夜晚的森林才是。多里亞德莎閣下，下了決定就不要再胡思亂想了。讓身心都好好放鬆吧。」

多里亞德莎點點頭，感受著手裡那碗湯的溫暖。

4

結果沒有發生夜襲。朱露察卡和班・伍利略說對方也沒有來偵察。既然是這兩人說的，應該不會有錯。

一行人在即將破曉之時出發，稍微迂迴地往村莊靠近。

——好了，這下該怎麼做才好呢？

一行人試著來到了這裡，但還沒擬定作戰計畫。說到底，他們也不知道對方的人數及裝備。朱露察卡看巴爾特陷入沉思，開口說道：

「奇怪了，老爺，您這是在沉思什麼？在臨茲時，您不是在轉眼間獨自將十二位拿著長槍和劍的士兵三兩下就解決了嗎？明明老爺還手無寸鐵呢。」

「喔喔！真不愧是伯父！」

「不愧是巴爾特閣下，太了不起了。」

看著雙眼發光的哥頓和多里亞德莎，巴爾特露出苦笑。

——當時的情況不同啊。

當時是在室內，沒有人數差距的問題，而且對方手上沒有遠程武器，身上也沒有穿著太好的防具。而且，他認為對方是只要在打鬥中展現實力，就會退縮的類型。

最重要的是，當時巴爾特是以不傷到朱露察卡分毫為最優先，他自己即使受到致死傷害也無所謂。所以才會將自己的損傷置之度外，只想打敗敵人，奪走他們的戰鬥力。

此刻沒有理由決一死戰。說到底，他們會專程跑到北方村莊來，是因為攻擊比防守更容易戰鬥。如果敵人人數眾多，只要分散他們，依序擊破就好。不是只有傻傻地跟對方正面衝突才叫戰鬥。

貝爾傑克說過盜賊人數超過四十人。聽起來有點過多，不過突然遭到襲擊的一方會感覺對方人數比實際上多。話雖如此，也不能全盤否定對方真的有超過四十人的可能性。

「朱露察卡，不好意思，麻煩你去偵察。」

「好！」

「啊！他已經消失在草叢裡了。」

「哇哈哈哈，不愧是朱露察卡。」

「哥頓閣下，那位名叫朱露察卡的人究竟是何方神聖？」

「喔喔～多里亞德莎閣下，朱露察卡是臨茲伯爵最可靠的家臣，也是他的密探。他目光銳利，身輕如燕，俐落敏捷，令人嘖嘖稱奇。」

「確實。明明是步行，卻以完全不輸給馬的速度跟上來，連大氣都不喘。我一直認為他不是等閒之輩。」

哥頓這麼說，但是朱露察卡是盜賊，不是密探。此外，他也不能說是臨茲伯爵的部下。但是，要說他真的不是密探嗎？卻也不能這麼說。自從他開始和巴爾特一起旅行後，也會幫忙偵察及搜索。在恩賽亞大人的城中更是大顯身手。而且他也能在非常短的時間內來回臨茲等地。

要說他不是臨茲伯爵的家臣嗎？這也不能這麼說。雖然不是長久以來的部下，但是似乎好像也接下了臨茲伯爵的命令行動。應該也有收取報酬吧。

所以巴爾特沒有對哥頓的說明做出訂正。

過了沒多久，朱露察卡回來了，他的表情十分嚴竣。

「這群人分住在好幾間屋子裡。最大間的屋子裡大概住了十五人，可能再多一點，大概有一半還醒著。第二大的屋子共有三間，裡面各住了五個人，所有人都在睡覺。別的小屋中也關了好幾個男人。另外在大屋子旁的僕人小屋裡，關了幾個女人。他們正在最大間的屋子裡對女人們做過分的事！」

這樣聽來，敵方人數約莫三十人，甚至更多，而且他們手上有人質。巴爾特想思考作戰方式，但猛然一看，班．伍利略不在馬上。看來是徒步往村莊走去了。

巴爾特把班．伍利略的馬托給青年柯魯齊照料。

「你在這裡等。不管聽到什麼聲音都不要動，知道了嗎？哥頓、多里亞德莎閣下，你們策馬前進，小心不要發出聲音。班．伍利略想悄悄地發動奇襲，我們不能妨礙他。」

在他們前進沒幾步時，從村莊方向傳來響亮的聲響及怒吼，還有女人的慘叫聲。他們已經不用安靜地前進了。

「跑！」

巴爾特一喊，明明還沒有往月丹的臀部拍下，月丹就開始衝刺。這匹馬總是如此，討厭接收命令，但是會在命令下達前，察覺主人的意圖而採取行動。

盜賊從三間屋子衝了出來，往最大間的屋子跑去。沒有人手上有弓箭，但有兩人拿著長槍。

巴爾特衝過盜賊們，一劍劈向盜賊拿著長槍的手。然後他衝進村裡，策馬調頭。騎在馬上的戰士對步行的人是個威脅。個頭高大的人與馬舉著刀劍發動襲擊讓盜賊們心生動搖。

就在巴爾特想再次衝進心生動搖的盜賊群中時，多里亞德莎衝了過來，所以他停了下來。克莉爾滋卡這匹馬跑得還滿快的。

多里亞德莎先砍了手持長槍的盜賊，奪去戰鬥力。盜賊們拚命試圖還擊，但是多里亞德莎巧妙地操控著馬匹，卸去這些反擊。就算偶爾有些攻擊擊中盔甲，她也毫不驚慌，穩健地一一將敵人擊敗。

——嗯，在魔獸一戰之後，整個人脫胎換骨了。真是技巧純熟的戰鬥姿態。實在難以想像她是個不知何謂實戰的騎士。除去殺害叛徒從騎士那一次，恐怕這是她第一次砍人吧？

沒有必要去搶多里亞德莎的功勞。哥頓比多里亞德莎稍稍來遲，他也了解這情況，因此繞到盜賊們擊著馬匹的地點前方。他想截去他們的退路。

巴爾特下馬往大間屋子走去。門已被踢破。在他踏進屋子的瞬間，濃烈的血腥味竄入鼻腔。

屋裡是堆積如山的屍體。

一共死了十六位盜賊。這群人中有些被砍去手或腳，有些人的頭被斬下，滾落一旁。有五位姿態令人不忍卒睹的女性蹲在血海中，哆哆嗦嗦地抖個不停。她們以恐懼的眼神看著唯一一位還站著的男人。

被鮮血噴濺到的班．伍利略站在原地。拿著滿是鮮血的魔劍的手無力地垂下，只是站著。眼神空洞，全身飄散著可怕的虛無感。

巴爾特受到了衝擊。

——這、這是怎麼回事？這個宛如失去靈魂的木偶男子是那個班．伍利略？那個精明靈敏，生龍活虎地享受著每一場戰鬥的男人到哪裡去了？眼前這慘況又是怎麼回事？從傷口完全看不出高超的本領。這不就只是把人剁碎嗎？這麼殘忍的殺人方式，真的是班．伍利略幹的事嗎？

——如果真是如此……如果真是如此，我完全看錯了這個男人。在他平淡飄然的外表下，承擔著如此深沉的黑暗嗎？

此時，在巴爾特眼裡清楚了看見依附在班．伍利略身上的紅色巨鴉。

但是現在有必須優先處理的事。總之，得救出村民才行。他們已經知道有許多女人都活了下來，男人則有八位倖存，全都被綁起來置之不理，狀況十分淒慘。

在眾人忙碌了一陣子後，勃帕特的官員帶著士兵到來。正好可以把屍體交由他們處理，接著巴爾特開始逼問負責的官員。

締結了守護契約，每十天必須來巡邏一次，卻超過了三十天都沒有前來。不止如此，連遭到盜賊團襲集的申訴都放置不管將近十天，到底是在想什麼？

官員的驚慌全寫在臉上，但以一句不關你的事拒絕回答。然而，當他知道多里亞德莎是葛立奧拉皇國的騎士兼子爵，還是法伐連侯爵的千金時，垂頭喪氣地說出了實情。

這全是佛特雷斯侯爵家的騎士們幹的好事。他們威脅勃帕特領主，短期間內這兩個村莊就算發生任何變故，都不得插手。

勃帕特領地在經濟上相當富裕，也養了許多士兵，實力高強。沒道理會受到他國騎士的威脅。但是，勃帕特領主有個野心，希望總有一天能當上葛立奧拉皇國的貴族。他被抓住這個痛處，被迫協助。說到底，讓多里亞德莎把勃帕特當成魔獸討伐據點的理由也在此。

多里亞德莎在得知一切原由後，臉色一片蒼白。

巴爾特向官員詢問，擊退盜賊是否有獎金？官員回答有獎金，因此巴爾特要他保證會把所有獎金交給這個村莊的村民，而盜賊們留下的裝備及其他物品也得作為村莊的財產留下。

巴爾特向多里亞德莎下達指示，要她去跟存活下來的村民說明一切。

包括貝爾傑克平安抵達勃帕特，之後又到了南方村莊，在南方村莊懇求他們這群碰巧在場的騎士們來擊退盜賊，還有南方村莊派了一位青年柯魯齊，帶著巴爾特等人來到這裡等等。

這樣應該能加深南北兩村的友誼，重建時兩村也更容易攜手合作。

5

一行人中途在森林裡住了一晚，回到了南方村莊。向村長報告事情始末，取回交給他們保管的行李後，一行人甩掉慰留的村民們出發了。

用餐過後，在野營的火堆旁，多里亞德莎開始斷斷續續地說起話來。

關於多里亞德莎外出狩獵魔獸一事，因為雪露妮莉雅公主的姊姊愛莎公主提出協助的要求，她母親的娘家——佛特雷斯家騎士才會出手相助。

這位愛莎公主在不久前談妥了婚約，但是關於這件事有一些傳言。據說愛莎公主的婚約對象是一位年輕有為的青年，也是伯爵家繼承人，然而，皇王原本想讓這位青年成為雪露妮莉雅公主的結婚對象。由於遭到雪露妮莉雅公主拒絕，這才輪到了愛莎公主。多里亞德莎知道這些傳聞是真的，也難怪佛特雷斯家會感到不悅。

此外，這次會選雪露妮莉雅公主作為國家代表，參加邊境武術競技會，聽說其中還有可以選擇帕魯薩姆王國的騎士為結婚對象的涵義。多里亞德莎也知道這是鐵打的事實。

而且，即使和帕魯薩姆王國的騎士結婚，皇王也沒有讓公主嫁到外地的意思，打算為了雪露妮莉雅公主立一個新的侯爵，讓對方入贅，這件事也讓大家議論紛紛。多里亞德莎知道這也是事實。

而且，她聽說要立的並不是侯爵，而是公爵，還要在皇宮腹地內新建宅邸。

最小的公主身上流著商人血脈，卻只有她得到這樣的特別待遇，愛莎公主和她老家不可能會開心。特別是愛莎公主的母親瑪莉艾斯可拉王妃，據說對雪露妮莉雅公主及她的母妃抱有強烈的憎恨。

所以在遭到佛特雷斯家騎士們襲擊時，多里亞德莎才會問騎士亨里丹，她該摘下紅花還是白花。騎士亨里丹回答紅花，也就是瑪莉艾斯可拉王妃。白花指的是愛莎公主。

此時，多里亞德莎最怕聽到的答案其實是兩者皆非。這樣一來，幕後黑手是佛特雷斯侯爵本人的可能性就會提高。如果佛特雷斯侯爵是幕後黑手，恐怕會發展成兩個侯爵家間的全面戰爭。反之，如果是瑪莉艾斯可拉王妃獨斷獨行，佛特雷斯侯爵會幫忙息事寧人。

話說到這裡後，多里亞德莎沉默了下來。她一直低著頭，沉思著什麼，表情蒙著陰暗。

多里亞德莎心裡的想法，巴爾特覺得自己大概能猜到七八分。

聽到紅花這個答案，多里亞德莎放心了。然而，卻在出乎意料的地方有民眾蒙受其災。

發生了一個村莊失去半數人口的慘劇——如果沒有佛特雷斯騎士們不合理的干預，這些人民本來不會死的。佛特雷斯家想致多里亞德莎於死地的想法，讓該村莊陷入毫無防備的狀態，才給了盜賊們趁虛而入的機會。

雖說佛特雷斯的騎士們是自作自受，但也受到了極大的傷害。要說這一連串事件是起因於多里亞德莎想要魔獸頭顱，確實也是如此。多里亞德莎現在應該是在想這些吧。

──真是個笨拙的小姑娘。

多里亞德莎的行為本身並沒有錯。與其責備自己，不如憎恨佛特雷斯家。這麼一來，她就可以不必那麼痛苦。沒有人會苛責多里亞德莎。反倒是多里亞德莎採取的行動，可說是盡全力做出最好的選擇了。

──然而，這小姑娘不會停止責備自己。這是因為她有一顆哀悼死去人民的心。沒錯，儘管煩惱吧，不可逃避這份煩惱。一直懷抱著這份痛苦，是成長為真正騎士的唯一道路。

巴爾特看著多里亞德莎，臉上的表情嚴肅緊繃，但眼裡閃著溫柔的光芒。

──話說回來，那個什麼瑪莉艾斯可拉王妃的恨意真不尋常。就算殺了多里亞德莎，她打算如何讓人呈報這件事？多里亞德莎的身分太過高貴，如果連屍體都不帶回去，以意外死亡覆命恐怕難以了結。不管事情如何發展，佛特雷斯家都逃不過名譽掃地和遭到問責的下場吧？

從中感覺到的瘋狂意圖，讓巴爾特寒毛直豎。

第六章 葛斯・羅恩

巴路克的肥肉

1

「啊！是巴路克！班！班！你過來幫我抓這隻巴路克。」

班・伍利略丟下本來在撿拾的柴火，跑到朱露察卡身邊。然後和朱露察卡併肩一起奔跑，追著逃走的巴路克跑。

「可以殺嗎？」

「嗯！」

魔劍一閃，巴路克的頭顱落地。

「謝啦～接下來我自己來就好。」

「嗯。」

——他抓巴路克要做什麼？

巴路克是種笨重的野獸，所以只要尋到牠的蹤跡，想抓到牠並不困難。但是牠的肉不止硬，更難吃得不得了，還帶著一股很難聞的味道。毛也很硬，難以去除。皮也不好鞣製，乾燥之後還很容易裂開。唯一能從巴路克身上取得的只有油。從巴路克的肥肉中可以榨取大量的油。只不過這種油不好點燃，不適合用在照明上。頂多只能用來按摩肌膚或保養器具。不過它很容易招來蟲蟻，所以大家也不太喜歡這個用途。

「你要做什麼？」

「巴爾特老爺，你居然問我要做什麼？當然是拿來吃啊！」

「你要吃這玩意兒？」

「嗯，你就看著吧！」

朱露察卡一邊說著，一邊把肥肉的部位切下來，剩下的部分則迅速埋了。然後用左爾巴葉把那塊肥肉包起來，往溪流跑去。過了一陣子，他又回來了。仔細一看，沾滿鮮血的肥肉已經洗乾淨了。

「巴爾特老爺，那邊那條溪有很多魚，你去抓嘛！」

「嗯。」

自從朱露察卡知道巴爾特具備以弓箭捕獲河魚的技能後，只要一有機會，就會拉巴爾特出場。箭的速度會輸給水勢，在流速太快的河川沒辦法用弓箭捕魚。由於射中魚也無法回收，極深或極寬的河流也是行不通的。此外，體型太過巨大的魚也不適合用弓箭捕獲。

他下到溪流一看，河水清澈，正適合以弓箭射魚。不一會兒，他就抓了大概十隻休魯斯魚和四隻茲拜魚，回到野營地。

之後他們開始準備晚餐。巴爾特用樹枝扠著休魯斯魚火烤，灑上鹽巴。茲拜魚則是丟進鍋子，跟朱露察卡挖到的薯類一起煮。

「煮得差不多了吧？」

肚子差不多被烤休魯斯魚和燉茲拜魚填飽時，朱露察卡這麼說著，用以樹枝削成的木籤扠起乾燥過的巴路克肥肉，再灑上以某種果實磨成的粉和鹽巴。

「哥頓老爺，我也不知道它叫什麼名字。不過麻麻辣辣的，味道非常棒喔！」

「那是什麼果實？」

「喔～」

「這、這種東西能吃嗎？」

「小姐，能吃啦，好吃到會讓妳嚇一跳！」

巴路克的肥肉白皙得耀眼。想必是細心地洗去了血水，肥肉在暗夜中朦朧地浮現輪廓，白得不可思議。

「這樣就行了，接下來只要烤一烤就好～」

朱露察卡爽快地把白色肥肉拿近火堆。火馬上燃燒油脂，劈啪作響。接著，朱露察卡轉動木籤，從另一個角度烤著肥肉。肥肉的表面烤得出現了淺淺的焦痕。

「好啦。來，巴爾特老爺。」

朱露察卡用力地把木籤遞向巴爾特。巴爾特雖然有點困惑，還是接過了木籤。

——烤的時間真短啊！該不會沒烤熟吧？

畢竟巴路克的肉如果沒有熟到一定的程度，會腥到無法入口。但煮得太熟，肉質又會變硬，就算烤那麼久也無法完全去除腥味。但這塊肥肉卻滋滋作響，看起來很好吃。巴爾特聞了聞它的味道，不可思議地沒有腥味，香氣相當強烈，令人食指大動。他狠下心一口氣把肥肉送進嘴裡。

接著……

肥肉悄悄地融化在口中——真的是融化了。無比鮮甜，無比柔嫩。表面輕微的焦痕讓整體的味道收得剛剛好。話說回來，這肥肉真甜。在他無法說話，只能品味著這份鮮甜的時候，巴路克的肥肉已溫柔地撫過整個喉嚨，化開消失了。

巴爾特享受著這份餘韻，不經意地看到身邊的眾人都注視著他。

「……好吃。」

巴爾特的一句話讓眾人忽然對這道料理感興趣了。

「我、我也要吃吃看。」

「好喔～小姐，請用。」

朱露察卡把已經烤好的下一串肥肉遞給多里亞德莎。

「我也要。」

「好的～哥頓老爺。稍等一下喔！班也是。」

朱露察卡這麼說著，同時烤起兩串肥肉串。

「拿去～請用。」

「這味道真新奇。所謂好像融化在嘴裡的味道，就是這種感覺嗎？」

「小姐，妳好像很喜歡呢。」

這不是好像，而是真的在嘴裡化開了。隨著融化的肥肉，感覺口腔和喉嚨也一起融化了。

巴爾特接過下一串肥肉吃了起來。

這雖然稱為肉，卻不是大口咬下的食物。要把這個直接放入口中，慢慢品嚐才行。在口中施加少許壓力，就能感到肥肉的彈牙。這股彈力令人心曠神怡。再加重幾許壓力，鮮甜汁液溢滿了嘴裡。但是這些汁液不是從肉塊中滲出來的，而是肉的一部分化成了液體。話說回來，明明只是稍微炙烤過表面而已，卻連中間都這麼柔軟。

「朱露察卡，下一串你幫我烤焦一點。」

「好喔～」

「啊，離火那麼近沒關係嗎？」

「巴爾特老爺，這種肥肉呢～如果用遠火慢烤，油脂會化開滴下去，就會變得比較小塊。所以如果想烤焦一點，還要留下大量柔軟的肥肉，只能整串伸進火裡烤啦。烤好了，拿去。」

熱騰騰的肉串。熱騰騰又香香脆脆，而且柔軟無比。灑在表面的少量鹽巴也很不錯，果實粉末也帶來恰到好處的刺激。

「班，怎麼樣？好吃嗎？」

「嗯。我第一次嚐到這種滋味，是非常有趣的味道。」

巴爾特看見班・伍利略微笑，莫名地感到心痛。班・伍利略這個人，只要有人跟他說話，他都會親切回答，也會笑臉相迎。但是，巴爾特覺得這不是班・伍利略真正的模樣。感覺他在勉強自己，粉飾太平。

「喂，朱露察卡，不是還有肥肉嗎？為什麼不烤了？」

「哥頓老爺，這種肥肉不可以吃太多啦。」

「我還能吃下一堆呢！」

「不不不，我說啊～這玩意兒要是吃太多會拉肚子喔。」

「這你要早點說啊！」

——哥頓和朱露察卡天生的開朗令人寬慰。

巴爾特這麼想著。

2

巴爾特等人現在身處於森林深處的空曠空間。

眼前的瀑布水流滔滔不絕地注入碧綠深潭。潭旁突出一塊巨大岩棚，班．伍利略就睡在上頭。

直到剛才，他一直在游泳。完全洗去汗水及身上沾染的血跡之後，現在正裸著身子舒爽地吹風。

古銅色的全身上下四處都有傷痕，卻絲毫無損這個男人的美麗。雙腿及手指都纖細修長，手臂也很精壯。全身上下藏著驚人爆發力的肌肉，以天鵝絨般的光滑表面，完美掩去他凶惡的一面。動作靈活，身軀光潔，彷彿一頭夜晚的野獸。他身上的體毛反射著從樹木枝椏間灑落的陽光，看起來像被燐光包圍著。

他撐著左手肘，稍微抬起上半身，右臂曲在胸前擺盪。黑髮垂在額前，只有偏左的一撮是褐色的，正在隨風飄動。不知不覺間他已經把鬍子刮了，下巴和嘴邊都是光潔一片。倒是眉形輪廓分明，粗長濃密，鬢角也優雅地垂下。

他的頭髮從正面看起來偏短，背後的毛髮卻相當長。他的毛髮並不是一根一根都很長，而是髮際線一直持續向下延伸。而且，背脊正上方的體毛莫名濃密，所以看起來像頭髮生長到快及腰的地方。當他在水中自由自在地四處游著時，看起來就像長了背鰭一般。

多里亞德莎一個人躲在岩石後方沖涼，她仔細地清洗過身體後，穿著透氣的單薄衣物走出來。看見班・伍利略一絲不掛的模樣，她吃驚地別過頭，但肯定扳起了臉孔，裝成一副若無其事的樣子。

——她是覺得害羞就輸了吧。

輕巧地睡在樹上的朱露察卡輕笑出聲。多里亞德莎眼神凌厲地看向朱露察卡，但這位盜賊當然毫不畏懼。

「哼！」

多里亞德莎粗聲粗氣地哼了一聲後，拎著盔甲回到河邊，使勁地洗了起來。

哥頓・察爾克斯睡在樹木根部，對這些互動渾然不覺，他的鼾聲之大，完全不輸給瀑布的聲音。

季節已入秋。天空清澈，樹木染上繽紛色彩，水澄澈通透，日光溫煦。

一行人各自以自己的方式放鬆身心。

3

即使在眾人像這樣休養生息的此刻，那隻招來死亡的紅色烏鴉仍依附在班·伍利略身上。現在的巴爾特看得一清二楚。

在盜賊們占為據點的家中，班·伍利略單槍匹馬地衝了進去。原來如此，要說以這男人的武藝，確實不需要害怕這些山林野盜。但是他不知道敵人手上有什麼武器，也不知道有什麼防備。

即使是武藝登峰造極的武人，在雨中也無法完全避開雨滴；在沙塵暴中也無法完全避開沙子。無論是什麼樣的高手，只是被塗了毒的短劍劃傷身體也可能會死。

這位稀世劍士認為自己死了也無所謂。此時此刻，巴爾特無法從這個男人身上感覺到生存的喜悅。

一開始見面時並非如此。當時的班·伍利略很享受跟巴爾特的以劍相鬥，也還沒捨棄求生的意志。

與大紅熊魔獸一戰的時候，這個男人確實還生氣勃勃。以冷靜沉著到令人生氣的姿態接連避過魔獸攻擊，身上散發著只有窮盡劍術之道的武人才有的特殊光輝。

然而，將盜賊們碎屍萬段的做法太過殘忍。盜賊們被剁得四分五裂的手腳碎肢和頭顱。以這個男人的本領，明明能更優雅地打倒這些人。

如果要問哪個才是真正的班・伍利略，想必兩者皆是吧。

在吊兒郎當的態度背後，這個男人抱著絕望活著。他到底經歷過什麼樣的人生，看過什麼樣的風景？是一直看著重要的人死去，受到傷害，從這個世界上消失嗎？是什麼樣的人生體驗，才能奪走這樣一個男人的生命力？

即使如此，這個男人還是活了下來。或許是對那位妹妹的掛念把這男人勉強留在這個世上。若是如此，在妹妹覓得伴侶的這個時刻，這個男人也差不多到了生死關頭。

或許這個男人從出生至今，一直背負著數個沉重的包袱，定下眾多約定並活到現在。

他不願讓自己從這些束縛中解脫。套他的說法，就是他認為不可以打破與上天的約定。若是打破了這些約定，上天的報復會奪走妹妹的幸福，毀掉至今的所有一切。

要怎麼做才能讓他從束縛中解脫呢？

這個男人說過，巴爾特是得到天命之人。或許真是如此。天意不想讓他死，所以才引領他和巴爾特相遇。

但是，有什麼方法能讓這個男人活下去？如何才能趕走那隻深深攫住他心臟的紅色烏鴉？

巴爾特一步步地思索到這裡，突然感到奇怪。

——我到底在想什麼？我是在思考怎麼樣才能拯救這個男人嗎？

——我以為自己是誰啊？我辨不到左右別人的想法。想拯救他人、改變他人本來就是不可能的事。

——如果有什麼我能做到的，那就只有給予了。我只能付出我所擁有且對他有益的東西。而願不願意接受，就看這男人了。自己的人生只能靠自己走下去。

巴爾特用手指敲著以亡故愛驅的皮革製成的劍鞘。

話說回來，自己為什麼會對這個男人的事如此上心？自己是喜歡這位乖僻劍士的哪一點？巴爾特想了一想，卻還是一頭霧水。

4

班・伍利略還待在岩棚上，但已經穿上了衣服。

巴爾特爬上班・伍利略隨意躺著的岩棚上。

「班・伍利略，你已經認我當主人了對嗎？」

班・伍利略撐起上半身面對巴爾特。

「嗯。」

「那你會服從我的話，並遵守你對我立下的誓約嗎？」

「嗯。」

「你有沒有必須傳承下去的家系、名號、家產或是任務？」

「不，都沒有。」

巴爾特手掌朝下，伸出右手手指伸向斜前方。這是騎士命令他人宣誓時的姿勢。

班・伍利略一驚，端正姿勢並來到巴爾特面前，右膝跪地，低下頭來。巴爾特・羅恩將右手抵在班・伍利略頭上，開口宣布：

「以黑暗與安寧之神帕塔拉波沙之名，騎士巴爾特・羅恩詢問騎士班・伍利略。班・伍利略，你是否願意立誓？」

「我願立誓。」

「既然如此，我巴爾特・羅恩，以師父與父親的身分宣布，我將於此時此刻撤除你的名字。接著，我將納你入羅恩家成為我的養子，成為承繼家名之人。從今而後，你的名字就是葛斯・羅恩。就此起誓吧！」

即使是班・伍利略似乎都吃了一驚，他想抬起頭，但巴爾特的右手不允許他這麼做。巴爾特指節分明的大手牢牢地按著班・伍利略的頭。

「立誓吧！」

再次聽到巴爾特的命令，班・伍利略稍微猶豫後，以略微顫抖的聲音宣誓：

「我發誓。」

「嗯。此刻你的舊名已不存在，以舊名立下的誓約也已煙消雲散，騎士誓約也已消逝。因此得重新進行騎士誓約儀式。」

巴爾特從腰部拔出自己的配劍，將劍身平放在跪在眼前的男人右肩上。

「你——葛斯・羅恩，即將成為騎士之人，汝之欲將誓約獻給哪位神祇？」

經過短暫的沉默，他做出回應。

「風神索西艾拉。」

「很好。風與忘卻之神，從不懈怠守護萬物成長，恩澤深厚的森林之友索西艾拉啊！請您明鑑。精神、體力、技藝、智慧皆已磨練成才的武人，將於此刻立下騎士誓約。葛斯・羅恩，即將成為騎士的汝，欲將忠誠獻予何人？」

對於這個問題，漫長的沉默降臨。

瀑布的聲音。

樹梢枝枒的喧鬧。

小鳥們的鳴叫聲。

森林中的一切都不急不徐。

如果巴爾特不是宣誓的導師，葛斯·羅恩肯定會毫不猶豫地選擇巴爾特作為效忠對象。但由於巴爾特是騎士誓約的導師，根據古習俗不能這麼做。此外，如果巴爾特有妻子，也可以選擇她為效忠對象，但是不巧的是羅恩家只有巴爾特和葛斯兩人。

所以葛斯必須自己選擇真心想效忠的對象。他必須將雙手伸入自己的內心，掬取潛藏於其中的想法。

以及希望。

他必須找到適合作為生存指標的事物。

這是班·伍利略重生為葛斯·羅恩的過程中，絕對需要的一件事。

——煩惱吧，苦惱吧。然後將這些編織成自己的話語。你是重視某個事物的人嗎？能找出什麼樣的價值？你要向諸神宣告這些內容。這麼一來，葛斯·羅恩才能成為有著炙熱血肉的人類。

這段漫長的猶豫期間中，巴爾特只是靜靜地等著。過了一陣子，宣誓人費力地擠出聲音回答：

「我將把自己的忠誠獻給被略奪之人。」

接下來的這句話，和至今的班．伍利略截然不同，迸發著難以壓抑的激情。

「毫無理由就被奪去重要之物的人們、被剝奪了故鄉、家人及自己的人們、被迫過著自己不期望的生活的人們——這些人們是我的心之所向。我將為了遭到踐踏、壓迫及曲解的人們，拿起我的劍。我的忠誠將獻給被略奪的人們。」

巴爾特點點頭，接納了這個彷彿淌著鮮血的誓言。

「很好。那麼為了實現這個誓約，汝將選擇遵從何種德目？」

「我選無知。」

在稱為十三德目的條約中，及巴爾特所知的前例中沒有稱為無知的德目。

「我不知道自己明天會是什麼樣子，也不知道國家的明天會有何發展。我也不知道今天認為正確的事，明天是否依然相同。我沒有本事可以正確地說中世間事物的結局。像這樣無知的我不會取笑任何人的意見或願望，也不會覺得他人愚蠢或做錯了什麼。我將以無知為唯一之德行，實現自己的誓約。」

「很好。風神索西艾拉啊！諸神啊！偉大的生命啊！此時此刻，新生騎士葛斯．羅恩在此誕生。請見證他的誓約，賜予祝福！」

巴爾特完成宣言後，舉劍在葛斯的右肩點五下，再點七下左肩之後，收劍回鞘。然後在讓葛斯起身之前，再次用右手抵住他的頭宣布：

「騎士葛斯．羅恩，我以誓約導師的身分命令你。」

「洗耳恭聽。」

「隨心而活吧！」

巴爾特說完後讓葛斯站起來，將手放在他的雙肩上說：

「這樣汝就成為騎士了。」

不知不覺間，眾人都圍在一旁，看著這場宣誓。

哥頓．察爾克斯「嗯嗯嗯」地點著頭，以強而有力地祝福：

「騎士葛斯．羅恩，願汝之前途一片光明！」

多里亞德莎淺褐色的眼眸閃閃發光，以無法完全掩飾的感動的聲音說：

「葛斯．羅恩閣下，在此獻上我的祝福。」

朱露察卡的反應則和兩人截然不同。他把雙手交疊在後腦勺，這麼說道：

「喔～好好喔～好好喔～噯噯，我也要做那個儀式啦～」

「不，你哪需要宣誓，你本來就不是騎士啊。」

哥頓火速提出指正。

「嘖！太～奸～詐～啦～太——狡——猾——啦——喂！葛斯！」

他莫名豪氣地直呼葛斯的名字。這麼說來，至今為止，朱露察卡就只有對班・伍利略不會稱為老爺。

「你知道吧～我可是比你早成為巴爾特老爺的親人喔，你要叫我哥哥！」

一群人不知道該怎麼反應，短暫的沉默流竄在現場。葛斯雖然是個年齡極為難辨的男人，但他的年紀不小於朱露察卡。

葛斯微微勾起嘴角。

「啊！這傢伙，你笑了吧！你剛剛用鼻子笑了對吧～」

朱露察卡揮舞著樹枝向葛斯・羅恩發動攻擊。他不停地揮舞樹枝，攻擊意外地迅速。

「給我等一下～～～～！」

葛斯輕輕鬆鬆地避開他的攻擊。他的臉上已經看不見過往那張虛偽的笑容，而是徹底的面無表情。雖然面無表情，巴爾特卻覺得他的表情很平靜快樂。巴爾特還是能看見他背上的那隻紅色烏鴉，但身形逐漸變小。

「叫我哥哥啊～～！」

他的大嗓門在森林中迴盪。受到驚嚇的小鳥們振翅飛離。牠們的叫聲聽起來相當錯愕。紅色、黃色及橘色的葉子飄落深潭，在水中翩翩起舞。

第七章——於瀑布水畔

—由芙果實—

1

朱露察卡和葛斯你追我跑的遊戲還在持續著。朱露察卡一直揮舞著樹枝，真虧他都不會喘，揮舞樹枝的方式也很靈活。

「誰教我對弓或刀完全一竅不通～」

這男的可是說過這種話，完全不拿武器的人。

令人驚訝的是他的肢體動作。巴爾特知道他是個身輕如燕的男人，但是再次感到佩服。他蹦蹦跳跳地從表面黏著濕答答落葉的岩石跳到另一塊岩石，完全不會腳滑。他似乎能在一瞬間分辨出哪塊石頭踩了不會崩裂，不知道怎麼辦到的。

負責逃跑的葛斯也一樣。面對朱露察卡這個對手，葛斯一邊避開他揮起來有如天羅地網的樹枝，被逼到絕靜時跳上另一顆岩石。因為他一直背對著往後跳，能精準地踩上下一顆岩石，簡直像在表演雜耍。

不過，這個男人是人稱「赤鴉」的劍客，他的本領高超，如死神般受人懼怕。跟本領高超的人追逐著玩卻能與他平分秋色，或許朱露察卡意外地也有練武的才能也說不定。

巴爾特忽然看向身旁，多里亞德莎正注視著玩成一片的兩人。她的眼神極為溫柔。

完全洗去髒汙的側臉非常美麗。年輕的肌膚乾淨通透，由內側發出光澤，白皙得令人睜不開眼。總是綁在後頭的栗色長髮現在披散而下，隨風搖曳著。

她的美不是柔弱之美，而是剛強的美麗。她的身高比朱露察卡略高，但是比葛斯矮，以女性來說個頭偏大。

她的骨架紮實，高挺的鼻梁及輪廓稜角分明的下巴，彷彿將堅定毅然的心境與形象直接結合。但是，這位女性身上沒有粗魯的形象。因為她從未在眾人面前展現嬌媚的模樣，卻帶點柔幻嬌美的氣質。修長的四肢配上巴掌臉，整體的身材比例穠纖合度，讓身高看起來比實際上更高挑。

她那張端正美麗的臉龐忽然轉向巴爾特。茶褐色的雙眼清澈無比。

「巴爾特閣下真是位不可思議的人呢。」

她的措詞嚴謹卻不帶刺。就像吹拂而過的山風，帶來一股清涼。

——這小姑娘的聲音聽起來真是悅耳。

「是嗎？」

多里亞德莎再次轉向在下流處的兩人，輕聲說道。

「嗯，是的。」

2

晚餐席間，朱露察卡開口問：

「嗳嗳，小姐，妳要參加邊境武術競技會對吧？」

「嗯，是啊。還有，朱露察卡，你能不能別再叫我小姐了？」

「啊，妳不喜歡嗎？對不起喔～不然，我可以叫妳多里小姐嗎？」

多里亞德莎一臉陰沉，看來她不喜歡多里這個稱呼。

「不行，我不喜歡這個稱呼，而且也不要加小姐。」

「那可以叫妳多拉嗎？」

「多拉嗎？嗯，這個不錯。」

「妳喜歡嗎？太好了。然後，那個什麼邊境武術競技會是何時在何地舉行？還有，多拉妳要參加哪種競技？」

「唔，你不知道嗎？這場競技會很有名喔！」

「不，我也不知道。」

「哥頓閣下也不知道嗎？」

其實巴爾特也不知道。

多里亞德莎開始說明。

邊境武術競技目前是由葛立奧拉皇國及帕魯薩姆王國兩國共同舉辦，每五年舉辦一次，將於明年四月初舉行，為期七天。會場是由兩國輪流準備，這次則將在帕魯薩姆王國的洛特班城舉行。

競技分為七個項目。

第一項競技：馬上長槍。

第二項競技：雙手劍。

第三項競技：打擊武器。

第四項競技：單手劍。

第五項競技：細劍。

第六項競技為綜合競技，由第二項競技到第五項競技的優勝者及準優勝者參加。

第七項競技為歌唱。

除了第六項競技之外，兩國針對每項競技，將各派出四位代表，總共會派出二十四位代表參加。兩國加起來，參賽人數共有四十八人。馬匹及盔甲由參賽者自行準備，武器則由主辦國準備。

這種類型的競技會十分罕見。這場大會中既沒有獎金，也不具備褫奪敗者的武器或馬匹的權利，能獲得的只有名譽，也禁止豪華的裝飾。每位參賽者可以帶兩位隨從，但在競賽期間，其他人連靠近會場都不行。沒有觀眾，除了參賽者本人及隨從之外，只有兩國主辦人及其隨扈、裁判、工作人員能觀戰。這場武鬥大會樸實剛健，著重於實力的表現。正因如此，只要能在某一項目中獲勝，就可獲得是位實力派騎士的評價。

多里亞德莎申請參加的是第五項競技的細劍。

第一項競技以落馬先後定勝負，第五項競技則是由裁判判定輸贏，其他競技是以倒地的順序判定輸贏。相較於男騎士，多里亞德莎的體力較差，只能靠技巧獲勝。如果是參加第五項競技，即使是多里亞德莎也小有勝算。

「畢竟多拉的動作很快嘛。不過，與其穿著金屬盔甲戰鬥，改穿皮甲能讓動作更迅速吧？」

「是沒錯。不過，雖然用的是沒有劍刃的劍，不過只要挨上一擊就會造成相當程度的重傷。以我的情況而言，也可能承受一擊就無法戰鬥了。這套板甲是名家之作，以金屬製的全身盔甲來說非常輕巧，但是防禦力很強。」

在所有競技中，要穿什麼樣的盔甲似乎是參賽者的自由。但是第一項到第四項競技及第六項競技中，要穿金屬盔甲是常識。在第五項競技中，反而通常都是穿著皮甲。

——這是當然了。

在細劍對戰中，技巧左右了一切。重裝備會防礙技巧發揮，不管是多麼輕巧的金屬盔甲，金屬製護手和頭盔都會防礙動作。

這麼聽起來，參加邊境武術競技會的都是擁有不俗家世的子弟，這些年輕騎士本領高強，希望能在軍事方面出人頭地。巴爾特有點擔心她穿著板甲是否能取勝。

3

吃完晚餐，收拾結束後，多里亞德莎來到巴爾特面前。她右膝跪地，右手握拳抵著地面，左手則是放在彎曲的左膝上。

這是家臣或部下侍奉主君時的禮儀，一位騎士不可能對其他家系的騎士擺出這種姿勢。

若是這麼做，大概只有對對方完全心服口服，有事相求的時候。

「巴爾特閣下，我覺得能遇見您真是太好了。您救了我的性命，甚至幫助我取得魔獸的頭顱，這份恩情我沒齒難忘。

不過比起這些，更讓我覺得大開眼界的是您的強大、溫柔、正直及寬容。面對您時，我能不可思議地坦率說出一切。在您身邊，我感到放鬆也更加堅強，感覺自己能將一切事物看得更透徹。

巴爾特閣下，我非常清楚這是個不合理的要求，但是我心中的某個東西要我向您求救。無論如何，我都想在武術競技會中勝出。我想在第五個項目和第六個項目取得優勝，請您引導我方向。」

燒地劈啪作響的篝火，將多里亞德莎的白銀盔甲映得通紅。

巴爾特閉眼思考了一會兒。

接著他張開眼睛看向葛斯，開口問道：

「葛斯，你認為多里亞德莎閣下贏得了嗎？」

葛斯只搖了一次頭。

幾乎是巴爾特預料之中的回應。只不過他乾脆地搖了頭，代表對於武術競技會參賽者的能力，心裡大概已經有了個底。

巴爾特又問葛斯：

「那麼，你能指導她取勝嗎？」

面對這個問題，葛斯・羅恩微微皺起眉，沒有做出回答。

「嗯，葛斯・羅恩，我命令汝盡自己所能，讓多里亞德莎閣下更接近優勝。」

葛斯直望著巴爾特的眼睛。巴爾特將這個反應解讀同意的象徵。

所以他重新面對多里亞德莎，開口說道：

「葛斯・羅恩會負責鍛鍊妳，精進自己的技藝吧！」

4

「脫掉。」

葛斯說了這一句話。多里亞德莎聽他這麼說，呆愣地站著。

早餐前，多里亞德莎一如往常地進行劍術鍛鍊。她每天都會練習劍術。

事實上葛斯也是如此，但是葛斯都會躲到別人看不見的地方進行鍛鍊。像哥頓・察爾克斯搞不好完全沒有察覺葛斯有在鍛鍊自己。

「他的意思是要妳把盔甲脫掉，肯定是要幫妳進行訓練啦！」

朱露察卡幫忙翻譯。

「啊，喔，是這樣啊。」

多里亞德莎脫下盔甲。葛斯也不等她脫完，往遠方走去。多里亞德莎有些不知所措，但還是拿著劍跟了上去。

葛斯忠實地執行著巴爾特隨心而活的命令。簡單來說，他變成了一個非常冷淡寡言的男人。

這或許才是這男人原本的個性，雖然也令人很吃驚，但是他整個人的氣息倒是沉靜不少。如果對葛斯來說，這種態度能讓他的內心感到平靜，巴爾特是沒有異議。他又不是沒了舌頭，必要的時候應該還是會開口說話。

葛斯在雜草叢生的地方停下腳步，轉身拔劍。多里亞德莎也拔出劍來。

「我、我可以發動攻擊嗎？」

也難怪多里亞德莎會猶豫。兩人身上連皮甲都沒有穿，手裡拿的是真劍，而且還是魔劍這等寶劍。她會很想問是否真的要拿這種武器進行訓練也很正常。

葛斯聽到她的問題，只是靜靜地站著不動。

猶豫了許久，多里亞德莎試探地發動攻擊。

就在這瞬間——

砰然一聲巨響，多里亞德莎被打飛出去，倒臥在地。

巴爾特雙眼瞪得老大。他不敢相信自己剛才看到的情景。

葛斯居然以劍刃側面猛力打向多里亞德莎的右臉頰。沒有人會打騎士臉頰，這是侮辱對手的行為。更別說是用劍面打擊了。

多里亞德莎在草叢中撐起上半身，用左手捂著右臉頰。不久後她站起身，手裡握著劍，絲毫不大意地看清對手的動靜，發出一記斬擊。

又是一聲砰然巨響，多里亞德莎打橫飛了出去。這次被打的是左臉頰。一樣是用劍面打的。這次她立刻站了起身。

由於角度改變，巴爾特看見了多里亞德莎的表情。右臉頰又紅又腫。她的左手捂著左臉頰，一臉恐懼。不知道她有沒有注意到自己正流著鼻血。

巴爾特差點忍不住衝過去，但是他強壓下了這股衝動。朱露察卡掛著難受的表情望著兩人的訓練，而哥頓．察爾克斯看得一愣一愣的。

多里亞德莎似乎調整好了心態，下定了決心望向葛斯，大大地將劍高舉過頭，向葛斯猛撲過去。葛斯扭轉上半身，避過這一擊。

多里亞德莎持續發動攻擊，葛斯則以最小的動作避開了這些攻擊。雖然他的臉上依然面無表情，巴爾特卻能感覺到葛斯身上的溫柔氣息。

被葛斯躲過一個大動作攻擊後，多里亞德莎往前倒。葛斯敏捷地移形換位，令人難以置信地踹上多里亞德莎的屁股，把她踹飛了出去。

多里亞德莎發出細微的慘叫，筆直地向前飛出去，摔進河裡。

她立刻從河面探出頭來，甩了甩頭，右手的劍卻不翼而飛。應該是掉進河裡了吧？多里亞德莎吸了一大口氣後，潛入河中。

朱露察卡似乎覺得輪到自己出場了，擺出準備跳進河裡的姿勢。

葛斯一劍劈上他伸出的腳。

這劍並沒有真的劈到朱露察卡。他們兩個之間大概隔了二十步的距離，這記斬擊不可能砍得到朱露察卡。但是他迅速揮出的這一劍，劍尖似乎砍到了朱露察卡雙腿前的岩石。朱露察卡察覺葛斯要他別出手的意思，難過地搖了搖頭。

這條河並不深，河水也十分清澈。潛入水中數次後，多里亞德莎拾回愛劍，從水中爬了起來。

葛斯的表情不動如山，靜靜地舉著劍。

多里亞德莎露出極為憤怒的表情。濕答答的衣服還在滴水，她就低吼一聲，向葛斯發動攻擊。葛斯以細微的動作避過了一次又一次的攻擊。

多里亞德莎美麗的臉龐染上憤怒，接連不斷地發動攻擊。然而到了最後，她的攻擊連葛斯的一根汗毛都沒有傷到。多里亞德莎頹喪地倒在草叢中。右手依舊握著劍，朝向天空大口地喘著氣。短時間內應該爬不起來了。

葛斯收起劍後，快步走回來。他面對朱露察卡，以臉部動作示意火堆處。這是在要求朱露察卡去做飯。

朱露察卡煮了比較濃稠的湯，再加水降低湯汁的熱度，展現了他的體貼。是為了嘴巴裡應該破了洞的多里亞德莎。

吃完早餐不久後，再度進行同樣的訓練。多里亞德莎發動攻擊，葛斯閃避。偶爾在多里亞德莎鬥志減弱時，葛斯會以劍面擊打她的屁股、肩膀或背部。脫去盔甲的多里亞德莎一被打到，就會痛得發出慘叫。接著對發出慘叫的自己感到羞愧，再次向葛斯發動反擊。最後攻擊累了，就趴在草叢中。

朱露察卡做了午餐。

基本上，只要不是農忙時期的農民，一天就是兩餐。但是在戰鬥等短時間內消耗大量體力之後，如果不補充營養，身體的靈活度就會下降。巴爾特再次覺得他真是個機靈的男人。

下午也繼續訓練。

隔天，葛斯禁止她做任何訓練。應該想要她好好休息吧。

巴爾特幫她塗的藥草似乎起了作用，臉頰的紅腫幾乎消了。多里亞德莎吃完早餐就直盯著瀑布，沒多久就沉沉睡去。

巴爾特騎著月丹在附近散步，順便進行偵察。

他在河邊找到了巨大的由芙樹，現在正好是結果的季節。樹上長著許多已經變色的果實，顏色介於桃色與紅色之間。果實只有大約大拇指大小，照著日光，彷彿寶石般閃閃發光。

巴爾特摘了一顆送入口中。

啵地一聲咬開果皮，柔軟的果肉在口中散開。果核意外地大顆且堅硬。巴爾特小心地不去咬到果核，在口中咀嚼果肉。果肉多汁且味道清爽，微微的酸甜滋味很舒服。

——真是不錯的果實。

巴爾特又吃了幾株長在同一排的樹木果實，發現一開始吃的那棵樹的果實好吃許多。明明是在相同環境條件下生長，味道卻會隨著樹木變化，真不可思議。

接著，他又發現在這些樹中，面向河流生長的樹木結出的果實最美味。於是他摘了許多長在河畔的樹木果實回去。

巴爾特用潭水清洗果實，擺在夏盧帕葉子上。

大家都靠了過來，拿起果實。

吃完由芙果實，果核會留在嘴裡。大家彷彿回到孩提時代，把果核吐進深潭裡。不一會兒，多里亞德莎也學著大家開始吐起了果核。

最後演變成朱露察卡與多里亞德莎的吐果核大賽，多里亞德莎取得最後的勝利，發出了天真爛漫的笑聲。笑了一會兒後，嘴裡似乎又開始痛，捂著雙頰蹲下來。

巴爾特一邊保養著皮甲，在一旁看著這一幕。

隔天，再次進行由多里亞德莎發動攻擊，葛斯閃避的訓練。

多里亞德莎的劍技不俗，在技巧上或許勝過巴爾特一籌。或許是習慣認真地出劍劈砍後，提升了攻擊的集中力，發揮出了招式本身的鋒芒。巴爾特可以想像即使是男人，在十九歲也很難到達這個境界。

時節入冬。雖然無法永遠在這裡野營，不過巴爾特決定暫時在這瀑布水畔停留一陣子。

第八章——卡翠亞枝枒

恰可與炒布蘭燉湯

1

葛斯與多里亞德莎相對，將持劍的右手伸至平常的一半高度，擺出架式。

劍術訓練來到第四天。

巴爾特不禁洩漏出一聲「唔」。葛斯的右肩出現破綻。

目前為止，葛斯從未露出任何破綻，這個破綻是他刻意製造出來的。不過，居然能把破綻表現得如此明顯，葛斯的本領到底到達何種境界了？

多里亞德莎將舉至中段的劍尖對準對手，左搖右擺。這是她最擅長的攻擊模式。接下來她會揮下劍並以腳使勁一蹬，使出一記看似刺擊的斬擊。就算被躲過了，之後還會有一連串連續攻擊。活用瞬間爆發力及身體柔軟度的攻擊——這是多里亞德莎的特色。她的師父不僅看清了她的資質，指導更是徹底突顯了她的優點。

這把劍也很適合她的攻擊模式。據說這把魔劍是僅限這次才借給她使用，不過她本來用的應該就是形態相近的劍。

魔劍「夜之少女」的劍身細長厚實，具備銳利的劍刃及劍鋒。形狀像是在刺突劍加上劍刃的感覺。

過去曾有過流行刺突劍的時代。但是盔甲越來越發達，騎士們改穿板甲後，就沒有騎士使用刺突劍了。第一，是因為現在的主流是即使打在盔甲上也能造成傷害的劍。第二是發動攻擊的騎士也穿著重裝備，刺突劍往往欠缺鋒利度，而且會給對手反擊的大好機會。

現在只有應該說有刺突劍影子的刺突短劍，供勤務兵及從騎士持有。這項武器可趁騎士落馬時，刺進盔甲縫隙以擊倒對方。

即使在刺突劍上加劍刃，打擊的威力也不會增加，只會變成一把易斷的劍。不過，這把魔劍的堅固非比尋常，可說是極其銳利的刺突劍，算是把有點犯規的武器。用上這把劍，或許能夠刺穿板甲的防護也說不定。

話雖這麼說，武術競技會中不能使用自己的劍。雖然可以用自己的盔甲，但武器和盾只能從大會準備的物品中選擇。

多里亞德莎的右腳使勁一踏，一口氣縮短距離，使出一記類似刺突的斬擊。這速度十分驚人。

不過，多里亞德莎的劍被葛斯打橫撥開，所以無法接著使出連續攻擊。她整個人向前傾，暴露出毫無防備的身體。她臉色鐵青，但是葛斯沒有攻擊，收劍回鞘，忽然轉了個方向邁步離開，在他最愛的岩棚上隨意躺下。

多里亞德莎察覺自己做出了不像話的行動，垂頭喪氣地離開，一個人開始進行空揮練習。

吃早餐時她似乎也一直在思考。輕聲低喃道：

「是哪裡有問題呢？」

並沒有特別對著誰說。

關於這個問題，朱露察卡給了她答案。

「咦？不是因為妳沒去打他指定的部位嗎？」

多里亞德莎驚訝地望向朱露察卡。

「你說指定的部位？」

「嗯。他有散發出氣息，要妳向他右肩的這一帶發動攻擊嗎？」

巴爾特也嚇了一跳。這個小丑般的人居然看出了那個破綻。

吃完早餐後，訓練再次展開。

多里亞德莎謹慎地分辨葛斯製造的破綻，正確地往那裡發動了攻擊。她的劍還是被打橫格開，不過葛斯立刻製造出下一個破綻。

也就是說，這麼做就行了。

多里亞德莎專心致志地對接連出現的破綻發動攻擊。

在隔天的訓練一開始，葛斯還是製造破綻給她發動攻擊。在這之後，他朝著側面空無一物的虛空使出斬擊。這一招是將收在中段的劍迅速向前刺擊。

這個動作無疑是在進行示範。葛斯或許也認為，為了發揮多里亞德莎身體的柔軟度及超越常人的瞬間爆發力，磨練她擅長的看似刺突的斬擊比較好。

多里亞德莎對躺在岩棚上的葛斯行了一禮後，不斷對虛空使出斬擊。

她看起來完美地複製了葛斯的動作，但巴爾特覺得少了些什麼。

而正確說出問題核心的人又是朱露察卡。

「多拉，妳的動作不對～」

「哪裡不對？」

「葛斯他啊～是想像空中有個破綻～不偏不倚地刺穿那個破綻喔！」

巴爾特心想──對了！

多里亞德莎應該也有同感。她用力地點點頭，再次不斷進行空揮練習。雖然只是些微的差距，但她的劍鋒明顯地多了幾分鋒芒。

在多里亞德莎能夠正確擊中破綻後，葛斯開始連續不斷地製造破綻，讓她練習攻擊。

有時候還會在她擊中前改變破綻的部位。多里亞德莎專心地追著這些破綻，持續地鍛練著。

2

多里亞德莎正在沐浴，這成了她每天的例行工作。剛開始時，她只躲在岩石後頭洗澡。不過她似乎很羨慕大家都隨意在深潭中四處游泳，所以也開始到下游處游起泳來。

當她在游泳時，大家也都很體貼地不會靠近下游處。

過一陣子巴爾特才發覺，只要多里亞德莎在游泳，葛斯或朱露察卡其中一人會待在深潭附近，以防有突發事故。在這方面，兩人都意外地很體貼女性。他們明明沒商討過卻自然形成這個形式，那兩人果然很合得來。

現在輪到葛斯在深潭附近待命。

至於朱露察卡則在請哥頓．察爾克斯教他認字。當哥頓知道朱露察卡只會寫自己的名字時，自告奮勇地說要當他的老師。朱露察卡的學習能力不錯，似乎很快就學會了很多字。

此時，傳來多里亞德莎的慘叫聲。

葛斯衝了出去。

巴爾特抵達現場時，事情已經解決了。

好像是有狼出現了。不過葛斯連劍也沒拔，光是兩眼一瞪就把狼給趕走了。他能毫不介意地斬殺人類，卻不會任意奪走動物的性命。巴爾特再次覺得他是個有趣的男人。

這天之後，多里亞德莎開始光明正大，而且一絲不掛地在深潭游泳。她說身上只要有任何一件衣服，就有損爽快感。

她這麼說是沒有錯，以貴族千金而言，她給人一種很不可思議的感覺。不過聽說身分高貴的女性本來就很習慣在侍女及下人面前裸露身體，她這樣也許反而更像個貴族。

一開始大家都不知道該看哪裡，但漸漸地也習慣了。他們決定當作森林妖精在游泳。雖然大家不會一直盯著看，但有時候也會不禁看得入迷。多里亞德莎的胸部意外豐滿，形狀也很漂亮，淡粉色乳尖像透著日光的由芙果實，鮮明搶眼。孤零零地漂浮在深潭碧綠色水面的純白裸體，有種不可思議的美感。若是在不知情的情況下看見，或許真的會以為她是妖精。

巴爾特一直到很久以後才知道，聽說她也是把巴爾特等人當作森林的諸神。這個空間溫和豐盈，有點脫離了現實，使得他們能夠這樣看待對方。

此時，巴爾特沒有察覺。

對於多里亞德莎來說，「脫離」有多麼令她欣喜。脫離經由名匠之手打造的白銀盔甲、寶物魔劍、大國名家千金的身分、義務、期待及一切糾纏。

此時的多里亞德莎正體會到脫去一切，並且認知到自己有容身之處的喜悅。

多里亞德莎如孩童般自由，如鳥獸般毫無掩飾地在深潭中游泳的同時，也再次獲得新生。全身赤裸進行沐浴，與鳥獸蟲魚嬉戲的過程，或許也像是一種儀式。說不定她是見證葛斯・羅恩的誕生之後，心生嚮往，下意識希望自己也能重獲新生的願望引領了她。

而在這滿溢深山的諸神恩寵中，站在一旁守護的所有人也迎來了新生之時。一起榮獲上天恩寵的眾人之間產生了強烈的緣分。巴爾特、哥頓、朱露察卡、葛斯及多里亞德莎，在這瀑布水畔結下了堅固的羈絆。

日後巴爾特回顧此時的一切，有了這樣的感想。

3

「我回來啦～」

「伯父，我們回來了。」

「哥頓、朱露察卡，辛苦你們了。找到好鍋了嗎？」

「嗯！哎喲，你自己看啦！」

「喔～這真是出色的鍋子。」

「嘿嘿，價格也跟品質成正比就是了。」

「這邊這些是什麼？」

「伯父，那是味噌。用什麼庫次豆做的，香得不得了！」

「我看看，喔喔，真的很香。看起來是用了大量的鹽巴下去醃漬。」

「巴爾特老爺，我把你的鍋子賣給攤販嘍。可以吧？」

「嗯，我也覺得沒辦法很快修好，有這個大鍋子就不需要它了。」

巴爾特的圓鍋破了個洞。以單人用而言，那個鍋子本來大得綽綽有餘，但是現在人數增加到五人，用來煮所有人的料理太小了。所以才派朱露察卡到勃帕特城鎮裡去買個大一點的鍋子來。由於還想買酒、鹽、小麥和油，所以叫上哥頓同行。

「這木桶裡是什麼？」

「是油。」

「你說這是油！買這麼多？應該滿貴的吧？」

「不會啊！巴爾特老爺，在勃帕特呢～加利亞油便宜得嚇死人喔～」

「喔～是這樣啊。」

他們還買了大量的調味料和佐料等等。巴爾特將行李中食物整理了一番，決定把存放較久的食物吃掉。巴爾特才打開行李，把底下的物品拿出來時，剛結束訓練的葛斯回來了。

「嗯？主人？這不是恰可嗎？」

「嗯，是恰可沒錯。我在庫拉斯庫買的。」

恰可是住在鹹水中的小魚。因為在庫拉斯庫喝到的每種湯都很美味，開口詢問過祕訣後，當地人教他把曬乾的恰可加入熱水中燉煮湯底。離開庫拉斯庫時，巴爾特買了很多恰可囤起來。恰可的風味會隨著時間流失，所以絕大部分都早早就用掉了。而和葛斯會合時，恰可就已經見底了，所以沒有讓葛斯喝過用恰可煮的湯。巴爾特翻找行李底部時，剩下的恰可才又拿了出來。

「那些是布蘭吧？搗得相當乾淨呢。」

這些布蘭也是在庫拉斯庫買的。因為有點捨不得吃完，留了一些。布蘭包覆著一層褐色的皮，把它放進壺中，拿棒子反覆搗個幾次後，褐色的皮就會剝落。把剝皮後的布蘭放在壺中繼續搗的話，布蘭與布蘭會互相磨擦，可以去除多餘的澀味。不過在澀味被去除的同時，分量也會減少，所以充分搗過的白色布蘭是很奢侈的食物。

話說回來，葛斯難得對食物感興趣。而且，對恰可還知道得這麼清楚。即使是布蘭，也知道它被精製到什麼程度，算是相當了解。

「嗯，差不多該把這些吃掉了。但是這些分量說多不多，說少不少，我還在想要怎麼辦。」

今晚的主菜是葛修肉。昨天吃了烤葛修肉，不過今天買了鍋子回來，所以巴爾特打算用燉煮的方式處理。既然要燉煮，可以把恰可拿去煮湯就好，但不巧的是恰可的湯味道細膩，要是拿來煮葛修肉這種風味強烈的食材，湯的味道會被蓋過去。葛修是具有強烈特殊風味的山禽。

不知道葛斯是否看穿了巴爾特的這些想法，他開口說：

「今天的晚餐由我來煮吧。」

真是太驚人了，葛斯居然會煮菜。應該說，他不管吃什麼都不會說好吃或難吃，只是默默地吃著，所以巴爾特還以為他對食物的味道不感興趣。不過，既然他說要煮，那就讓他煮吧。

「喔～真是令人期待。那就交給你了。」

被賦予烹飪大任的葛斯開始做起奇怪的事。他突然在把鍋子架到火上，開始乾炒布蘭。他調整著火勢不讓鍋子燒焦，靈活地用大鍋子翻炒著少量布蘭。這時，他突然把布蘭裝到容器中，在鍋中加了水。等鍋子冒出蒸氣時把恰可丟進鍋裡，小心地不讓水沸騰，同時充分地熬出恰可的味道。最後把恰可撈出來。

看見葛斯正在煮菜，哥頓和朱露察卡也靠過來圍觀。在不遠處，多里亞德莎也一臉興致盎然地看著葛斯的手邊動作。

——嗯哼嗯哼，這步驟就跟教科書裡寫的一樣。但要用這湯底煮葛修肉，味道稍嫌淡了點。

不過葛斯接下來的行動完全超出了巴爾特的預期。葛斯居然默默地把剛才乾炒過的布蘭丟進湯裡。

——什麼？他是打算煮炒過的布蘭嗎？但是要煮這些布蘭的話，這湯汁的分量太多了。

葛斯的下一個舉動再次違背了巴爾特的預期。他用木匙在放了炒布蘭的湯裡慢慢地攪拌了幾次，直接俐落地把布蘭撈起來放到容器裡。現在鍋子裡只有染上柔和色彩的湯汁。

這時，葛斯終於拿出了葛修肉。血已經完全放乾了，不過這種肉緊緻硬實，相當難以切開。葛斯將這塊理應很難切的肉放在左手手掌上，在把手伸至鍋子上方。湯冒出濃濃的蒸氣，正是即將沸騰的時候。

——好了，你要怎麼做？總不可能不切，就整塊丟進去。

葛斯右手握著刀子，泰然自若地將肉切成一塊又一塊。刀子咻咻咻地穿過肉塊之間。葛斯將手掌傾斜，被切成塊狀的肉紛紛無聲落入湯中。當然，他的手掌毫無損傷。

——幹得漂亮！

這麼說來，這個男人是用細劍的高手，不過手藝還真精湛。

「哇啊～葛斯好強～好厲害～」

朱露察卡拍著手，葛斯依然不動如山。

接下來度過了一段漫長的時間。葛斯遲遲不肯放蔬菜，只是一邊調整火勢，讓湯維持在要沸騰又不沸騰的溫度，讓葛修肉一直在湯中燉煮。不過，等待的時間裡，巴爾特喝著買來的酒水，所以不感到無聊。

不知道過了多久，葛斯終於往湯裡灑了鹽巴，然後繼續燉煮葛修肉。

「可以吃了。」

這句話來得非常突然。巴爾特心想：「不，你還沒放蔬菜吧！」，不過先照著葛斯的話，把葛修肉裝到碗裡。巴爾特呼呼地吹著熱騰騰的肉，然後輕輕送入口中。就在肉即將入口時，巴爾特的鼻腔中滿是一股香噴噴的味道。

——喔喔喔！怎麼會有如此濃郁又雅緻的香氣！沒想到燉葛修肉會散發如此香氣。本來相當硬實的葛修肉雖然保留了口感，卻還是能輕易咬斷。真正令人驚訝的還在後頭。

深奧。

這味道實在是太深奧了。肉味鮮甜，不帶任何野獸腥臭，柔和卻又不會膩。

「這真是太厲害了。」（吉安·杜沙·羅）

朱露察卡也十分驚訝。

哥頓和多里亞德莎也吃得很沉醉。

——這是……這是恰可湯啊！但是，為何恰可湯能滲入風味強烈，口味濃重的葛修肉中，溢出如此紮實的滋味？

葛修肉本身風味強烈，滲出的肉汁也有輪廓也極為明顯的輕微野獸腥臭味。放了葛修肉的鍋裡只會有葛修肉的味道。但是這一鍋裡，本來勢孤力弱的恰可滋味卻被完整地保留下來。不止是被保留下來，它以主角的身分彰顯著自己的存在，在這碗湯中保留了它的強烈色彩。恰可湯的味道，和從葛修肉中滲出的鮮甜融為一體，結合成一股極佳的美味。

——這是把炒布蘭放進湯裡川燙的效果嗎？只會是這個原因了。

川燙過炒布蘭之後的恰可湯味道會變得更濃郁。知道這種事的葛斯，其料理知識可不一般。烹調的動作也行雲流水，毫無阻滯。

大家開心地喝下這碗湯。等肉大致上吃得差不多後，葛斯把蔬菜放進鍋裡。蔬菜雖然也能為湯汁增添甜味，但也可能讓味道過於複雜，有損鮮美。在湯汁味道變調前，葛斯先給大家送上了只有恰可和肉的簡單湯品。

在大家享受完料理後，葛斯把事先挑出來的布蘭放進鍋子裡。在鍋中慢慢燉煮，吸收了鮮美湯汁的布蘭帶來飽足感，讓眾人大為滿足。

「伯父，請賜教。」

4

哥頓・察爾克斯說道。

似乎是受到多里亞德莎的修行刺激，他開始每天來請巴爾特與他過招。巴爾特拿他沒辦法，只好奉陪。

哥頓揮舞的戰槌中，已經完全不見過去的生疏。他已經能熟練地運用戰槌，沒有絲毫多餘動作，精確且確實地將對手逼入絕境。然而，在每一擊之中又具備了驚人的破壞力。此時的哥頓或許達到了武人的巔峰期。

——我沒辦法和這種傢伙正面對決。

起初，巴爾特是這麼想的。

然而——

不可思議的是，巴爾特能輕易地看清哥頓的攻擊，成功閃躲。

其中，古代劍也占了很大部分的原因。畢竟不需要擔心它斷裂或產生缺口。如此堅硬的劍，全天下應該找不到第二把了。

不過話說回來，為什麼可以這麼巧妙地卸去哥頓的攻擊呢？都這把年紀了，也不可能還在成長。事實上，巴爾特的腰依然非常痛，全身的肌肉也無法像年輕時一樣活動自如。最近這陣子，肩膀及手肘的疼痛消失了，但是力量和速度都不及哥頓。明明如此，卻能接連卸去哥頓的攻擊，彷彿自己才是有優勢的一方。

巴爾特不明白自己狀況極佳的原因，但能心滿意足地作為哥頓的對手，倒也不是件壞事。不過他的體力不像哥頓一樣深不見底，所以無法長時間對打。

自從開始感到年邁，巴爾特就不常將體力耗費在訓練上，所以也非常久沒有能如此輕鬆自在地比武了。巴爾特盡情地享受了一番這不可思議的樂趣。

5

多里亞德莎沒有拿劍站著。

葛斯拔劍出鞘，劍尖在多里亞德莎的臉龐前準確地停下。多里亞德莎連閃躲也辦不到，瞪大雙眼並呆站在原地。

葛斯似乎對此感到不滿，收劍回鞘之後，思考了一段時間。冷不防地，他的視線看向朱露察卡。

「喂，喂……葛斯？你不可以用這種眼神看哥哥喔！」

葛斯像在水上滑行的蜘蛛靠近朱露察卡，一劍砍了過去。

「哇！很、很危險耶！」

朱露察卡的姿勢雖然不佳，但成功避過了這一劍。葛斯依然面無表情，不過巴爾特捕捉到他臉上似乎出現了一抹冷笑。

葛斯接連不斷地向朱露察卡發出斬擊。

朱露察卡一邊發出「哇！喔！」的奇怪聲音，不停地閃躲著。葛斯的攻擊速度越來越快，巴爾特的眼睛已經無法捕捉到他的劍鋒。即使如此，朱露察卡還是持續閃躲著。

巴爾特突然看向多里亞德莎，她正目不轉睛地注視著葛斯的劍。

——這份集中力是她最棒的寶物。

巴爾特在心中低喃。

6

「朱露察卡，真虧你能避開那些攻擊啊！眼力真是了得。」

多里亞德莎是真心這麼感嘆著，語氣中甚至帶著幾分羨慕。

「嗯？妳指的是劍身嗎？我沒在看啊，那種東西怎麼可能看得到。」

「什麼？你沒看清楚要怎麼躲？」

「嗯～氣息？啊，不過我會看對方的腳喔，還有悄悄觀察眼睛啦～手啦～或整個身體～」

「腳……還會悄悄觀察……眼睛、手及整個身體……」

「朱露察卡，你真是了不起呢！」

哥頓也表達佩服之意。

「會嗎？嘿嘿嘿嘿嘿。你們這樣稱讚我，我好害羞喔～哎喲，想幹我這行，連這些都不會怎麼行！」

「喔喔，你說得有道理。真不愧是朱露察卡。」

兩人的對話算得上是牛頭不對馬嘴。朱露察卡口中的行業指的是偷盜，而哥頓依舊以為他是臨茲伯爵門下的密探。

「哎～不是我想自誇，不管是劍還是刀，不論它是從前面還是後面來，我都不曾紮實地挨過這些攻擊喔。」

「你不是挨了我丟出去的驅魔神像嗎？」

巴爾特半開玩笑地說。

去年九月，朱露察卡侵入了帕魯薩姆王派出的王使住宿處。王使、武藝過人的兩位護衛及屋裡的所有人都被下了麻藥，動彈不得。巴爾特當時正好在場，憑藉藥草之力減輕了麻痺效果，用扔出驅魔神像的辦法抓住了朱露察卡。

這就是巴爾特與朱露察卡的首次相會。

「嗯，所以我才覺得很不可思議啊！我可不是會被那種東西砸中的人。所以啊，我也覺得巴爾特老爺身上一定有什麼特質。」

餐後，葛斯又開始追得朱露察卡到處跑。

葛斯臉上依然沒有表情，但是劍速明顯比剛才快。想必是朱露察卡接連躲過攻擊讓他感到不快。就算是朱露察卡也開始閃避不及，在袖子被劃開的同時，他跳進深潭逃之夭夭。

在這之後，葛斯往空中發出一記斬擊。多里亞德莎拚命地想看清這一招。

「既然你劈砍天空就好了，一開始就砍天空啊～」

朱露察卡從水中探出頭來，舉起右手抱怨。

接下來的日子裡，葛斯有半天會讓多里亞德莎攻擊他的破綻，剩下的半天就劈砍虛空或朱露察卡讓她觀摩。

多里亞德莎的武威也逐漸磨練成材。應是她原本就有個好老師，紮實鍛鍊起來的吧。只有在十九歲這個年紀才擁有的優異成長力，讓多里亞德莎日漸綻放她的才能。

連帶地，朱露察卡的迴避能力也更提升了。

某一天，發生了一件事。

葛斯跟平常一樣製造破綻讓多里亞德莎攻擊時，突然發出了殺氣。等巴爾特發覺到時，葛斯的劍已經劃過了她的頸項。

原來他看見的這一幕是個錯覺，多里亞德莎精彩地避開了葛斯的劍，發出一記類似刺突的斬擊攻擊葛斯的左肩，那正是葛斯要求她打中的部位。她的攻擊具備極快的速度，要不是穿著皮甲，差點就會受到重傷。

這是多里亞德莎的劍第一次擊中葛斯的瞬間。

不用說，這次是刻意讓她擊中的，證據就是葛斯只有今天穿著皮甲。反過來說，多里亞德莎發出的攻擊已經能讓葛斯認可，認為被她擊中也好。這一點多里亞德莎也心裡有數。

「感謝您！」

她這麼說完後，低頭行了一禮。

葛斯露出似笑非笑的表情，微微點了點頭，然後飛快地走近河岸邊。延伸出來的卡翠亞枝枒上開著一朵花。葛斯站在花前，無聲地拔劍一揮。

開著花的枝枒隨即悄然飄落。葛斯以劍面接下花朵，輕輕地把花扔了出去。多里亞德莎不由得伸手接下了那朵飛過來的紅花。

「喔！這招很帥嘛！」

哥頓・察爾克斯豪邁地笑了。朱露察卡也掛著微笑。

然而，葛斯想展現的不是花瓣厚實的大朵卡翠亞紅花，而是那個切口。

巴爾特笑不出來。

剛才看見的劍技，鮮明地喚醒了他記憶中的景象——好久以前，他在少年時代曾經看過唯一一次的劍技。

巴爾特彷彿被吸引似的走向河岸邊。他站在延伸向前的卡翠亞枝枒前，舉起古代劍後隨意揮下。柴刀般粗糙的劍被一揮而下，彷彿直接穿過枝枒一般。

過了一會兒，樹枝彷彿被驚醒似的落下。

——成功了！我試了好多次都無法成功的招式，成功使出來了！

樹枝飄落水面，就連長在枝枒上的花朵花瓣都沒有掉，轉眼間就流至下流。巴爾特感慨萬千，而葛斯以驚訝的眼神看著。

晚餐席間，葛斯開口問巴爾特：

「主人，您的劍是跟誰學的？」

「一開始是跟一位流浪騎士學了一年，後來則是向艾倫瑟拉・德魯西亞學習。」

「這樣啊。」

葛斯這麼說完後，一如往常地沉默了下來。

第九章——河梟翺翔之夜

大魚的內臟

1

朱露察卡和多里亞德莎從岩棚俯瞰著深潭。

「朱露察卡，那是什麼鳥？」

「那是摩路加。游在前面的兩隻大鳥是爸爸和媽媽。游在後面的兩隻小鳥，羽毛顏色比較淺的是孩子們。」

「喔～是這樣啊。」

「嗯。摩路加會在每年春天產子。一開始幼鳥會躲在媽媽的羽翼下，只伸出一個頭，嘴巴一張一合地，說著給我吃的～給我吃的～然後，爸爸就會潛到水裡捕小魚或蝦子餵食幼鳥。」

「真想看看這一幕。一定很可愛。」

「真的很可愛喔。如果爸爸累了，妳覺得牠們會怎麼做？爸爸會繞到媽媽面前，把頭伸入水裡。這麼一來，媽媽會開始抖動身體，把孩子們抖落水中。」

「咦？這樣幼鳥不就會死掉嗎？」

「不會死啦～掉到水裡的孩子們雖然想爬回媽媽的羽翼中，但是媽媽會再次抖動身體，把孩子們撞開。」

「好、好可憐喔！」

「不，不是妳想的那回事。媽媽這麼做之後，孩子們就會爬上爸爸的身體，躲到爸爸的羽翼下。然後這次換媽媽潛入水中，抓取餌食。」

「原來如此，夫婦會合作呢。摩路加這種動物真了不起。」

「入秋後，孩子們就已經能自己覓食了。等到春天來臨，孩子們就會離巢，找到自己的另一半共結連理，生下自己的小孩。」

隔天，巴爾特不經意地看向深潭，發現多里亞德莎正在游泳。潭中有兩隻成年摩路加及兩隻體型嬌小的摩路加正在游泳，她就跟著牠們後面游著。她把身體縮得小小的，像狸貓一樣用手腳撥著水游泳。她是把自己當成幼鳥了嗎？真是幅悠然自得的景象。

多里亞德莎的劍術看來又多了幾分自在。

——她不僅武藝有所精進，心靈也成長了。

多里亞德莎天真地游著泳，葛斯則在一旁看著。濃密的眉毛隨著微風擺動，身上的紅色烏鴉也已經消失無蹤了。

游完泳之後，多里亞德莎教朱露察卡認字。最近幾乎都是多里亞德莎擔任教師。這是多里亞德莎說自己閒得發慌而提出的，但巴爾特認為實情是哥頓示範的字太過潦草，多里亞德莎怕朱露察卡記錯字。

由於近期都沒有走動，月丹精力過剩，在周圍四處奔跑。不知何時，克莉爾滋卡也跟著跑了起來。月丹是匹體型壯碩的野生馬，若是認真地想在山林野地中奔馳，嬌小的克莉爾滋卡絕對不可能跟得上。不過，牠們總是一起回來，馬不可貌相，月丹可真是貼心。

2

「劍。」

葛斯向多里亞德莎伸出手這麼說。應該是要她把劍交出來吧。

「好、好的。」

多里亞德莎似乎也開始習慣葛斯省話的說話方式，怯生生地把魔劍「夜之少女」連同劍鞘交出去。

接過劍的葛斯拔劍出鞘，拿布包起劍身，取了皮革擋在劍尖處。把處理完畢的魔劍還給多里亞德莎後，自己穿上了皮甲，迅速地往草叢走去。多里亞德莎跟了過去。

葛斯突然在胸口處製造了一個破綻，多里亞德莎也正確地擊中了該部位。到目前為止的狀況都跟平常一樣。

不過那把劍不偏不倚地打中了葛斯的胸口。巨大的撞擊聲響起，葛斯胸口一震。

——閃避不及？

巴爾特想飛奔過去。他以為連葛斯也會拿捏錯誤，才會正面挨了多里亞德莎的攻擊。不過在他即將起身時，看了看葛斯的表情。

葛斯一臉平靜，若無其事的表情。

也就是說，這不是意料之外的事件。這麼說來，他身上穿著皮甲，劍尖也有包上皮革。過於流暢的攻擊痛快地命中了，讓巴爾特剎那間緊張了一下。

多里亞德莎似乎也很驚訝，退後一步調整呼吸。這時，葛斯散發出鬥氣，多里亞德莎則做好再次戰鬥的準備。這次葛斯的破綻在腹部。多里亞德莎的攻擊命中，巨大撞擊聲再次響起，魔劍夏里．烏露露劈上葛斯的身體。

——原來是這麼回事。

簡單來說，這是在讓多里亞德莎習慣使勁攻擊對手的感覺。如果在訓練時只會一味閃躲，在正式比賽中攻擊到對手時，或許會產生異樣感，這麼一來，招式與招式間的連結會有所停頓，所以才會讓她實際打中身體吧。

而且葛斯雖然讓魔劍夏里．烏露露直接打中身體，皮甲上卻沒有出現肉眼可見的傷痕。只是簡單地用皮和皮革包起魔劍，不可能完全消除它的鋒利。明明如此，布和皮革都沒有破損。這就代表葛斯在上面動了什麼手腳。

當天，多里亞德莎大肆痛打了葛斯一番。

隔天，葛斯拿布和皮革把自己的魔劍包起來。多里亞德莎看見這一幕，臉色瞬間鐵青。

——誰教她昨天打葛斯打得這麼起勁，這次換她自己了。

對打訓練開始了。一樣是由葛斯製造破綻，多里亞德莎發動攻擊，不過……

「唔！」

如果多里亞德莎發動攻擊時露出破綻，葛斯會毫不留情地打回去。胸口、腋下、手臂，偶爾連頭也打。巴爾特覺得葛斯多少是有手下留情，但還是打得多里亞德莎皮開肉綻，流出血來。多里亞德莎偶爾會被打飛出去，趴倒在地。

「呀啊！」

她的下半身有破綻，腳被葛斯絆倒。而且倒下後，葛斯還發出一記刺擊。要是多里亞德莎沒有拚命閃躲，腹部搞不好就被刺穿了。雖然巴爾特覺得葛斯不可能這麼做，但在那個當下，他的攻擊極為逼真，令人以為他一定會這麼做。

那一天，葛斯毫不客氣地把多里亞德莎打得落花流水。

就這樣，兩人的訓練日益邁入新的階段。

3

巴爾特被拂過鼻尖的寒風冷醒。篝火的火勢漸弱。

他解開包在身上的披風，起身將還沒燒完的柴火移向中間，拿新的柴火排在篝火的周邊。大力士哥頓．察爾克斯收集來的柴火被堆在擋風處。一個晚上所需的柴火量相當大，若是讓火勢太旺，不管有多少柴火都不夠用。話雖如此，也不能讓火熄滅。

一般都會決定守夜的順序，隨時有人醒著。雖然生火也能防寒，但更重要的是生起火堆，危險的猛獸就比較不會靠近。

然而，這群人沒有特別定下由誰來守夜，但火勢也不曾熄滅。每次都是注意到的人動手，這樣的機制也運作得很順利。他們就像一同行動多年的夥伴，自然而然地彼此合作。

巴爾特再次入睡不久後，火勢再度減弱。巴爾特昏昏欲睡，心想如果沒有人起來就自己起來添柴火。

有人起來了——是多里亞德莎。每天的修行都讓她疲累不堪，所以她很少在夜裡醒來。代表她的身體已經開始習慣了吧。

一群人待在風吹不進來的岩石凹陷處休憩。他們堆了好幾層緊實的沙子和枯葉，並在上面鋪了草，所以身體的溫度不會流失太多。即使如此，曝露在空氣中的耳朵、鼻子和手指到了破曉時分會變冷。

巴爾特確認已把披風包得密不透風後，一頭鑽了進去。接著一邊聽著多里亞德莎添柴火的聲音，再次陷入睡眠。

4

另一個深夜。

巴爾特起身離開篝火，溫柔的姊之月(蘇拉)照耀著森林。

白天精神緊繃時不會意識到，但是像這樣在夜半時分醒來，就會感覺到自己的老邁。寒意直接沁入骨底，全身的關節都在發出吱嘎作響的悲鳴。

這也沒辦法。上了年紀開始頻尿，身體關節也已磨損。然而，同時也學會了如何與疼痛及不適共存。

在深夜的森林中，用力將清涼的空氣吸個滿懷，體內的溫暖血液就會加速循環，也會讓體內湧出新的力量。

——人類這種生物，每天都有人出生，也有人死去。那麼現在的我是即將面臨死亡的我，還是剛出生的我呢？

巴爾特試著思考這個問題，但弄不清答案。

沒錯。

他是真的不知道。

人們不會知道自己正活在人生的哪個階段。即使是年輕人也可能已經時日無多，而上了年紀的人也可能還來日方長。

正因未知，所以有趣。

正因未知，我們才能說自己活著。

——意思就是生存就是玩樂。在這天地之間，憑著這副上天借予的軀殼，自由開心地玩樂。

當巴爾特正打算小便，拉開長褲前方時，有種嬌小的生物衝了出來，往河畔奔去。接著，有隻長著羽翼的生物彷彿從虛空中湧現似的從天而降，抓起那隻嬌小生物後振翅遠離。

是河梟。張開羽翼後的寬度更勝巴爾特的身高。

河梟沐浴著蘇拉的光芒，在夜晚的森林中翩翩起舞。

巴爾特心想，這一幕簡直就像童話中的風景。

他回到篝火旁用披風裹住自己，但是身體的寒意讓他無法馬上入睡。

巴爾特回想起葛斯．羅恩的騎士誓約。當他詢問葛斯將把忠誠獻給誰時，心裡十分期待聽到他的回答。

過去，當巴爾特得知艾倫瑟拉將引導他進行騎士誓約時，不知該如何是好。導師不能成為自己效忠的對象。但是，他完全無法想像自己為艾倫瑟拉以外的人效忠。艾倫瑟拉希望自己怎麼做呢？

巴爾特多番思考後，宣誓要將忠誠獻給人民。

但是這當然不代表他捨棄艾倫瑟拉，選擇了人民。不論巴爾特起誓時的效忠對象是誰，巴爾特的主人都只有艾倫瑟拉，而他的主上之家也只有德魯西亞家。這些事不言自明，也是比誓約等等更重要的問題。

即使如此，騎士誓約極為神聖，不容許作假欺騙。因此巴爾特費盡心思地思考。如果要將艾倫瑟拉的願望作為自己的願望，真正應該重視的是什麼？在內心深處描繪的理想騎士姿態，又對自己有什麼樣的期許？

最後，巴爾特找到了「將吾之忠誠獻給人民」的誓約之詞。這句話為巴爾特所創，成了他自己日後的指標。也就是說，不僅要成為艾倫瑟拉的隨扈，侍奉每一代的家主，完成騎士的義務，這句話如夜晚的火把照亮了巴爾特的前路。

不過，不是一開始就是如此。

某個事件讓巴爾特察覺到這個誓約的價值。

隨著時間過去，累積起經驗後，這句誓言漸漸成了巴爾特的指針。

不僅如此。當他感到年邁，認為此時正是向德魯西亞家辭別之時，這句話也幫了巴爾特一把。假設當初巴爾特將自己的忠誠獻給艾倫瑟拉．德魯西亞，他這次離開將會是背叛家主，違反誓約。

此時，巴爾特終於明白艾倫瑟拉的體貼。

能創造出自己的語言之人，才能真正地得到自由。巴爾特給了班．伍利略一扇通往自由的大門。而打開了那扇大門的班．伍利略，接下來將展現出什麼樣的生存方式呢？

不，他已經展現出來了。

——活著真是愉快啊。

巴爾特想著想著就打起盹了。

5

「奇怪？葛斯，你還要游泳嗎？」

「嗯，我暫時不會上來，但是不用擔心。」

葛斯這麼說完就潛入深潭之中。他並非跳入水中，而是不濺起水花，悄悄地潛入水中。巴爾特漫不經心地聽著朱露察卡和葛斯對話，認為「暫時不會上來」的意思是指「暫時不會到岩棚上去」。那處岩棚已經成了葛斯的固定位置。

然而，這句「不會上來」的意思是「不會浮到水面上來」——葛斯真的沒有浮出水面——若不是事先聽到他說的話，真令人擔心他是不是發生了什麼意外。話雖如此，他還是沒有浮上來。人可以在水裡憋這麼久的氣嗎？不管怎麼說，這也太奇怪了，當巴爾特開始坐立不安時，水面晃動，葛斯浮了上來，胸前抱著一條巨大的魚。

眾人都大吃一驚，看著葛斯和魚。葛斯靜靜地將魚放倒在岩石上，拔劍取了牠的性命。葛斯看向朱露察卡說：

「交給你了。」

留下這麼一句話就隨意躺上他最愛的岩棚。

「交給我嘍～話說，這麼大一條魚是要我怎麼處理啦！」

「葛斯啊，你是怎麼捕到這麼大條魚的？」

哥頓問道。巴爾特也有相同的疑問，畢竟剛才沒有打鬥的跡象。

「讓體溫接近水底的溫度，再把自己當成岩石，魚就不會逃走，直接伸手一抱就抓到了。」

葛斯是給了答案，但他的說明讓大家聽得一頭霧水。

朱露察卡將魚解體。

「唔哇哇哇！這、這條魚的魚肉是紅色的。」

確實是紅色的。這是什麼魚呢？巴爾特不曾看過這種魚，牠究竟是打哪兒來的？還是說，森林深處還潛藏著許多這樣的魚呢？牠的身體上半部黑中帶藍，下半部是白色的，腹部四周似乎帶點黃色。體型雖長但肉量豐厚，分量感十足。

總之，他們將魚烤來吃了。

——好吃！

這種美味和普通的魚不相同。說到底，魚這種食材烤了會變黑，但這種魚會先變成白色，再變成黑色。味道不像魚肉，沒有半點腥味。烤得香噴噴的魚塊也很好吃，不過烤成半生熟的狀態來吃，黏稠的魚肉口感軟嫩，在舌尖上散發著異樣的存在感。

此外，朱露察卡把內臟拿來燉煮。

「哦？鍋裡不加水嗎？」

「嗯，哥頓老爺，放了水就像在喝水一樣吧？這東西這麼新鮮，也不用洗過。用酒去燉，再加一點點鹽巴，最後我會試著放一點庫次味噌。味道一定會非常完美！」

他說得沒錯。眾人依自己的喜好，抓起魚的背部、腹部及各種部位，品嚐著每個部位的不同滋味。如此新鮮的內臟不會有腥味。更重要的是，看起來非常好吃。各個部位都閃耀著油亮的光澤。紅色的部位、白色的部位、褐色的部位、粉色的部位，與其說是食物，更像是寶石。看著這些食物，這群吃貨怎麼可能默不作聲。這道料理非常適合拿來下酒。

接下來，朱露察卡做了一道特殊的料理。他把紅色魚肉切成大塊，混合燉煮內臟的湯汁、山裡找到的調味料及庫次味噌調味後，淋上搗碎的山藥。

「喂喂，這不用煮熟嗎？」

「我的直覺告訴我應該沒關係。覺得危險的人就不要吃。」

所有人都吃了。這又是一道不可思議的佳餚，眾人大感佩服。

「朱露察卡真的擅長覓食呢。我都不知道森林裡居然有這種食物。」

多里亞德莎說。

「嘿嘿嘿，我媽媽也很會覓食喔！」

「喔喔，原來是遺傳自你的母親啊。令堂真是送了份好禮給你呢。令尊是什麼樣的人？」

「這個嘛～他是個逃得很快的人。」

「喔喔，原來你腳程快是像你父親啊！」

哥頓說完就笑了，巴爾特和多里亞德莎也笑了起來。

朱露察卡也回了一句：

「嗯！」

露出開心的笑容。

待大家笑意漸緩，巴爾特跟大家宣布明天要動身了。

季節已經漸漸接近冬天，黎明時的寒意越加強烈。對第一次野營的多里亞德莎來說，想必難以維持身體狀況。雖然修行還算不上完備，但最好差不多該動身了。

「多里亞德莎閣下。」

「巴爾特閣下，什麼事？」

「這裡有港口可以渡過奧巴河吧？」

「啊，有的。有一個叫席馬耶的港口，負責運送勃帕特等地的貨物到河的對岸，是個相當大的村莊，應該算城鎮。城裡也有旅館。」

「總之，可以先請妳帶我們到那個叫席馬耶的地方嗎？」

簡單來說，巴爾特的言下之意是要送她到席馬耶。而多里亞德莎搖了搖頭。

「我很開心您有這份心意。但是，不能再因為我而阻擾了您們的旅程。」

哥頓語調爽朗地插嘴：

「不會不會！我們本來就只是朝著伏薩前進，這趟旅程沒有特定的目的地。所以，就算送多里亞德莎閣下到奧巴大河，也完全算不上是繞遠路。」

巴爾特出言訂正哥頓的話。

「不對，不是這樣。我們不是要送妳到奧巴，而是要送妳回家鄉。」

多里亞德莎露出驚訝的眼神。巴爾特則對驚訝的多里亞德莎說：

「我從亨里丹閣下那裡聽說了。妳需要兩位證人吧？我們會幫妳作證，說妳確實打倒了魔獸。」

多里亞德莎深深低垂著頭。經過好長一段時間，她的頭都沒有抬起來。

第四部 ◆ 哥頓・察爾克斯返鄉

邊境的老騎士

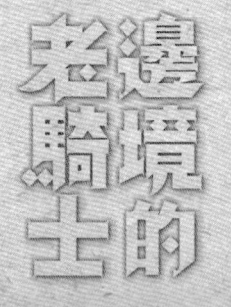

第一章——橫渡奧巴大河

油煮柯爾柯露杜魯

1

一行人選擇先繞到勃帕特領地北邊，再到哈貝爾大道的路線。

哈貝爾大道是勃帕特領主建立的運輸通道。原本將勃帕特的特產送到葛立奧拉皇國時，都會穿越雅德巴爾奇大領主領地，但是除了因為一路上有山、森林以及河流，運送起來耗日費時之外，還會被刁難收取過路費，才整頓了北方平原的道路。雖然有水源補給稍嫌不便及賊人出沒的缺點，但只要騎乘馬匹，可以在短到驚人的天數內抵達奧巴大河。

這點是不錯，但是要從瀑布水畔前往哈貝爾大道，要先通過勃帕特才順路。不過，多里亞德莎不想走這個路線。

「經過勃帕特會很麻煩，所以我想繞路走，我們可以繼續野營沒關係。」

所謂的麻煩是指什麼事呢？

勃帕特的代代領主都有個悲願，希望被能冊封為葛立奧拉皇國的貴族。此時他們培養了足夠的經濟能力，正是無論如何都想找門路攀關係的時候。

在這種時候，皇國達官顯貴的千金突然到訪。對方想必會用盡任何方法把她留下來，討她歡心。而且，這位千金既是單身，還是位芳華正盛的絕頂美人。不需想像也能知道勃帕特領主的腦子裡會有什麼盤算。恐怕在來路時，也曾做出令多里亞德莎疲憊的「盛情款待」。

——等等，亨里丹騎士應該也是經由勃帕特回國才是。這麼說來，本應保護多里亞德莎閣下的部隊以將近全滅的狀態回國一事，也傳進了勃帕特領主的耳裡。

雖然不曉得騎士亨里丹跟勃帕特領主透漏到何種程度，但是可以認為目前可布利耶子爵——多里亞德莎小姐正在少數騎士的守護下，來到勃帕特近郊的消息已經傳出去了。

勃帕特領主會怎麼做呢？

應該已經向附近的村莊散播消息，要他們看見多里亞德莎小姐一行人或相似的人要上報，並派出斥侯了吧。最好先做好這樣的心理準備。

「老爺，怎麼啦~？想事情想得這麼入神。」

「朱露察卡。」

「在~」

「這陣子我想能避人耳目地移動，你幫我多加留意。」

「好喔。」

「還有，移動前我想要再買一點鹽。你能悄悄再去買一點來嗎？方便的話，也買些酒。比起一身騎士打扮的我，你單獨去比較好。」

朱露察卡發揮天生的絕佳理解力，笑容可掬地點點頭。

然後輕而易舉地把鹽和酒買了回來。

巴爾特等人開始動身。

移動期間曾遇上巡邏士兵兩次，不過由於朱露察卡有及早發現，才能在不被發現的情況下躲過。士兵們會來這種沒有村莊，又渺無人煙的地方巡邏真詭異。他們的目標應該就是多里亞德莎沒錯。

2

「多拉，等雪露妮莉雅公主的婚事定下來，妳就會辭掉皇宮裡的職務對吧？在那之後妳打算怎麼辦？嫁人嗎？」

「一般是這樣沒錯。在我這個年紀卻連婚約都沒定下，算是相當稀奇。但是父親大人允許我離家，讓我繼承子爵爵位也有這樣的涵義——我想成為獨立自主的人。」

「意思是妳不結婚嗎？」

「不，不是這個意思。不僅如此，為了統治子爵領地，無論如何我都得找到一個丈夫。在我國，雖然女性也能當領主，但這完全只是一個形式。一家家主必須是個男人才行，女人也不得與其他貴族或商人進行交涉。只不過，嫁到別人家和讓丈夫入贅至我家，這兩個方式能讓我得到的自由是天壤之別。總之，我遲早得結婚，但目前沒有對象願意成為我的丈夫而已。」

「咦咦咦咦？妳明明這麼漂亮，個性又這麼好耶。多拉，妳國家裡的男人再沒眼光也得有個限度吧！要不然，我娶妳當老婆吧？」

「哈哈哈！那真是謝謝你啦！到時再麻煩你嘍。唉，至今為止也不是完全沒有人來提過親。」

巴爾特十分佩服朱露察卡，居然敢光明正大地問這種問題。這個男人的強項是可以令人完全感覺不到惡意。這一點在收集情報或進行交涉上十分有利。

「話說回來，我很敬佩巴爾特閣下的弓箭技巧。您居然能用弓箭捕魚。」

「這種魚油脂豐富，很好吃吧？多拉，妳知道嗎？」

「嗯？知道什麼？」

「巴爾特老爺啊～很有食德喔～」

「食德？什麼是食德？」

「巴爾特老爺的所到之處都有美食。像是偶然走進的店裡有賣少見的魚類，或是隨便帶著食材去的那家店，老闆是個料理高手。明明是因緣際會吃到某道料理，卻碰上最好的時節；又或者湊巧救了達官顯貴，被招待了一頓大餐。總之，只要和老爺在一起，就能美味地品嚐到好吃的東西。老爺的身邊也會聚集一些感覺很棒的人。和愉快的夥伴們一起吃飯也別有風味呢！」

「食物之德的食德嗎？這不錯。嗯，這很不錯。跟大家一起吃的飯真的很好吃，我也想一直跟大家旅行下去。」

巴爾特聽著這些話，心下一驚。有一秒，他甚至在想朱露察卡搞不好知道他的騎士誓約內容。不過怎麼可能會有這種事。

一旁的哥頓．察爾克斯點著頭，一副這番話深得我心的模樣。

「沒錯！旅行是好事，棒透了！哇哈哈哈哈！」

葛斯依舊面無表情，瞇著細長的眼睛，大口啃著熱氣騰騰的魚背。巴爾特最近開始了解到這個男人雖然沉默寡言，但也是個貪吃鬼。

巴爾特看著大家放鬆休息的模樣，思緒在腦中流轉。

——唉，我不是不了解一個人想要獨立自主的想法。不過，達官顯官的千金有應該背負的責任。女人的戰場和男人是不同的。然而，父親也在幫助女兒離巢，其中應該另有隱情。這麼好的姑娘，親事一直談不攏也十分可疑。

不久後，一行人來到山岳地帶的邊緣。

眼下有一片遼闊的平原，平原另一邊隱約可見到奧巴大河。再往左前方，也就是往西邊望去有茂密的森林。雅德巴爾奇大領主領地應該就在那個方向。

但是，吸引了眾人目光的不是平原，也不是奧巴大河。

五個人都望著左方，無限延伸的平原盡頭——

地平線的彼方，森林及山丘都逐漸消失的另一端，可窺見泥土巨人的面貌。

那是靈峰伏薩。

威風凜凜。距離明明還很遙遠，連山腳原野的全貌都看不清，那座山峰卻是如此巨大。

三抹白雲飄在白中透藍的山腰處，俯視這些雲的山頂覆蓋著白雪，既神聖又美麗。

山岳河川皆為諸神偉業。大地之神肯恰．里隆起土堆，鞏固岩石；風神索西艾拉將樹木吹成山林；太陽之神克拉馬注入暖意；水神伊沙．露沙降雨成河，滋潤大地。生存於世間的萬物，每日的糧食都必須仰仗神的恩澤。

然而，這座美麗且令人畏懼的山巔不是神之偉業，它本身就是一方之神。巴爾特只能這麼認為。只要向它祈求，就能護人周全。若是激怒了它，連諸國都毀遭到毀滅。

——從各國飛升而來的魂魄就聚集在那片雲霧之中嗎？

巴爾特發覺自己不知不覺間流下了眼淚。趁內心的感動還未消退，巴爾特拈下一片長在腳邊的索伊竹葉，放進了胸前的內袋。

3

在持續鍛練的同時，旅行也持續下去。所幸日程上還很寬鬆。

到了現在，巴爾特還是不明白以女兒身參加什麼武藝大會，獲勝之後有什麼意義。但是他非常清楚，多里亞德莎無疑是極具劍術天分之人，以及她在身體狀況許可的情況下，以最大的努力鍛鍊劍術至今。

「我看看~結果，多拉是想在細劍項目和綜合項目取勝對吧？」

「嗯。我想將這次的勝利獻給公主。還有，其實依慣例，對方的主辦人會頒發獎賞給在綜合項目中勝出的人，我想要那個獎賞。」

「可以得到什麼獎品嗎？」

「不，不是。」

「不然，是幫優勝者實現一個願望嗎？」

——多里亞德莎眨了眨眼，看著朱露察卡說：

「……朱露察卡，你真是敏銳。」

「咦？會嗎？果然是這樣嗎？嘿嘿嘿。」

願望。

多里亞德莎想對帕魯薩姆王國方的主辦人許下什麼願望呢？

4

眾人來到哈貝爾大道。

一行人依巴爾特、多里亞德莎、哥頓、葛斯的順序排成一列，策馬向前。

在山路只能一般步行，頂多只能以快走的速度前進，不過現在大家的速度已接近快跑。

至於朱露察卡，他一下在最前面帶路，一下又繞到旁邊或後方觀察什麼，偶爾還會跑到很前面去探路。大家都覺得他要配合馬匹的速度一直奔跑很辛苦，卻不見他有絲毫疲態。他的雙腳快速地活動著，但是看起來卻像在行走一樣，十分不可思議。

他不僅沒有出言抱怨，還從容自若地跟在多里亞德莎身旁聊天，結果不一會兒又跑到巴爾特身旁搭話。因為他總是帶著極為開心的表情跟大家說話，一行人的氣氛十分祥和。

多里亞德莎的裝備品質出色且高級，如果有人看見他們，應該會認為這是白銀的騎士與她的眾家臣們。

巴爾特、哥頓及葛斯身上披著同款披風。朱露察卡逞著威風地說：「這是哥哥送給弟弟的禮物～」，把庫拉斯庫初代領主送給他的披風給了葛斯。

朱露察卡總是保持著輕便的打扮。應該是為了不失去機動性這個最大的武器。即使是一件披風，對朱露察卡來說也是個負擔。

葛斯默默收下披風，自此成了他的愛用物品。

雖然說不上是交換，但葛斯的馬上堆了許多朱露察卡在山中找到的藥草。朱露察卡的藥草知識淵博，不輸給巴爾特。這麼說來，這個男人可是會使用麻藥的盜賊。平常他只帶著最低限度所需的藥草，不過那座山裡似乎長著許多錯過會很可惜的藥草。

「後方有馬過來，有兩匹。」

聽朱露察卡這麼說，巴爾特回頭望去。

有兩匹馬從山陰處跑來，筆直地朝著他們的方向而來。速度很快，與其說是快跑，不如說是奔馳。他們沒辦法一直以這種速度策馬前進，所以應該是發現巴爾特一行人後，加快了速度。

附近無處可躲。巴爾特稍微放慢了前進速度。如果事情往不好的方向發展，再飛奔甩掉他們就好。因此，現在要先讓馬匹保留幾分腳力。

這時，多里亞德莎高聲喊道：

「那個是……！法伐連家的盔甲罩衣。巴爾特閣下，是自己人！」

兩位騎士馬上追上了巴爾特一行人。見到多里亞德莎後下馬飛奔過來，行跪拜之禮。

「多里亞德莎大人！」

「原來您沒事！能見到您真是太高興了！」

「你們兩個怎麼會跑來這裡？」

兩位騎士向眾人說明事情原委。

騎士亨里丹遵守承諾，一回國就先前往法伐連侯爵家拜訪，將多里亞德莎的信交給了法伐連侯爵本人。侯爵讀了信後大吃一驚，向騎士亨里丹確認詳細情形後，把長男與次男叫來說明事情經過。

長子亞夫勒邦怒火中燒，擺出要立刻前往討伐佛特雷斯家的架式。侯爵斥責了亞夫勒邦一頓，並告知他的工作是前往營救多里亞德莎。侯爵和次男則前往皇宮，將此事上報皇王。

在這之後，聽說王使和次男一同前往了佛特雷斯家，但是在得知結果之前，亞夫勒邦已經帶著騎士團啟程。這兩位騎士也是在亞夫勒邦的帶領下來到此處，分頭追蹤多里亞德莎的下落。

「提爾蓋利伯爵大人現在停留在勃帕特領主宅邸。請您務必去一趟。大人不知道會有多放心欣喜。」

提爾蓋利伯爵指的似乎就是亞夫勒邦。兩位騎士看多里亞德莎面有難色，似乎感覺到了什麼。

「有什麼不方便之處嗎？」

「嗯，說實話，我不太想到勃帕特去。我不想見到領主閣下。」

「勃帕特領主極力讚美多里亞德莎大人是位美麗的公主，他曾經對您做出什麼失禮的舉動嗎？」

「也不是失禮，但我再也不想去那個地方了。話雖如此，我也不想把事情鬧大。」

「唔、唔……」

「這麼說來，那位領主提到多里亞德莎大人時的口吻令我有點在意。感覺他有些越軌的失禮想法，果然如此啊。既然如此，回到那裡確實有些麻煩。勃帕特領主這等小角色可以隨我們處置，但是想到家臣及領民，還是如多里亞德莎大人所說，不要把事情鬧大才是上上之策。」

「那麼，這樣如何？這座山的另一邊有座村莊，請多里亞德莎大人和這幾位貴客在那裡留宿休息，我會趕回提爾蓋利伯爵那裡，報告此事。」

「好，這做法不錯。嗯，那就麻煩你幫忙。」

「遵命。不過，這幾位是巴爾特．羅恩大人、哥頓．察爾克斯大人及班．伍利略閣下嗎？」

「對，不好意思，太晚介紹了。巴爾特閣下、哥頓閣下，這兩位是法伐連家的騎士，直屬於亞夫勒邦兄長大人。右邊這位是西耶魯．艾路多，左邊則是帕達洛斯．古佳。西耶魯、帕達洛斯，這兩位是帕庫拉騎士巴爾特．羅恩大人，以及梅濟亞領主哥頓．察爾克斯大人。還有，這位騎士已經不叫班．伍利略閣下，最好稱呼他為葛斯．羅恩閣下。這些名字你們是從騎士亨里丹那裡聽來的吧？」

「巴爾特．羅恩大人、哥頓．察爾克斯大人、葛斯．羅恩閣下，聽說各位在小姐身處危難時出手相助，真是不勝感激。」

「別這麼說，這也是神的安排。很高興能幫上忙。」

騎士西耶魯禮數周到地向眾人表示感謝後，策馬往勃帕特的方向疾馳而去。

騎士帕達洛斯則帶著大家前往山頭另一邊的村莊。一行人在村裡留宿，吃過晚飯後墜入了夢鄉。

沒想到隔天早餐過後，亞夫勒邦就帶著四位騎士抵達村莊。他們肯定是天還全沒亮就衝出門口，以驚人的速度趕來這裡。

「多里———！多里亞德莎！沒事吧？妳沒事吧！太好了！」

一位騎士穿著樣式華麗的盔甲，跳下馬背就直奔向多里亞德莎，緊抱住她。這位應該就是亞夫勒邦。

「兄、兄長大人，讓您擔心了。我沒事，全是託巴爾特．羅恩大人和其他幾位的福。」

這位騎士終於放開多里亞德莎，轉身面對巴爾特。然後抹去驚慌的表情，換上精悍的騎士樣貌向巴爾特問候。

「您就是巴爾特．羅恩大人嗎？我是葛立奧拉皇國法伐連侯爵家的繼承人提爾蓋利伯爵，名為亞夫勒邦。我從騎士亨里丹口中聽說了狀況。感激不盡，請受我一禮。」

亞夫勒邦居然右手握拳抵住左胸，右膝跪地。無法想像高位貴族會對鄉野騎士行如此大禮。光是這個舉動，就足以展現這位男人到底有多麼愛他的妹妹。

巴爾特很中意這個男了。他實在無法討厭直率表達自己情感的人。

而且，這個男人相當有本事。聽說他是皇都中的貴族時，巴爾特還以為是什麼樣的軟弱之人，不過這男人身上散發出強烈的武人氣息。

亞夫勒邦向巴爾特等人頻頻道謝後，對多里亞德莎說：

「這下妳該滿意了吧？走吧，我們回國。」

「兄長大人。」

「嗯？怎麼了？」

「我、我取得魔獸……魔獸的頭顱了。」

「什麼！」

「我取得大紅熊魔獸的頭顱了。」

「怎麼可能，是妳搞錯了吧？大紅熊這種動物，單憑兩三位騎士也無法輕易擊殺，更別說是魔獸了。」

「巴爾特閣下，麻煩您打開裝著頭顱的袋子。」

巴爾特打開袋子，讓他看大紅熊魔獸的頭顱。哥頓・察爾克斯也拿出毛皮，攤開展示。

「怎麼會，居然有這種事。」

「兄長大人，這確實是魔獸。」

「不，還不能確定。史克爾！」

受到呼喚，一位略顯年邁，在後方待命的騎士走了出來。

「你去鑑定一下。羅恩大人，我們可以檢查一下這顆頭顱吧？」

「儘管檢查。」

騎士史克爾一下用小刀切割，一下拉拉扯扯地檢查魔獸頭顱。

「少主，這是魔獸頭顱無誤。」

在場的人都發出驚呼。

「這、這是怎麼回事！真的是魔獸的頭顱。你的意思是多里亞德莎打倒了這隻魔獸嗎？多里她……」

「提爾蓋利伯爵。」

「怎麼事，羅恩大人？啊，請稱呼我為亞夫勒邦。」

「亞夫勒邦閣下，我和哥頓．察爾克斯可以作證，證明是多里亞德莎閣下打倒了魔獸。」

「喔喔！真是太感謝兩位了。騎士史克爾、騎士帕達洛斯，請宣誓，並聽取這兩位大人的證言。」

巴爾特、哥頓以及騎士史克爾、騎士帕達洛斯各自向自己信奉的神明宣誓，請神明做見證，聽取了巴爾特及哥頓的證詞。巴爾特及哥頓出言證明這隻大紅熊魔獸是由多里亞德莎及他們三人所打倒，且在多里亞德莎的驍勇作戰下，在魔獸的側腹部留下了重傷。

「謝謝兩位。這麼一來，這段證言就能呈報皇宮，毫無疑問會被接納為有效證言。我真不知道該如何表達對兩位及葛斯閣下的謝意。」

「亞夫勒邦閣下，能幫上忙比什麼都重要。」

巴爾特感覺卸下了肩頭重任，鬆了口氣。

他一直認為法伐連家應該會派出搜索隊，尋找多里亞德莎的下落。但是從多里亞德莎出外討伐魔獸，身邊卻沒有半個法伐連家的騎士陪同，若要深究，巴爾特也無法完全排除多里亞德莎與法伐連家掌權者並不親近的可能。

然而，看長男兼家主繼承人——亞夫勒邦的樣子，他無疑深愛多里亞德莎。若是如此，他們也已經盡到證明討伐魔獸的責任，巴爾特等人已經不需要前往葛立奧拉皇國了。事實上，巴爾特不是很想到大國都市去。

「那麼，我們就在此分別吧。多里亞德莎閣下，保重啊！」

「不，請等一下。」

「亞夫勒邦閣下，怎麼了嗎？」

「您們幾位是拯救我法伐連家小姐的恩人。請各位務必來一趟皇都，讓我的侯爵父親聊表謝意。身為兄長的我，不好好招待您們也覺得過意不去。請務必與我們同行。」

——他並不是禮貌性發言，而是發自內心。但是大國皇都這種地方很麻煩，提不起興致前往，而且似乎也很遠。

巴爾特想著應該如何拒絕時，忽然看到了多里亞德莎的眼神。

她以哀求的眼神看著巴爾特，眼神說著希望他一同前來。

——奇怪，在兄長大人和騎士團的保護下，明明沒有什麼好擔心的才對。為什麼她的眼神如此恐懼？

巴爾特雖然感到疑惑，總之，還是改變了主意。

「暫且先一起到可以落腳的地方吧。」

他如此回答。

「巴爾特閣下，這隻魔獸是各位幫助舍妹打倒的，我們可以收下頭顱嗎？毛皮的部分，您打算如何處置呢？」

「亞夫勒邦閣下，頭顱當然是屬於多里亞德莎小姐的，毛皮我們打算拿走。」

「雖然這個請求有些失禮，但是請您務必把毛皮讓給我們。再怎麼說，這是我心愛的妹妹立下的卓越功勞。別說是卓越功勞了，這是非常卓越的功勞。我想把它當成家中的寶物好好保存，拜託您。」

——怎麼辦呢？這張毛皮原本是要拿來訂製給葛斯和哥頓的皮甲，大紅熊魔獸的毛皮也不是容易取得的東西。這毛皮上沒有太過明顯的傷痕，也不是出得起大錢就能買到。該如何是好呢？

「看您似乎不太願意，但希望您務必答應。是否有得商量呢？」

「哥頓，你覺得呢？」

「我聽從伯父的判斷。」

「葛斯呢？」

「照主人的想法處理。」

「嗯，朱露察卡，你怎麼看？」

「就讓給他如何？老爺是想拿那張毛皮，幫哥頓老爺和葛斯訂製皮甲吧？既然如此，就跟他收一筆足夠買到上等皮甲的錢，把魔獸毛皮給他們不就得了。我覺得那個人不會輕易退讓。拒絕了，心裡也會留下疙瘩。選個日後想起來心裡不會不舒坦的方式比較好吧？」

「嗯，亞夫勒邦閣下，就如你剛剛所聽見的。我決定收取相對的代價，把毛皮出讓給你。」

「喔喔！感激不盡！在此向各位致上謝意。你叫朱露察卡吧？也容我向你道謝。」

「哈哈！多謝賞識。這謝意就勞煩您反映在價錢上嘍～」

「哈哈哈哈哈，真是個有趣的傢伙。那當然，我會付出足夠的代價，但是我現在沒有帶這麼多錢。巴爾特閣下，這下不管怎麼說，都得請您前往皇都了。」

他是思索至此，才開口說要毛皮的嗎？不對，他想要毛皮是千真萬確，不過這件事自然而然地促成巴爾特必須前往皇都一事。

巴爾特心想，這位名為亞夫勒邦的男人幾乎是下意識地達成了這件事，想必具備了作為政治家的優秀資質。

5

風吹拂而過的氣味不同，這氣味跟至今聞過的所有風都不同。鮮明強烈卻帶著腥味。天地開闊卻感到被什麼包裹住了。

巴爾特搭乘在晨霧中渡過奧巴大河的帆船上。對除了在溪流中航行的獨木舟以外，不認識其他種船的巴爾特來說是非常新鮮的經驗。如果從臨茲搭船渡河，抵達對岸約需要兩個晚上，也就是三天的時間，不過這一帶的河道窄，因此在順風的情況下，只需要一天就能結束船上旅行。

巴爾特從懷中取出兩片竹葉，丟進河面。

亞夫勒邦伯爵居然帶了三十位騎士與三十位從騎士來。裝備全是上等貨，所有人也都訓練有素，讓巴爾特想開口詢問，這是要去攻下某個堡壘嗎？不過，他們沒帶上勤務兵及後勤部隊，想必是因為重視機動性。

一行人原本四散各地，搜索多里亞德莎的下落。接到通知後，都在奧巴大河沿岸港口席馬耶集合。跟臨茲相比，席馬耶是非常小的港口，但是建有滿高級的旅館，居民也很多，顯得生氣勃勃。

雖然實在沒有船能一次載完這群人及所有馬匹，但即使如此，聽說只要兩趟就能載完。因為船本身很大，而且也不需要用餐及住宿的設備，所以能乘載許多人。不知道是不是錢快花光了，一行人早早就上了船，等沒多久就出發了。

隨著太陽升起，靈峰伏薩在奧巴大河的彼方現身。透過水面觀賞的伏薩，也特別值得一看。

多里亞德莎在船舷處看著風景，怎麼也看不膩。只不過她的視線並不是看著伏薩，而是朝著東方。她的眼神中充滿喜悅及心酸，目不轉睛地望向東方。

——她應該是在看深潭吧？

從這裡當然不可能看得見深潭。即使如此，多里亞德莎的眼裡肯定映著那片深潭水畔。

那是個不可思議的地方。

在那個不可思議的地方，不論是大國高位貴族千金多里亞德莎、地方領主哥頓、流浪騎士巴爾特及葛斯、盜賊朱露察卡，所有人都能在毫無隔閡的情況下，對彼此敞開心房。這個地方彷彿身處於諸神的懷抱，安心、愉快又充滿驚奇。

一群人再也不可能回到那個地方。在受到兄長迎接的那一刻，多里亞德莎變回了原本的身分，也可以說是變回了真正的人類。

所以她才會帶著無限的感激及憧憬回顧那個地方，將它深深烙印在心中。

而亞夫勒邦站在不遠處直望著多里亞德莎。那絕對不是看著妹妹的眼神，而是看著讓他賭上性命的心愛女人。伯爵完全沒有掩飾這道目光的意思。

經過這幾天，巴爾特明白了一件事。

亞夫勒邦是將多里亞德莎視為女人愛著她。然而，多里亞德莎對同一父親所出的兄長——亞夫勒邦的愛慕之情感到厭惡。即使是同父異母，絕對沒有任何一個神官會認可這段婚姻。世人也不會認為這是正常的關係。

幾代之前，曾有一位葛立奧拉皇王愛上妹妹，將這段期間內生下的孩子假裝成正妃之子，讓他繼承皇位的這件事非常有名。不止如此，在他繼承皇位僅僅半年後，有權勢的貴族發動叛亂，年少的皇王慘遭殺害，皇家血統差點就絕後的事也廣為人知。

如果委身於親哥哥的愛意中，今後她就只能活在他的陰影下。

即使如此，亞夫勒邦應該擁有權力、財力及決心，足以守護多里亞德莎一生的安寧。他不畏懼任何人的眼光，正大光明地以全身表現出對妹妹的愛意。在巴爾特眼裡看來，這樣的他非常耀眼。

貫徹一份不被允許的愛戀也很好。

這不也是英豪的生存方式之一嗎？

巴爾特自己無法選擇這種生存方式。所以他懷著一份想為有著如此希望的人加油打氣的心意。

只不過據巴爾特所見，多里亞德莎不希望如此。

察覺這些事後，至今感到疑惑的許多事都得到了答案。

朱露察卡眺望著水霧另一端的伏薩，大口大口地吃著什麼。巴爾特心裡一陣惱怒，走近他身邊。

「喂！朱露察卡，你手上還有剩的油煮吧？」

「咦？真是的，老爺，不是啦~這是已經沒肉的骨頭啦！用來包肉的竹葉上還剩下一點點鹽，把它黏在骨頭上吮著很好吃。」

朱露察卡跟大家住不同的旅館，在不同的地方吃飯，所以直到搭船前都沒碰過面。

啟航之後，他說：

「這東西雖然已經涼掉了，你要不要吃？」

然後遞出切成小塊的伯特芋和帶骨的柯爾柯露杜魯肉。雖然冷掉了，不過還是散發出某種讓人食指大動的氣味。

巴爾特試著吃了一口，驚為天人。

怎麼這麼好吃。他曾經在某個地方聽過這種調理方法，但從來沒有吃過。巴爾特一問之下更加驚訝。這道料理居然是以油代替滾水，把油煮沸後將食材放下去油煮。

油在邊境地帶是貴重物品，可以用來保養武器等各式道具，還有照明、調製藥物、治療傷口等等，用途十分廣泛。在臨茲等地雖然也會使用從魚身上採集的油，但是巴爾特熟悉的油都是從草木中榨取而來。如果使用油燈，轉眼間就會把儲油耗盡，所以即使是室內，他也盡量使用火把照明，如果能不使用火把就盡量不用。

當然也會把油用在料理上，但是用油代替滾水川燙，真是太奢侈了。在堡壘時，寒冬時會將羊（伊梅拉）的油脂煮沸飲用，但從來沒有想過用油川燙食物。這應該要用許多相當新鮮且純淨優質的油吧？

「哎喲～中途我們不是站在懸崖看著勃帕特嗎？你想，那邊有一片黃色花毯吧？那些都是加利亞花喔，勃帕特盛產加利亞，所以可以取得非常大量的加利亞油。在那裡連平民都可以買到便宜的油，所以有很多使用大量油的料理。當然～也會有大量油品運來這個港口。這東西是城鎮裡的攤販賣的。熱騰騰的時候好吃得要命！」

——真好吃。

越吃越好吃。伯特芋的部分應該只灑了鹽巴，但是很好吃。柯爾柯露杜魯則先用某種醬汁醃過後放進油裡燙，是種未知的味道。

油煮這種調理方法能夠突顯食材的香氣。柯爾柯露杜魯散發出香氣，只是聞到一點點就令人飢腸轆轆。這味道完全不黏不膩，將所有鮮甜滋味濃縮在內。

——可惡，混蛋朱露察卡，居然獨享這種美味！

「可是，為什麼這麼好吃的東西沒有出現在我們的餐桌上？」

「不，所以我就說啦，這一帶油煮是很常見的料理。那些騎士說，旅館裡好像沒有能用在賓客料理的上等油品。」

「朱露察卡，我們回去吧。」

「咦咦？回去是要回去哪裡？」

「回席馬耶去。」

「該不會是為了吃油煮吧？」

「沒錯。」

「不，這也太亂來了。還有啦，奧巴大河對岸也有油煮料理，葛立奧拉皇國中也有啦！」

「真的嗎？」

「真的真的。你就相信我的情報吧！」

「真的是真的嗎？」

「就說是真的了！」

剛才有過這麼一段對話。

人在船舷看風景的多里亞德莎回過頭來。她在席馬耶好好泡了熱水澡，頭髮上也抹了油。臉上化了妝，嘴唇也上了口紅。尖下巴、英挺的眼鼻。雖然穿著男裝，反而突顯了女性的美。

——看著這女孩，內心就騷動不已。為什麼呢？

一陣強風颯然吹過，將她的髮絲吹落髮帶，只有右半邊的頭髮隨風向前飄動。

瞬間迸發一股誘人的香氣。

6

事態似乎變得有點糟糕。

一行人平安渡過奧巴大河，抵達對岸的港口——托萊依。托萊依雖然是葛立奧拉皇國建造的城市，但是距離皇遠太過遙遠，實際上已經是自治領地。葛立奧拉邊境騎士團會定期來巡視，而帕魯薩姆王國的邊境騎士團似乎也會到此採買。

這次亞夫勒邦伯爵動用金錢及權力，硬讓人準備了一艘船。但因為如此，使本來應該從席馬耶運來的油桶延遲了三日送達。這些油桶的買主是帕魯薩姆邊境騎士團。當然，亞夫勒邦是在知道這件事的前提下才這麼做。亞夫勒邦認為，只要派遣部下帶著賠罪金去打個招呼就能圓滿收場。畢竟船舶運輸也很看天氣，貨物慢個三四天才送達也不稀奇。

但是，沒想到對方是騎士團長親自前來。對方的爵位貴為伯爵，不只擔任邊境騎士團團長，進到王都，更是目前外出的卡杜薩邊境侯爵的全權代理人。簡單來說，對方與亞夫勒邦擁有同等的爵位，職位更是遠高於他。由於騎士團長是新官上任，所以順便來視察一番。亞夫勒邦伯爵為了親自賠罪，必須登門造訪。

當大家正說著這件事時，對方的騎士團團長來訪。巴爾特認得這張臉，對方也記得他，開口向他攀談。

「巴爾特．羅恩大人！沒想到能在這裡見到您，無疑是星神(采炎)的引導。」

這個人是翟菲特．波恩。

他是位幹練的騎士，過去曾擔任帕魯薩姆王使的隨扈。當時巴爾特曾照料疾病纏身的王使，這份機緣促使兩人結下友情。他們也都是暗算卡爾多斯．寇安德勒的同志。

話雖如此，翟菲特先向巴爾特攀談，而非亞夫勒邦伯爵，這種行為相當不合禮數。巴爾特心裡這麼想，但翟菲特當然不是這麼粗心大意的人。

亞夫勒邦報上身分、姓名，寒喧兩句後，針對油品延遲抵達一事表示歉意。

「哈哈哈，託你的福，我的部下們得以放了三天假，高興得很呢。對了，是否方便詢問巴爾特・羅恩大人與您們同行的緣由？」

「巴爾特・羅恩大人是我妹妹的恩人，因此我想招待他到皇都好好款待。」

亞夫勒邦這麼回答後，翟菲特說出一件令人驚訝的事。

「巴爾特・羅恩大人是此次成為飛燕宮主人之人的師父，對我國有極大的貢獻。因此國王陛下下命，希望能招待巴爾特・羅恩大人作為貴客至王都。我聽說他正在前往伏薩的旅途之中，正開始準備進行搜索。這樣似乎搶了您的貴客，我深感惶恐，不過由於皇命在身，巴爾特・羅恩大人接下來就由我們陪同吧。」

聽翟菲特這麼說，又有把柄在對方手上，亞夫勒邦完全無話可說。

翟菲特剛才先向巴爾特攀談，應該也是刻意表現出對帕魯薩姆王國而言，比起亞夫勒邦，巴爾特的地位更高的意思。這麼一來，亞夫勒邦也難以對巴爾特的行動多所置喙。

「唔、唔，這也是沒辦法的事。」

「在此感謝您的允許。巴爾特閣下，因為如此，可否請您與我們同行？我會先帶您到帕魯薩姆王國邊境騎士團根據地——洛特班城，再與王都聯絡。」

「呼嗯，真是奇特的發展。不過，這也是諸神的安排吧。總之先依翟菲特閣下的意思行事吧。對了，飛燕宮是指什麼呢？」

「對了，失禮了。也難怪巴爾特閣下不知情，飛燕宮指的是國王繼位者的住處。居爾南殿下現在就住在飛燕宮。等他正式立為太子後，同一座宮殿會改稱為紫燕宮。」

「關於巴魯薩姆國王陛下有位王子的事，我們也略有耳聞。您的意思是，巴爾特閣下相當於王子的師父嗎？」

「提爾蓋利伯爵，巴爾特閣下也可說是養育帕魯薩姆王的繼承人——居爾南殿下的養父。他指導殿下進行騎士修行，也擔任騎士誓約的導師。」

「居然有這回事。我一直認為巴爾特閣下絕非等閒之輩，沒想到他是帕魯薩姆國王陛下長子的師父，還擔任騎士誓約的導師。唔唔，巴爾特閣下，對於必須在此與您道別一事，我感到萬分惋惜。等您辦完要事後，請務必到葛立奧拉皇都的法伐連侯爵家。請您務必要來，毛皮的費用我會請人送到洛特班城。」

事情雖然朝著意外的方向發展，但巴爾特鬆了一口氣。他實在不想去葛立奧拉皇國的皇都那種地方，拜見位高權重的貴族們。相較之下，前往帕魯薩姆王國的王都，確認居爾南的近況還不賴。何止不賴，他甚至感到期待。

——哎呀呀，雖然亞夫勒邦是個爽朗的男人，但我實在不想去皇都。這下子輕鬆不少。

他這麼想著，不經意地回頭看去。

多里亞德莎以悲傷的眼神看著巴爾特。

「您要丟下我不管嗎？」

她的眼神這麼訴說著。

巴爾特感覺胸口一悶，不禁這麼說：

「多里亞德莎閣下，我讓朱露察卡與妳隨行。若有事需要聯絡，妳就交代給朱露察卡吧。」

多里亞德莎的表情變得明亮閃耀。

朱露察卡點了點頭，一副了然於心的模樣。

第二章——翟菲特

油炸克斯荀魚拌酒醋

1

「哎呀，能像這樣再次與巴爾特閣下把酒言歡，真是太愉快了。察爾克斯大人、葛斯閣下也別客氣，多喝兩杯。這次見面是從湖畔一別以來了呢。在那之後我們去了寇安德勒城，事情的發展都如巴爾特閣下所料。要是在毫不知情的狀況下過去，肯定得死在那裡了。您是我的恩人。」

「看您身體健壯真是太好了。這麼說來，恭喜您擢升為伯爵了。而且還擔任邊境騎士團團長，這下我也得改改自己的說話方式了。」

「哈哈哈，如果您要這麼說，您是王子殿下的師父，還是國王陛下的貴賓。但是在下不擅長這些死板的東西，請您照之前的方式說話吧！」

「這樣省事多了。巴里·陶德閣下還好嗎？」

「他很好，還升為上級祭司了呢。在那之後，他正式被任命為樞密院成員。雖然在那之前，他也被視為國王的私人顧問，不過現在終於可以參與國政了，而且也在繼續經營孤兒院。」

「這樣啊，聽起來十分活躍呢！真是太好了。」

「話說回來，我對剛才那位和提爾蓋利伯爵同行的僕人有點印象呢……」

「哈哈哈，被你發現了嗎？他是朱露察卡。」

「果然是『腐屍獵人（苟拉徹薩拉）』朱露察卡啊。」

「翟菲特閣下記憶力真好。」

「伯父，『腐屍獵人』是什麼啊？」

「沒什麼，哥頓，那是朱露察卡的綽號。」

「喔~朱露察卡還有這種綽號啊。」

「巴爾特閣下，為什麼那個男人會和你們一行人同行呢？」

「這……是個奇特的發展。但那位朱露察卡是個辦事能力極強的男人。」

「哦？」

「嗯。偵察、交涉、傳令及探索的工夫都是一流的，不，可以說是超一流。」

「居然是這麼厲害的人啊。」

翟菲特這麼說著，看起來卻不怎麼佩服的樣子。或許從翟菲特的立場來說，不管他多麼有才能，要把一個前盜賊放在身邊還是會感到排斥。巴爾特察覺到這一點，決定換個話題。

「翟菲特閣下，話說回來。」

「是，怎麼了？」

「站在讓您請客的立場，這話實在很難說出口……」

「哈哈哈，您想吃什麼嗎？巴爾特閣下是個美食通，請您儘管開口。」

「有油煮嗎？」

「油煮？」

「對。這道是用油代替水把食物燙熟的料理。在席馬耶有人做了柯爾柯露杜魯的油煮，以及伯特芋的油煮。」

「喔！您說的是炸物（史克庫）吧？」

「這種料理叫史克庫嗎？」

「對，在帕魯薩姆的王都也是隨處可見的料理。但是，那也是極為深奧的調理方法。」

「喔喔～」

「王都也有柯爾柯露杜魯及伯特芋的油煮，雖然比較偏庶民料理就是了。」

「哈哈，這樣啊。聽說在席馬耶是小攤販在賣。」

「在我等邊境騎士團中，油是貴重物品，不太會端出油炸料理。但若是為了巴爾特閣下，倒是可以準備。我先讓人去問問現在能不能在這裡做油炸料理。」

勤務兵跑腿去問，回來時告知得到的答案是能炸克斯苟魚。

巴爾特聽了這個回答，內心十分沮喪。他想吃以柯爾柯露杜魯極為柔軟的肉所做成的炸物，想吃得不得了。克斯苟魚是可以在奧巴大河捕獲的小魚。除了可以煮來吃，也可以曬乾作為存糧。不過它有許多細小的魚刺，說不上是美味的魚。不過既然別無選擇，就只能吃了。

「喔喔，這樣嗎？那麼，我想吃吃看克斯苟魚的史克庫料理。」

「好的，巴爾特閣下。喂！給我端一大盤克斯苟魚過來。」

「是！」

——不，不用那麼多。

無視巴爾特的心聲，一大盤滿滿的克斯苟魚被端了上來，等待的時間意外地短。被端上來的盤子之巨大及克斯苟魚的分量之多，讓巴爾特瞠目結舌，不過在下一秒，一股難以言喻的香味刺激著巴爾特的鼻腔。

「喔喔！伯父，這東西怎麼這麼香啊！聞起來像把酒醋溫熱後的香氣。」

沒錯，這是加熱酒醋後散發出來的香氣。不過，這不是把酒醋煮到沸騰，而是稍微溫熱過後的香氣。這香氣暢快地直衝鼻腔深處，非常誘人食慾。

盤子放在桌上——放在巴爾特的正前方，上面盛著大量油煮過的克斯荀魚，不過，克斯荀魚上覆蓋了某種東西，然後被浸入酒醋之中，上面灑了一些切碎的土魯齊葉。

巴爾特被香氣吸引，將克斯荀魚的史克庫送入口中。

——喔喔！

這是他從未體驗過的滋味。放到舌尖上的克斯荀沒有他預料中的黏稠，口感十分清爽。用牙齒咬下魚肉，在酥脆的口感之後，魚肉被痛快地咬斷了，接著嘴中滿是鮮美的湯汁。此時，巴爾特終於認出灑在克斯荀上的東西是什麼了——是麵粉。他們在克斯荀上灑麵粉，再下去油煮。這個動作除了能增強食物的香氣，同時還能增添幾分愉快的口感。應該還有封住鮮美滋味的效果。

最搶戲的是感覺就要從口中滿溢而出的這股酸味！

酒醋中加了些許甜味，所以這股強烈的酸味不會令人感到不快，但只要咬下去，甚至令人覺得帶著酸味的氣息會從鼻腔洩漏而出。巴爾特不禁閉起眼睛，享受這股強烈的美味。

等了一會兒，再咀嚼口中殘留的克斯荀魚肉。不可思議的是，細小的魚刺完全沒有刺傷巴爾特的口腔。香軟酥脆地逐漸碎裂。即使只是一片細小魚刺碎片，感覺都帶著十足的香氣，相對於柔軟的魚肉，點綴出不同層次的口感。

——這是克斯荀魚？不過，看起來確實是克斯荀魚。唔唔唔……

接著，巴爾特一次把三隻左右的克斯苟魚放進嘴裡，不管三七二十一就咬碎魚肉。

——喔喔喔喔喔！

沒想到把這魚咬碎是一件這麼暢快的事。假設如果單純把克斯苟魚做成史克庫，鰭或魚刺肯定會傷到嘴巴。不過因為有泡在酒醋中，讓經過油煮烹調的鰭與魚刺軟化，只要輕輕擠壓就會脆化斷開。

該驚訝的是完全沒有一絲腥味。沒錯，柯爾柯露杜魯的油煮也是一樣。稱為史克庫的調理方法似乎有消除腥味的功用。柔軟的魚肉緊緻地恰到好處，這樣煮起來的魚不論幾隻……不，不論幾百隻都能吃得下。

切碎灑在克斯苟魚肉上的土魯齊葉更是一絕。和史克庫的油膩、酒醋的酸味調合得恰到好處，不僅可以防止油臭味竄入鼻腔，還提升了整體的味道。再仔細一看，上面還撒了黃色蔬菜或某種佐料。這應該是偶爾會冒出一陣辣味的真面目吧。

「喔喔喔！好好吃！真好吃啊！」

哥頓朗聲表達著他的感動。

「看來您們十分中意，真是太好了。不過，這道克斯苟魚的史克庫的確很不錯。優點應該是很新鮮吧，剛炸好的溫熱料理更好。嗯，感覺這道料理配麥酒，比搭配葡萄酒更好。喂！把麥酒拿來！要冰透的！」

「是！」

巴爾特心想著自己喝葡萄酒就好，但沒有說出口。他不想抹煞東道主翟菲特的一番好意。坦白說，他不喜歡麥酒。他不喜歡卡在喉嚨深處的強烈後勁，總讓他覺得有股焦味。如果是在沒有其他飲品可選擇的情況下，他會欣然喝口麥酒，但是他覺得那股獨特的風味會有損油煮克斯荷魚的美味。

不過，勤務兵拿來有手把的大杯子，裝在裡頭的麥酒看起來很美味。咻咻地冒著泡泡這點也很棒。看來這跟巴爾特所知道的麥酒不同。巴爾特拿起杯子湊至唇邊，心下一驚。

——好冰！是冰的呢。

是放進井裡冰鎮嗎？這杯麥酒已經被冰鎮到令人暢快的溫度。巴爾特忍不住開始喝起麥酒。喝了一口就再也停不下來。咕嚕、咕嚕，大氣也不喘一口，讓麥酒順著喉嚨流進身體。麥酒滑下喉嚨的舒暢感難以言喻。結果巴爾特一口氣喝乾了一大杯滿滿的麥酒。

「喔喔喔！巴爾特閣下，您喝得真是豪爽啊！喂。再拿一杯麥酒來。」

「是！」

「噗哈！」

身旁的哥頓果然也是一口氣喝光了麥酒。

「喂，不要只拿一杯，拿兩杯來。不對……」

巴爾特右側的葛斯靜靜地乾掉一大杯，若無其事地把空杯子舉到眼前。

「三杯，以最快的速度追加三杯麥酒！得拿冰得徹底的！」

「是！」

2

晚餐後，巴爾特和翟菲特兩人單獨喝著蒸餾酒聊天。

「聽說卡爾多斯·寇安德勒被找到王都去了？」

「您明明旅行到那麼遠去，真虧您知道呢。您說得沒錯。」

「表面上是慶祝大領主就任、封臣誓約還有褒揚他的功績之類的吧？」

「沒錯，真令人驚訝，您是怎麼知道這些的？」

「都是朱露察卡從臨茲伯爵那裡聽來的。」

「喔~那一位啊……」

「翟菲特閣下，在您們帶吉恩動身前往帕魯薩姆王都之後，我造訪了寇安德勒城，把真相全告訴了卡爾多斯那傢伙。」

「是，一切都依照我們的計畫走呢。哎呀，我真想看看那傢伙當時的表情。」

吉恩是卡爾多斯的長子，也是正妃的兒子。卡爾多斯撒了謊，說吉恩才是溫得爾蘭特國王的王子居爾南。如果按照這謊言走，最後會演變成愛朵菈在德魯西亞家養大的居爾南其實是吉恩。

巴爾特已經事先告知巴里．陶德一行人，卡爾多斯或許會編出這樣的謊言。所以翟菲特即使很清楚卡爾多斯所說的一字一句都是騙人的，還是默默地聽他述說。卡爾多斯能說善道，把一切說得像真的一樣，想必在翟菲特心裡留下了不快之感。

「他要是知道日後會被傳召到王都去，應該就不會做出那種事了。卡爾多斯已經知道陰謀被揭穿了，所以沒有輕易地答應邀請吧？」

溫得爾蘭特國王的手邊應該有居爾南在嬰兒時期印下的指印，抵達王都的吉恩也理應立刻被取了指印，進行兩者比對。吉恩是冒牌貨的事立刻被揭穿，被問以假冒國王長子之罪。卡爾多斯從巴爾特口中得知這件事後，也領悟到自己也在劫難逃。

「哈哈哈！這不勞您費心。您知道是誰去迎接卡爾多斯的嗎？」

「不，不知道。」

「是巴里．陶德上級祭司。」

「什麼！」

「而且，被冊封為伯爵的我也一起前往，帶了三十位騎士。」

直屬帕魯薩姆王國國王的三十位正規騎士。這真是驚人的戰力。同行的應該還有勤務兵，所以算起來應該有超過百人的兵力。即使是寇安德勒家，面對這樣的對手也不容易應付。而且，他若主動向這隊兵力宣戰，等同是直接與帕魯薩姆王國為敵。

「巴里．陶德上級祭司對卡爾多斯這麼說：『帕魯薩姆國王陛下為了慶祝您就任大領主、進行封臣誓約，以及褒揚您的功績，想邀請您到王都一敘』。」

「卡爾多斯沒有任何反抗？」

「是啊，簡直像個窩囊廢。巴里．陶德上級祭司又說：『國王陛下從未忘記受過您的恩惠，您只能祈求國王的垂憐了。』」

「呼嗯。」

「最後卡爾多斯沒有耍什麼手段，搭上我們準備的馬車來到了王都。」

比起自己的命，最後卡爾多斯優先選擇了保全家族。帕魯薩姆方面已經把話說死，一切都是為了慶祝大領主就任、進行封臣誓約以及褒揚他的功績。簡單來說，他們就是給足了大領主領地中的寇安德勒家面子。此時，如果堅決大張旗鼓地定下寇安德勒家的罪，東部邊境一帶就會認為寇安德勒家無情無義，與帕魯薩姆王國陷入了敵對關係。如此一來，寇安德勒家只能走上破滅一途。如果答應了此次招聘，雖然不知道卡爾多斯自己會受到什麼樣的刑罰，但是還保有留存家族的希望。

「他一抵達王都，就被傳召至王座之廳，得到了謁見國王陛下的許可。這可是破格的待遇。」

「哦？」

「陛下走下王座，拉起卡爾多斯的手對他說：『汝在朕毫無力量的王子時代給我藏身之所，並贈予我宅邸居住，這份恩情沒齒難忘。』當時我也在場，這也是相當優渥的待遇。」

「原來如此，那次是他們睽違三十年的會面吧。」

此時，巴爾特並沒有準確地計算年分，不過後來想想，確實是溫得爾蘭特國王和卡爾多斯睽違三十年的會面。

「陛下還說：『吾更不會忘記汝毫不吝嗇地將未婚妻讓給了朕的恩情。』」

「這是國王發自肺腑的真心話吧。」

「是的。恩情就是恩情，不論後來卡爾多斯做了什麼傷天害理的事，國王陛下接受了卡爾多斯天大的恩情一事也不會消失。因為卡爾多斯讓出的小姐為國王陛下生下了唯一一位的王子，所以卡爾多斯是全國的大恩人。陛下對卡爾多斯表現出破格的謝意，展示出以禮報其恩義的節操。」

「而不管多麼恩重如山，卡爾多斯所犯下的罪也無可抹滅。」

「正如您所說。當時進行了封臣誓約，任命卡爾多斯為濟古恩察大領主，並且授予他伯爵之位。送上的賀禮是白銀盔甲一套。」

「哈哈哈，卡爾多斯應該無法發自內心感到高興吧。」

「當天夜裡，由治魯涅姆伯爵代替國王陛下款待卡爾多斯。我聽說那頓晚餐極為豪華，但席間，卡爾多斯一直很在意先抵達王都的吉恩狀況。」

吉恩遭問何等罪名和卡爾多斯的命運緊緊相連。恐怕卡爾多斯認為吉恩肯定早已遭到處刑。

「治魯涅姆伯爵回答他，明天會公布要如何處置吉恩閣下，到時也會請他一同列席。」

吉恩還活著的這個事實想必給了卡爾多斯一絲希望。寇安德勒家雖然有罪，但也有功績。這兩者之中，何者為重將左右對兩人待遇的判斷。從國王感念昔日恩情的熱切看來，說不定讓他認為事情應該不至於發展到最糟的情況。

「隔天，陛下親自對吉恩下達裁決。陛下說：『汝自稱自己才是帕魯薩姆國王的長子居爾南，厚顏無恥地來到王都，對朕自稱是朕的兒子居爾南。但是在進行指印比對後，發現吉恩和居爾南完全是不同的兩個人。這個罪行可說是等同於造假，意圖篡奪皇位，是欺瞞諸神且難以原諒的極惡之罪。我將處你四十人分屍之刑。』，接著立刻在王宮前庭行刑。」

「四十人分屍之刑是什麼樣的刑罰？」

「將四條繩索綁在受刑者的四肢，由各十位奴隸往四方拉動這四條繩索。」

「這麼做的話，就算扯斷一兩隻手腳還是能留下一條小命吧？」

「受刑者的軀幹會被綁在釘入土中的大木樁上，所以必死無疑。不過，據說更多的情況是在手腳被扯斷前，心臟就停止跳動了。」

「對於長於鄉野的我而言，這是極為殘暴的刑罰。但你說『更多的情況』，代表這個刑罰經常執行嗎？」

「不，我也是第一次看到。一切都是傳言。」

帕魯薩姆是文化風氣極盛的國家。在這個國家的王都執行此刑，也太過血腥了。不過反過來說，正因為是大國，若不對犯下重罪之人處以極刑，或許會難以整頓國家治安。

「對卡爾多斯來說應該是非常大的衝擊吧？」

「他面如死灰。行刑之後，陛下就在現場，也就是聚集了大批民眾的王宮前庭定了卡爾多斯的罪。」

國王決定公開審判，是為了將他的罪行公告天下。換句話說，國王心中的怒意已難以容忍讓卡爾多斯及其家族東山再起。

「國王陛下先列出了卡爾多斯的罪行。三十年來，他私吞了國王透過邊境侯爵交給愛朵菈小姐的生活費，以及居爾南特王子的養育費；將愛朵菈小姐及居爾南特王子送回德魯西亞家，剝奪了他們得到符合帕魯薩姆王子妻兒待遇的機會；數次攻打愛朵菈小姐及居爾南特王子居住的帕庫拉，危及兩人性命；擅自拆閱國王陛下親筆寫給愛朵菈小姐的信件，並偽造回信；讓自己的兒子假扮成居爾南特王子，對王使做出虛假的說明，以假亂真。還有，他持續阻撓溫得爾蘭特國王送給愛朵菈小姐的信息，導致愛朵菈小姐永遠不會有機會知道國王對她的愛從未改變，並永遠無法受到帕魯薩姆王妃及長子的尊榮。」

沒錯，最後闡述的這項罪名才是真的罪不可恕。愛朵菈堅毅的態度背後，心裡不知道藏了多少不安。畢竟長達三十年都音訊全無，即使只是一封信也好，若溫得爾蘭特能向愛朵菈及居爾南宣誓永恆不變的愛，愛朵菈不知道會有多開心，受到多大的鼓舞。

最終，愛朵菈在無從得知居爾南即將成為帕魯薩姆王子的情況下離世。然而這罪名不應該只由卡爾多斯一人承擔。巴爾特認為溫得爾蘭特國王才應該承擔這個罪名。如果他真心愛她，就應該表達他的愛。他應該有許多方法及時間可以做這件事才對。

——溫得爾蘭特國王還一臉意氣風發地制裁了卡爾多斯。我才想處以他四十人分屍之刑呢。

「接著陛下又說：『然而，寇安德勒伯爵對朕有天大的恩情，因此朕不會取汝之性命。朕會賜給汝一間王都中的宅邸，汝就以朕的顧問身分留在王都吧！只不過不能走出宅邸半步，也不允許客人來訪。爵位只限於一代。』」

簡單來說，就是要幽禁他至死。

「國王陛下最後說：『我將褫奪你濟古恩察大領主之位，此外，今後禁止寇安德勒家族的任何人坐上這個位子。而寇安德勒家所私吞的金錢必須在今後的三十年內還清。』」

啊啊。

他完全擊潰了寇安德勒家的野心，也可說是大大保障了德魯西亞家的安寧。這個事實讓巴爾特放下內心深處的大石頭。

吉恩所受到的刑罰極為殘忍，而卡爾多斯受到的懲罰，以他自己的立場而言也絕對不輕。卡爾多斯看著兒子在自己眼前受到分屍之刑，不知道到底有什麼樣的心情。

然而，巴爾特完全不感到同情之情。只要想到他們的所做所為，折磨著德魯西亞家的騎士們和愛朵菈，巴爾特就認為這些報應理應降臨在他們身上。即使是現在，巴爾特只要想起卡爾多斯，內心就會燃起熊熊怒火。這份心情或許到死都不會消失，他也不認為應該讓它消失。

3

「話說回來，翟菲特閣下。」

「是。」

「我聽您一直稱呼居爾南為居爾南特，這是為什麼？」

「喔～這是帕魯薩姆王家獨特的傳統。只有名字結尾有以蘭、南或恩等發音的男子，稱呼其名時要再加上特這個字。」

「喔～原來有這樣的習俗啊。」

也就是說，從溫德爾蘭特國王幫居爾南命名的那一刻起，心裡就已經是喚著居爾南特了。這種命名方式本身就在宣告居爾南為帕魯薩姆王子了。

「在卡爾多斯的招聘過後不久，國王派遣了王使前往德魯西亞家。正使由尼斯塔爾伯爵擔任，副使則是莫卡德伯爵。」

「哈哈，要他們千里迢迢下鄉一趟，真是辛苦了。」

「您別跟別人說，聽說這兩位出發前確實是這麼想的。但是，實際到訪德魯西亞家後，看見城堡建造得非常雄偉，更重要的是領主一家的威嚴及品格讓他們深受感動。這些是我從莫卡德伯爵那裡聽來的。」

城堡建築會展現當地文化。有傳統的城堡即使只是昂然矗立，也有它的風格存在。城堡的外觀、功能性，甚至是防禦構造或日常用品都能展現長年培養出來的排場。德魯西亞家的城堡在這項傳統上，可不亞於中原大國。

「而且，最重要的是居爾南特殿下本身的從容傑出之貌讓兩人深受感動。一行人回到王都的時候，兩人已經儼然一副臣子的模樣，在他身旁服侍著。不對，那兩位確實是他的臣子沒錯。」

對吧。居爾南身上具備的威風氣質實在不適合留在那種窮鄉僻壤。巴爾特從以前就覺得很不可思議。得知居爾南是帕魯薩姆王家血脈時，他才終於明白是怎麼回事。

「和王子殿下會面之後，國王陛下立刻下令要他在飛燕宮住下，也就是給他國王繼承人候補人選的待遇。然後，國王陛下對居爾南特殿下說想將濟古恩察大領主之位封給德魯西亞家，問他覺得如何。」

巴爾特心裡一驚。仔細想想，這種事當然有可能發生，但是巴爾特從不覺得德魯西亞家會成為大領主。然而，這件事雖然是種榮譽，但對德魯西亞家來說真的是件好事嗎？

「由於那是類似對於守護、養育王子殿下成人的德魯西亞家的獎賞，所以在場的重臣們和國王陛下本身，連作夢都沒想過王子殿下會反對。」

「哦？也就是說，居爾南反對嗎？」

「是。王子說：『非常抱歉，這個想法是否留有提出異議的空間呢？』」

「哈哈，他第一次進宮就做出這種行為，真是大膽呢。」

「正是如此。國王陛下也吃了一驚，詢問這個決定有什麼不妥嗎？」

「居爾南是怎麼回答這個問題的？」

「王子殿下是這麼說的：『這對德魯西亞家而言，無疑是極大的榮譽。然而，一旦成為大領主，會產生廣域的政治責任。德魯西亞家的使命是守護大障壁的缺口，並討伐從大缺口蜂湧而出的魔獸及受其影響的野獸。以這項首要任務的角度來看，讓他們擁有大領主的權限，也等於是為他們增加不必要的工作。』」

「呵呵，真像居爾南會說的話。不過他的意見完全正確。國王怎麼說？」

「嗯。國王就說，嗯，討伐魔獸，守護人類居住的世界嗎？原來真的有這樣的家族持續守著這個使命啊。」

「那麼，最後大領主一事如何解決？」

「王子殿下又說：『以可見的方式握有強大政治權力，以長遠的眼光看來，或許會成為完成使命的阻礙。德魯西亞家對於支配其他家族、擴大領土等事絲毫不感興趣，一心只想為使命效勞。這樣的評價正是德魯西亞家受其他家族尊敬、尊重的基石。』國王陛下聽他這麼說就問他，那麼，該讓誰當大領主比較好？」

「真是單刀直入啊。」

「國王陛下的個性很像武人，不喜歡拐彎抹角的花言巧語。王子殿下立刻回答，他認為諾拉家比較合適。」

「什麼？可是，諾拉家已經滅門了啊。」

諾拉家是多年來與寇安德勒家爭奪大領主之位至今的名門望族。但是，寇安德勒家最終消滅了諾拉家，從家主開始，把整個家族殺得一個不留，自稱為大領主。說到底，這件事就是巴爾特辭別德魯西亞家，踏上流浪之旅的契機。

「聽說前諾拉家主的么子逃到了帕庫拉。而德魯西亞家依居爾南特王子的建議，悄悄把那位么子藏了起來。」

這件事連巴爾特都不知情，應該是發生在巴爾特出門旅行後吧。不，應該不是。照這麼說，他們做這件事時，肯定也對當時身為德魯西亞家首席騎士的巴爾特保密。巴爾特露出笑容，心想：「很厲害嘛！」。

接著，翟菲特敘述居爾南上奏的內容如下。以家世及歷史脈絡來看，諾拉家很適合登上大領主之位，其親戚友人也相當多。若在這種情況下，任命其為大領主，他們對帕魯薩姆王國的忠誠會十分穩固，也會對德魯西亞家的情義抱以感謝之情。周邊的各個家族也會更加了解德魯西亞的高風亮節。

「王子殿下說，在這件事情上，德魯西亞家不從中得利才是真正得到了最大的利益。」國王聽了這句話開懷大笑，喚來三名騎士，命令他們照居爾南特王子的指示，前往東部邊境地帶進行整頓。」

巴爾特朗聲大笑。

——居爾南這傢伙，幹得好。

「居爾南特殿下悟性極佳，適應能力也很強。國王派了許多優秀的教育人員在他身邊，殿下巧妙地利用這些人融入周遭環境，取得大家的信任。這麼說或許有點誇張，但是他的行為舉止就好像一出生就住在王宮裡似的。」

「哈哈哈！這樣才是居爾南啊！」

巴爾特趕到非常驕傲。

「翟菲特閣下，我們暫時把這件事放在一邊。」

「是。怎麼了嗎？」

「我聽說明年四月，在您守護的洛特班城中將舉行邊境武術競技會。」

「是的。」

「可以的話，我想去觀戰。」

雖然巴爾特曾經聽多里亞德莎說過，邊境武術競技會只允許主辦人及參賽者參加，禁止觀戰，但他輕鬆地試探了一下。不過，事實上兩國都嚴格遵守著禁止觀戰的規定，參賽者以外的人如果想要觀賽，不是成為參賽者的隨從，就是只能成為主辦人的隨行人員。所以巴爾特這個要求可說是強人所難。然而，翟菲特彎起唇角後無聲一笑，這麼回答：

「畢竟是巴爾特閣下的要求，我覺得應該有辦法解決。我先透過適當的管道洽詢一下吧。」

「給您添麻煩了。」

4

得知自己在意的事都往好的方向發展，巴爾特心情大好。翟菲特似乎覺得與這樣的巴爾特交談很愉快，喝了一杯又一杯，兩人聊得非常開心，都忘了時間已是深夜。沒多久，話鋒轉到了翟菲特的出身及經歷。

翟菲特的父親出身於一個名為烏吉爾的國家。烏吉爾似乎是位在帕魯薩姆南方的遙遠國度，但是巴爾特不記得曾聽過這個國名。

翟菲特的父親曾經擁有伯爵之位，既有領軍之才，對政治也深有見識。他侍奉著王太子，負責經營王太子領地。

然而，國王的其中一位庶子——應該說是他的親信存有陰謀，讓王太子背上莫須有的罪名並加以殺害。翟菲特的父親得知此事後，抱著年幼的翟菲特逃出國家。

由於王太子遭到謀殺，身為臣子有責任率領軍隊與壞人們一戰。但是翟菲特的父親沒有選擇這條路。若是走上那條路，會有許多人死亡。他父親認為王太子已經不會回來了，不應該徒然削弱國力。

此外，若是選擇戰爭這條路，就等於是彈劾做出裁定的國王所犯下的錯誤。國王的權威也已經因為各種事情而減弱，不能再發生任何動搖國權的事。

翟菲特的父親逃到了帕魯薩姆王國。帕魯薩姆從以前開始採取的方針是就算是他國人，優秀的人才都會積極採用。而且依照前兩代國王開始的軍制改革，只要是騎士就能在國軍中謀得一官半職。只不過，新進採用的士兵即使是擁有騎士階級之人，也必須從步兵開始做起。對高位貴族而言，這是難以忍受的屈辱。

但是，翟菲特的父親以長槍步兵的身分加入了國王直轄軍隊——當時他用了假名——然後在幾次戰鬥中嶄露頭角。因此，引起了當時身為下軍正將的騎士庫里尼克的興趣。他邀請翟菲特的父親到自己家裡，請他吃了一頓飯。經由席間的一番對談，庫里尼克對翟菲特父親的見識深受感動。庫里尼克認為從這等品格來看，不可能只是個單純的武人，問起了他的出身及身分。

結果庫里尼克曾聽過翟菲特父親的本名。庫里尼克是在帕魯薩姆王國南部擁有廣大領地的庭貝露男爵的三兒子，所以知道翟菲特父親的英勇之名。透過庫里尼克的推舉，翟菲特的父親先被任命為下軍副將，每次都在戰爭中立下難以撼動的戰功，甚至被擢升為上軍副將。

然而，他越是往上爬，必也會招人嫉妒。雖然他的地位全是靠功勞累積而來，但也有人認為國家過度重用外國人。翟菲特的父親在這些冰冷的視線下，惦記著要多積陰德。

翟菲特在成長過程中也學會了忍耐。他的能力及忠誠得不到正確的評價，功勞也被搶走，承受毫無根據的批判。不過，他一直守著父親所說的無形功績遠勝於有形功績的教誨，一心一意地磨練自己。

他一直身無爵位地迎來壯年期，最後被派到所謂見不得光的人——溫得爾蘭特王子身邊。

「這很明顯的是降職。但是這次降職讓我明白，我遇見了真正的主人。」

之後溫得爾蘭特王子一直盡著低調卻重要的義務，贏得了武人們的尊敬。翟菲特也以突擊隊長的身分累積軍功，最後在賭上國家興衰的決戰中，與溫得爾蘭特王子一同打敗敵方的總隊，帶來了勝利。

凱旋歸來的溫得爾蘭特王子坐上王位，卻暫時將褒揚翟菲特的事束之高閣。讓他以低微的身分陪同王使前往奧巴大河東岸，立下確認居爾南特王子消息的功勞，一口氣將他封為伯爵。

而在平安將王子迎回王都後，任命他為邊境騎士團團長。

他的戰功彪炳，但這對邊境騎士團的騎士們來說並不愉快。在邊境這個不起眼的地帶，再怎麼努力工作，也得不到什麼回報。在他們眼裡，翟菲特是個在國王身邊極為活躍，突然獲得伯爵之位的精明之人。

邊境騎士團以地方的獨立騎士團而言，在帕魯薩姆王國中是規模最大，且最為勇猛果敢的騎士團，但有著過於獨樹一格的風氣，對於前兩代國王開始的軍制改革並不配合。翟菲特帶著改變這種體制的使命，就任騎士團長。接下來他必須獲得團員們的信任，不過老一輩的團員們態度強硬，某方面他也被要求做出一些微妙的領導。

——原來如此，真是辛苦。

巴爾特十分同情翟菲特的處境，同時也非常欣賞這位武人的誠實。溫得爾蘭特國王能夠贏得這種武人的尊敬，也絕不可能是位昏君。那位國王對巴爾特發出邀請，若是答應了此次邀請，巴爾特就將面對相當於愛朵菈丈夫的溫得爾蘭德國王。

——到時你就做好覺悟吧！

巴爾特在心裡向這位尚未謀面的國王宣告。

第三章——洛特班城的危機

—石烤牛背肉—

1

從托萊依的城鎮到洛特班城約有八十刻里。一行人——翟菲特加上兩位從騎士，以及巴爾特、哥頓及葛斯等六人在七天內趕完了這段路。

奧巴大河的西岸是一片遼闊的沙漠與草原，東邊則滿布山野及森林。中央諸國將這兩方合稱為大陸東部邊境。

中央諸國中，與大陸東部邊境相鄰的各個國家皆設有邊境騎士團。他們的使命是從廣大邊境蜂擁而來的魔獸、野獸及亞人手中保家衛國。所以他們雖然名為邊境騎士團，但是從未越過奧巴大河，踏入其東側地帶。

在巴爾特的常識中，所謂的邊境是指奧巴大河東部。巴爾特以前就知道邊境騎士團之名，但一直覺得很奇怪，為什麼從來沒聽說他們來到邊境。聽了翟菲特的話後，他才終於明白其中緣由。

各國的邊境騎士團漸漸縮小，或是消失無蹤。

其中一個原因是在國力隨著時間逐漸減弱的各國，逐漸無法維持邊境騎士團的運作。

此外，近年來在奧巴大河西邊已經幾乎看不見魔獸也是理由之一。各國也在某種程度上了解亞人們的地盤分布及移動模式，能劃分出各自的居住領域，所以大衝突減少了許多。危險的野獸已經狩獵殆盡，數量減少了。

進一步來說，還有一個原因是近百年來大陸中央各國之間紛爭不斷，沒有餘力關心邊境地帶。

在這之中，也有國家慢慢擴大邊境騎士團的規模——葛立奧拉皇國和帕魯薩姆王國。這兩國的國力日漸增強，為了確保經商路線及探索取得資源的可能性，將觸角延伸至邊境地帶的經營上。

只要看邊境武術競技會的狀況，就可以明白邊境騎士團的興衰程度。邊境武術競技會是多國競技，供設有邊境騎士團的各國較勁武威。一百年左右前，據說有八個國家的邊境騎士團共襄盛舉。現在則只剩下葛立奧拉皇國和帕魯薩姆王國參加。

洛特班城是卡杜薩邊境侯爵的居處，也是帕魯薩姆邊境騎士團的主要據點。如同「極偏遠之地（洛特班）」這個名字之意，此地離王都十分遙遠。

過去帕魯薩姆騎士團幾乎相當於邊境侯爵的私人軍隊。但現在騎士團的維持經費是由國庫支出，騎士團長則是由國王直接任命與罷免。話雖如此，騎士團依然是在邊境侯爵的庇護下活動，所以邊境侯爵仍然有強大的影響力。

卡杜薩邊境侯爵從侯爵父親那裡繼承了樞密院的議員席位，由於見多識廣，也深得國王的信賴。現在也為了重要事項的諮詢而留在王都。

漸漸看到了城堡。

隨著距離越近，越可以明顯看出這座城與其說是座單純的城堡，更擁有應稱為城塞都市的規模。

一行人往東門前進，不過東門那裡似乎有些騷動。士兵們在城牆上架了弓和弩，門前約有二十位騎在馬上的騎士。

與其對峙的是乘坐在巨型無毛鳥上的綠色巨人們。

是葛爾喀斯特。

葛爾喀斯特在亞人當中也屬於特別好戰的一族。他們雖然不會因為自身緣由而平白無故地與人類爭戰，但是一旦發生戰鬥，據說需要五位騎士才能勉強與一位葛爾喀斯特一戰。成群集結的葛爾喀斯特更加可怕。甚至有傳聞說，只要靠三十位葛爾喀斯特就能攻下一座城。

這群葛爾喀斯特約有一百人，手裡拿著帶著不祥氣息的武器，身上散發著怒氣，彷彿隨時都會發動攻擊。

翟菲特介入兩者之間。

「麥德路普副團長，這場騷動是怎麼回事？」

「團長閣下，您回來得正好。這群被詛咒的野蠻人，以玷汙騎士名譽的話出言挑釁。」

聽說是騎士團的騎士要詐偷襲，所以他們希望騎士團把人交出來。

翟菲特下了馬，往葛爾喀斯特一方走去。

「在下是負責管理此城之人，帕魯薩姆王國邊境騎士團長翟菲特．波恩。」

為了回應他，一位格外高大的葛爾喀斯特下鳥走上前。

「我是恩凱特．索伊．什束克。」

「什束克閣下，找我們騎士團有何貴幹？」

「以你們的曆法算來，這件事發生在大約兩個月前。我們氏族一位名叫科瑪吉耶的族人，救了一位倒在沙漠中的人類。人類自稱是帕魯薩姆邊境騎士團的騎士葛普拉。騎士葛普拉恩將仇報，趁科瑪吉耶睡著時，刺穿他的喉嚨將他殺害，並刺穿了與科瑪吉耶在一起的孫子左胸。然而，騎士葛普拉似乎不知道葛爾喀斯特有兩個心臟。孫子雖然受到瀕死的重傷，但還是活了下來，回到氏族來，並託付身為代理族長的我為他報仇雪恨。伊切妮肯密！」

在這聲呼喚下，一位葛爾喀斯特族的年幼女孩走出來，並指著自己的左胸，胸前有道新的傷痕。

翟菲特回頭說：

「麥德路普副團長，這位騎士葛普拉是參加武術競技會中，細劍項目的代表吧？他現在人在何處？」

「團長閣下！難道您要出賣夥伴，把他交給這群嗜血怪物嗎？」

「閉嘴！只有光明正大的真相才能守護騎士的名譽。騎士葛普拉必須親自在諸神面前證明自己的清白。我不允許任何人妨礙這件事！」

表情嚴肅的兩人瞪著彼此。

翟菲特對騎士麥德路普斜後方的騎士喚道：

「歐涅瑪隊長，去把騎士葛普拉帶到這裡來。」

騎士歐涅瑪行了一禮，策馬往城門裡去。

──原來如此，看來難辦了。

關於帕魯薩姆邊境騎士團的問題，巴爾特已略有耳聞。此外，大家並不喜歡翟菲特這個人，事事都會和老手騎士們起衝突。目前看來，這位副團長──騎士麥德路普應該是討厭翟菲特的急先鋒吧。

騎士歐涅瑪隨同一位騎士前來，那位騎士的臉色十分蒼白。

「你是騎士葛普拉？」

騎士下馬之後，行了對上級的禮。

「是！」

「汝現在背負著非同小可的嫌疑，跪下發誓吧。」

騎士葛普拉在翟菲特前方跪下，低下了頭。翟菲特以右手抵住他的頭，宣誓道：

「以正義與真實之神漾耶樓之名，騎士翟菲特在此一問。騎士葛普拉，請立誓。」

「我發誓。」

「好。汝對這位葛爾喀斯特族的少女是否有印象？」

騎士葛普拉抬頭看向那位年幼的葛爾喀斯特。他的眼裡有著無法掩飾的驚恐。

葛爾喀斯特少女回望著他，眼裡燃燒著熊熊烈火。

「……有印象。」

周圍的騎士一片譁然。

「騎士葛普拉，汝被告發向對汝有恩的葛爾喀斯特耍詐偷襲之罪。誠實地說出汝所知道的一切，為自己作證。」

騎士葛普拉顫抖個不停，一直默不作聲，但不久後癱倒在地，抽抽噎噎地哭著坦白了一切。

「我、我……我想要魔獸的頭顱。我需要戰功，參加武術競技會。我聽說西邊堡壘附近有魔獸出沒，已經幾十年都沒聽過有人前往討伐魔獸，所以我以為只要取得魔獸頭顱，我就能參加邊境武術競技會。但是我在沙塵暴中迷了路，和同伴們走散，失去了意識。等我醒來時，人已經在科瑪吉耶閣下的帳篷裡，而伊切妮肯密閣下在幫我療傷，我內心十分感激。

但是我突然有個想法。

葛爾喀斯特絕不會逃避別人的決鬥挑戰。而如果我能在榮耀的決鬥中，一對一獲勝，就能得到等同於討伐魔獸的功勳。如果對方是這位年邁的葛爾喀斯特，我或許能贏。

啊啊……可是……啊啊……

我在半夜突然看見熟睡的兩人，心裡的惡魔對我低聲私語——趁現在，殺了他們！然後……啊啊！我殺了他們兩位，把科瑪吉耶閣下的頭顱帶了回來。我當時已經瘋了！」

說完後，他繼續嗚咽著，泣不成聲。

翟菲特問騎士麥德路普，那位葛爾喀斯特的頭顱現在在哪裡。騎士麥德路普命令部下把頭顱取來。伊切妮肯密看著從壺裡被拿出來，抹滿鹽巴的頭顱，哭著抱起了它。

——這下不妙啊。

既然騎士團員的暴行已經明朗，若是拒絕葛爾喀斯特的要求，全體騎士團，甚至是國家的名譽都會掃地。

另一方面，若是屈服在亞人以武勇提出的要求，交出騎士團員一命的話，翟菲特將永遠失去騎士團的信任。

但翟菲特的臉上沒有絲毫著急之情。他等騎士葛普拉哭完，語氣平靜但堅毅地說：

「騎士葛普拉，汝受妖魔所惑，犯下這個作為騎士，作為人皆不可饒恕的罪行。汝必須以超越話語的行為來向科瑪吉耶閣下及伊切妮肯密閣下謝罪。但是，由於汝在最後一刻走回正道，只要汝勇敢地委身於裁決之劍，汝將作為具有名譽的騎士身分死去。吾會告訴汝之遺族，汝是在出任務時因公殉職。汝若還有什麼遺言，說吧！」

騎士葛普拉脫下頭盔放在身旁，語調平靜地說：

「請告訴我的雙親，願他們身體安康。團長，感謝您。」

接著他雙手抱胸貼地，伸出了自己的頭。

騎士葛普拉為何可以如此從容地接受自己的處刑呢？是因為哭過之後，內心得到了平靜？還是面對翟菲特的威容，受到感化？

巴爾特心想，應該兩者皆是吧。而這位騎士對於自己做過的卑鄙勾當痛苦至今，今天能說出真相也讓他終於放下心來。

若是如此，騎士葛普拉本來應該是位清廉潔白的青年。

翟菲特迅速抽出劍，斬落了騎士葛普拉的首級。這把劍不是用於處刑，也不是用於決鬥，而是與身穿盔甲的騎士一戰時所用的騎士劍，劍身厚重，劍刃不夠鋒利。他以這把騎士劍，連金屬盔甲上凸起的護頸都沒有碰到，一劍斬落了他的首級。而且，劍尖在即將落地前準確地停了下來。翟菲特的武藝非比尋常。而他能在這股氣氛中，從容不迫地完成這件事，其沉著鎮定的內心更是驚人。

翟菲特把劍交給勤務兵拭去鮮血，脫下了披風。他用脫下的披風將騎士葛普拉的頭顱包了起來，讓騎士歐涅瑪拿著，再次面向葛爾喀斯特們。

「什束克閣下，方才讓騎士葛普拉作證時，他坦承確實犯下了您告發的罪。因此以吾之劍肅清了他的罪。騎士葛普拉已用他的命謝罪，我也向您致歉。請您接受我們的謝罪。」

「騎士翟菲特，我們會向祖先之靈稟報，我們確實見證了他以一命還一命。把他的頭交給我。」

氣氛一陣緊張。

騎士團長會不會將騎士葛普拉的頭顱交給蠻族的人們？

還是會守住騎士團員的頭顱呢？

人類這方的所有人都嚥下了一口口水，等著翟菲特的回答。

「這個我辦不到。恩凱特・索伊・什束克，我要向你提出決鬥的邀請。這是一場一對一的名譽決鬥。如果我贏了，您的部下可以帶回您和科瑪吉耶閣下的頭顱。若是你贏了，你就把我的頭顱帶回去吧。我不會把部下的頭顱交給你的。」

什柬克瞬間瞠目結舌，接著哄然大笑起來。

無論是多麼厲害的武士，人類都不可能在一對一的情況下贏過葛爾喀斯特。更何況對手是勇士什柬克。簡單來說，翟菲特是願意代替部下交出自己的頭顱。什柬克笑的正是他這份瘋狂及勇敢。

但是笑聲中沒有訕笑之意，這種行為才襯得上葛爾喀斯特的氣質。而且葛爾喀斯特喜歡接受決鬥挑戰，勝過於任何事。也就是說，什柬克這一笑等同於原諒了騎士團員犯下的罪行。

當什柬克停下笑聲，想向翟菲特說出自己的答案時，他背後的葛爾喀斯特卻鬧哄哄的。他們對著巴爾特指指點點，嘴裡互相討論著什麼。然後以激動的語調向什柬克訴說著某件事情。

什柬克來到巴爾特身邊，目不轉睛地看著掛在他腰間的古代劍。

不，不對，他盯著的是那個劍鞘及縫在劍鞘上的花紋。

「人類，你這劍鞘是在哪裡得到的？」

「這是與我結下友誼的葛爾喀斯特勇士為我量身打造的。」

「那位勇士叫什麼名字？」

「恩凱特・索伊・安格達魯。」

葛爾喀斯特們一片譁然，引起一陣大騷動。什束克舉手制止後，開口向巴爾特詢問：

「你是在哪裡見到他的？」

「你為什麼想知道這個？」

來到什束克正後方的大個頭葛爾喀斯特，語氣激動地喊著：

「你不需要知道原因！快回答問題！」

看來除了什束克之外，還有其他會說人類語言的人。巴爾特後來才知道，他的名字叫梅利特戈。

什束克將梅利特戈打倒在地，這一擊威力驚人。如果是人類，早就整顆頭都飛出去身亡了。什束克以葛爾喀斯特語向部下們吼了一聲，再次面向巴爾特。

「恩凱特・索伊・安格達魯是我們氏族的族長。二十五年來，我們一直在尋找安格達魯族長。

二十五年前，有一個人類不小心玷汙了我等祖先的長眠之地。此罪只能以死相抵，但是人類有重要事項需向國王稟報，所以希望我們能讓他先回國一趟。當時，安格達魯族長大人成了他的擔保人。

人類沒有回來。安格達魯大人以違約為恥，從此消失在族人面前。人類或許很難明白，對於我們而言，遠離氏族獨自生活是比死還痛苦的事。安格達魯大人是位優秀的戰士，立下的無數戰功沒有人可與之相擬。安格達魯大人沒有罪。即使有罪，二十五年來，他也已經飽嘗獨自生活的地獄滋味，已經夠了吧？

我們無論如何都想找到安格達魯大人，希望他回到族裡來。直到今天，安格達魯大人依然是我們的英雄，也是我們的族長。請務必告知我你是在哪裡遇見他的。」

最先對這番溢於言表的真情喊話有所反應的是騎士麥德路普，他搖搖晃晃地走近什柬克，開口問道：

「那個人類……叫、叫什麼名字？」

「人類的名字叫奧依肯。」

騎士麥德路普整張臉皺成一團。

「那個人是我的父親。葛爾喀斯特，原諒我！父親說過，要回去完成他的承諾。但是，母親、叔父和我甚至把大鬧的父親關起來，不讓他去。我們本來希望這麼做能救回他一命。結果父親失意之餘自殺了。留下遺書要我們轉告安格達魯，這是他所做出的補償。我一直到今天為止都無法達成他的遺志。」

什柬克以嚴厲的目光瞪著騎士麥德路普，但在漫長的沉默之後，他說：

「此刻，英雄安格達魯的清白已被證明。人類，你的證言盡了它的責任。」

什柬克接著目不轉睛地看向巴爾特。接下來輪到巴爾特回答了。巴爾特緩緩地挑選用詞，告訴什柬克：

「我不知道這是否為恩凱特．安格達魯所願，所以我不能把地點告訴你。不過，我帶你們前去吧！你從氏族裡挑兩個人出來。然後讓這兩個人向祖先靈廟及精靈『記錄者（阿卡哈）』發誓。第一，不能違背他本人的意志帶他回來；第二，如果本人拒絕回歸氏族，也不能把那個地點說出去。」

什柬克瞇起眼睛凝視著巴爾特。

「人類，看來你很了解我們的事呢。但是，為什麼是兩個人？不能挑三個人嗎？」

「如果超過兩個人，萬一蠻幹起來，我或許無法完全制服。」

這膽大包天的宣言惹得什柬克一陣哄笑。

一個垂垂老矣的人類騎士，居然敢說他有辦法制服兩位葛爾喀斯特，這也難怪什柬克會笑了。

在他身旁站起身的梅利特戈神色駭人地瞪著巴爾特。

等笑意稍緩，什柬克把巴爾特說的話翻譯給氏族的人聽。氏族的人們也大笑出聲。

由於拜訪安格達魯的一行人將於明晨出發，巴爾特被接進洛特班城裡，葛爾喀斯特們則在城堡附近野營。他們必須憑弔科瑪吉耶。此外，邊境騎士團的騎士們也得幫為懺悔自身罪孽而死的騎士葛普拉舉行喪禮。

巴爾特等人也出席了葬禮。他曾聽說中央諸國的騎士們葬禮講究排場且十分冗長，但是這裡的儀式極為簡約。

令人驚訝的是洛特班城內居然有墓地。邊境地帶的人認為人死後，軀體應該回歸塵土，所以會將遺骸葬於附近的山林野地之中。巴爾特雖然覺得在離喧囂塵世不遠之處應該難以安穩長眠，但是他們也有其理由吧。

他們立了一根架成十字形狀的木棒，標記遺骸的埋葬之處。邊境地帶會堆石頭做為標記，等經過一定的天數後，就會把那堆石頭踢散，埋葬遺骸的地方就會被草所覆蓋，難以辨別。

——立了這種木棒，得耗上好幾年死者才能得到安息吧。

這裡排了上百支十字形狀的墓碑，巴爾特忽然看見在小型墓碑旁邊，還供奉著一半埋入土中的木頭玩具。應該是這座城塞都市居民的孩子墳墓吧？在這裡，騎士和平民都埋在同一個墓地裡。

巴爾特、哥頓和葛斯每個人都被分配到一個房間。還幫他們準備了飲用水、大量的葡萄酒、用來沖洗身體的水以及擦去髒汙的布。三人脫去盔甲，恢復輕鬆的打扮，談笑了一會兒之後，食物送來了。

食物有偏硬的麵包、川燙過的蔬菜及烤得滋滋作響的肉塊。巴爾特吞了一口口水。他覺得這塊肉散發著非比尋常的美味氣息。木盆裡裝著加熱過的石頭，石頭上厚實的肉塊正發出炙烤的聲音及蒸氣。哥頓和葛斯的餐點也被送到巴爾特房裡來，但是這兩個人全目不轉睛地盯著巴爾特的肉不放。他們兩人的肉是盛在盤子上，也就是說只有巴爾特有這種特別待遇。

「哥頓，你知道這是什麼肉嗎？」

「伯父，我不清楚，但是看起來非常美味。」

在他們對話的期間，葛斯已經切了一塊肉送入口中。巴爾特也急忙舉刀切下肉塊，切口呈現極具衝擊的顏色。

——是紅色的！這是漂亮的紅色啊！

肉這種東西必須煮熟才能吃，但是雞肉不在此限，某些部位只要稍微炙烤一下就能吃。但是在大地奔跑的野獸的肉必須煮到全熟，否則無法完全引出它的甘美，甚至可能危害身體。然而，此時被送上來的這塊肉，外皮烤得色澤金黃且香氣宜人，中間還是紅的。肉本身的顏色是紅的，滲出的肉汁也是紅的。這是血的顏色嗎？

忽然回過神來，葛斯一臉若無其事地大口大口把肉塞進嘴裡。不對，他的表情並不是若無其事。雖然他總是沒有表情有點難解讀，但是這表情代表他滿足又享受。葛斯知道這是什麼肉，而且相當喜歡。

——不管了！豁出去了！

巴爾特把還滴著血的肉片塞進嘴裡。他才把肉放入口中，一股有如晴天霹靂的香氣直衝口腔及鼻孔。

接著在口中溢出的肉汁也非常甘甜。肉味強烈確實，至今吃過的各種肉類都無法與之比擬。肉質柔軟地難以言喻，口感十分彈牙。抵抗著那股彈力咬斷肉片的口感，可說是爽快至極。

——這是什麼！這塊肉是怎麼回事？

巴爾特鬼使神差似的切下了另一片肉片。刀子削到燒熱的石頭，發出喀啦喀啦的聲音。要是混入細小的石粒，這塊至高無上的肉就報銷了，所以巴爾特調整力道，仔細地切了一片較大的肉片，送入口中。

不一會兒，有股暢快的焦香風味使勁地推擠著口腔深處與鼻腔連接處，甘甜溫和的油脂及主要味道紮實的肉汁將燒焦的部分包覆起來。

巴爾特從不知道世上有這麼美味的肉。

——這是肉！這才是肉啊！這樣一來，至今我吃過的肉到底算什麼？話說回來，這到底是什麼肉？

這是牛（莫爾羅格）的肉。提供給巴爾特等人的晚餐中，使用的是最鮮美的牛背瘦肉。

其實，這一天巴爾特曾見過牛。就在他們今天為了埋葬騎士葛普拉，前往城塞都市東北方的途中，視線範圍中曾出現多匹牛隻移動的景象。

——那是什麼野獸？從牠長著角這點看來，應該是家畜。看起來肥美無比，應該能從牠身上取下許多肉吧。

由於這種野獸的外形與巴爾特熟悉的牛相去甚遠，所以他完全沒想過那是牛。

說到底，邊境地帶的牛是算勞動力，而非食材。雖然在牛死亡後也會吃牠的肉，但是這些牛身形瘦小且肉質十分堅硬。眾人對牛肉的認知就是把羊（伊梅拉）肉染紅、硬化並且變難吃的東西。

巴爾特後來才知道，大陸中央地帶都把牛的肉稱為「肉中之王（夫爾艾利翁）」，代表它是肉中之肉，沒有其他的肉可望其項背。只不過即使是貴族，也不是每天都吃得到牛肉。牛只吃草，而在大陸中央地帶的草量不如邊境地帶來得多。而且，想要養一頭牛所需的草量十分驚人。

那麼，說起大陸中央地帶的貴族們平常都吃什麼，那就是豬（帕魯克魯）。侍奉貴族的農民們都會飼養牛和豬。近年來還多了柯爾柯露杜魯，為貴族們的餐桌增添了幾分色彩。

今天會為巴爾特等人送上牛肉，其中一個原因，是為了讓眾人得悉他們的身分。背肉是莫爾羅格中最高級的部位之一，而且還是以石烤的方式出菜，顯示巴爾特的地位甚至凌駕於邊境騎士團長之上。

這位是國王的賓客。

這道料理的目的就是用來昭告巴爾特的身分，提醒眾人小心應對，不得失禮。

3

深夜時分，有位訪客來到巴爾特的房裡——是翟菲特。巴爾特等人的房間四周的走廊上，深夜之中依然是燈火通明。這也是極為鄭重的禮遇。而巴爾特並沒有完全熄滅房裡的燈光，或許是預感之類的下意識作祟。

翟菲特帶來一瓶蒸餾酒。巴爾特把室內燈火弄得更加明亮一些，接著從架子上拿了兩個碗放在桌上。禮數周到的翟菲特難得地沒向房間主人巴爾特打招呼就落座。巴爾特從翟菲特手中搶過瓶子，在翟菲特的碗中倒了酒。

翟菲特輕輕點了下頭後接下這杯酒。接下來巴爾特往自己的碗裡倒了酒。兩人的碗並無互碰，道了乾杯之後就喝下了酒。這酒很烈，但是翟菲特卻一口氣乾了它。巴爾特又往翟菲特碗裡倒酒。

想必翟菲特連用餐的時間都沒有，一直工作到剛剛吧。由於確定參加邊境武術競技會的騎士葛普拉死亡，翟菲特得向王都報告整件事情的來龍去脈，並請求指示。他向王都報告騎士葛普拉做出不人道的行為，激怒了葛爾喀斯特們，差點就要引發戰爭。與此同時，他還必須找出方法，抑制因這件事衍生出來的騎士團內的動蕩。這兩項對於新上任的翟菲特來說，都是令人鬱悶的工作。

最重要的是，他得寫信給葛普拉的雙親。巴爾特並不清楚大陸中央騎士團的習俗如何，但是翟菲特是在場的騎士們中地位最高的負責人，如果他有強烈的責任感，巴爾特認為他肯定會親自動手寫這封信。而不論怎麼想，翟菲特都不是沒有責任感的男人。

——不知道他在信裡寫了什麼樣的內容呢？

此時巴爾特還不知道，眾人對騎士葛普拉抱有極大的期待。

邊境武術競技會的參賽者是中等或下等貴族的次子、三子們，簡單來說就是單憑家世無法出人頭地的騎士們，為了能夠增添自己的名聲，在軍事方面嶄露頭角，都是在各地的有力人士推薦下挑選出來。這是帕魯薩姆一方的實情，葛立奧拉的狀況似乎也相去不遠。

另一方面，會被分配到邊境騎士團的淨是些有實力但身分低微的騎士們，或是難以管教而被流放的騎士們。葛普拉是沒有身分地位，也沒有靠山的貧窮騎士之子，他會被選上是極為稀奇的事。據說是因為前任團長的強力推薦才得以雀屏中選。不知道他的雙親當時有多麼開心。而翟菲特必須向他們報告騎士葛普拉的死訊。

巴爾特再次往翟菲特的碗裡倒了酒。深夜的酒宴就在兩人的沉默中持續。

深夜裡帶著酒來拜訪巴爾特，可說是翟菲特對巴爾特的一點任性。在這座洛特班城中，翟菲特是高傲的指揮官，不許對任何人示弱。但今天他或許想藉由待在巴爾特身邊，稍稍緩解心中的苦楚。

在石造的房間內，安靜的酒宴持續著，而窗外的姊之月溫柔地注視著。

第四章——暴風將軍

—鹽漬豬腿肉—

1

最後共有七位成員一同前往安格達魯的所在之處。

索伊氏族的代理族長什東克。

索伊氏族的年輕武士梅利特戈。

帕魯薩姆邊境騎士團第一大隊長兼騎士團副團長麥德路普。

帕魯薩姆邊境騎士團的年輕騎士拉荷里達。

巴爾特・羅恩。

哥頓・察爾克斯。

葛斯・羅恩。

巴爾特沒有說出目的地的詳細位置，只對眾人說明它位在奧巴大河東邊，比席馬耶更鄰近臨茲的位置。既然如此，最後決議先沿著奧巴大河南下波德利亞交易村，再從波德利亞搭船到臨茲即可。

距離波德利亞約有一百七十刻里。就算一天趕路趕個十刻里，也要耗時十七天，不過邊境騎士團的騎士能在十五天跑完全程。不管怎麼說，奧巴大河西邊與山谷眾多的東部邊境地帶不同，是一整片的草原及沙漠，只要能確保水及食物，就能在較短的時日中做長距離的移動。

巴爾特對奧巴大河西邊的事物並不熟悉。只要有邊境騎士團的騎士同行，既可以請他們帶路，在補充物資方面也可以放心。而且，波德利亞交易村是屬於邊境侯爵的統治範圍，到了那邊，邊境騎士團的權威將會大為有用。與他們同行的是麥德路普副團長，可稱其為騎士團的第二把交椅，將會更加有用。

今天是十月四日，今年還剩三十八天。邊境武術競技會將在明年的四月一日舉行，快的話應該能在今年內返抵洛特班城。

就在眾人準備出發的時候，外出巡邏的部隊正好回來，回報瑪努諾族在奧巴大河岸邊建立村落一事。

瑪努諾族有人類的上半身，下半身則是蛇，是種極其怪異的亞人，平常只會住在伏薩山腳的大濕地。然而，不知道什麼原因，偶爾會在雨季之後，短暫地在奧巴大河流域落腳。

由於不能刺激到瑪努諾族，他們決定改變路線，先通過位於南方的堡壘，再從那裡沿著奧巴大河南下。

「我擔心走這個路線會碰上暴風將軍（班薩爾・安特拉）。不過我們人數不多，應該沒關係吧。」

「翟菲特閣下，你說的那位暴風將軍是什麼人？遇到他會很不妙嗎？」

「暴風將軍是蓋涅利亞的騎士，是最近開始侍奉蓋涅利亞國王的武人。」

即使在大陸中央地帶，蓋涅利亞也是特別古老的國家之一，非常喜歡以歷史為傲，看不起其他國家，食古不化且拘泥於麻煩的古老儀式，現在已經完全淪落成小國了。

這個國家至今從未重用過外國人，但是暴風將軍在短時間內嶄露頭角，被委以軍權。他討伐野獸及盜賊，建立一座又一座堡壘，趕走想經過蓋涅利亞的外國商隊，或是收取關稅，確實地拓展實際統治地區。對於每戰必輸，一輸就會被奪取支配地的國家來說，他就等同一位救世主。

原本沙漠或草原上沒有國境。只能以點與點相連的方式增加實際統治區域，守住這些地盤，主張擁有該地的所有權。蓋涅利亞位於葛立奧拉皇國及帕魯薩姆王國中間，每個國家的首都都離洛特班城很近。至今都像個死國一樣，所以構不成威脅，但是這突如其來的領土擴張，對於已過度擴展東部勢力的帕魯薩姆王國來說，勢力範圍就快要被截斷。

「只有暴風將軍這個稱呼遠近馳名，沒有人知道他的本名。他勇猛無雙且神出鬼沒。聽說他對待部下十分慷慨，也很照顧眾人且公正，是位不求一己私利的男人。蓋涅利亞國王數次想要賞賜領地給他，卻都遭到拒絕。」

巴爾特心裡對於暴風這個綽號有個頭緒，但是從此人的形象來看，不可能是他想到的那個人。除了勇猛無雙及神出鬼沒之外，和那個人完全搭不上邊。

一行人從洛特班城啟程。

花了兩天來到南方堡壘，住了一晚後往南邊出發的第二天發生了一件事。他們的後方飄起了狼煙。有人在這座沙漠的正中央安置了斥侯。再往前走了不久，眼前果然出現了近一百名的騎兵。其中兩人在前方待命，其他騎兵們則在圍在遠處。

「看那身漆黑的裝束，想必是傳說中的暴風將軍。我去跟他們談談。只是路過的話，以名譽起誓應該會放行才對。」

騎士麥德路普這麼說道。

——看來沒這麼簡單。

那個叫什麼暴風將軍的傢伙正看著巴爾特，眼裡浮現猙獰的喜悅之情。

這個人是喬格·沃德。

2

「暴風（巴薩爾）」喬格·沃德是卡爾多斯·寇安德勒的庶子。他多次敗在巴爾特手下，是以取得巴爾特項上人頭為生存意義的男人。巴爾特早已聽聞他逃跑一事，但是他居然在這地方成了一個將軍，真是令人驚訝。

「巴爾特·羅──恩──！」

放聲大喊的同時飛奔而來。

他身上的殺氣濃烈，連騎士麥德路普似乎都覺得現在不是談話的時候。

先做出反應的是葛爾喀斯特族的年輕男子──梅特利戈。他突然衝出去，舉起武器並筆直地往喬格·沃德的方向前進。

梅特利戈的身軀比什束克嬌小，但是比人類大上許多。長及膝蓋的手臂比人類的腿還粗。他右手裡握著一把有著弧型單刃的彎刀，他們稱之為「克伊坦」，騎著名喚「希耶魯特」的巨型無毛鳥，持久力雖然遜於馬匹，在瞬間爆發力卻略勝一籌。這種動物突然向前猛衝，即使是身經百戰的勇士也會心生害怕。

但是，喬格．沃德身上不見一絲恐懼。他把雙手握住的劍扛在肩上，速度不減地衝了過來。他明明沒有抓著轡繩，衝刺時上半身卻不見晃動。他以胯間及腳部的強大肌肉緊緊地夾住了馬身，才能做到這一點。

就在兩人即將交鋒之時，喬格將前進方向調整到右方。他選擇這個路線十分危險，一個不小心恐怕會與對手發生正面衝撞。得和馬匹有相當程度的默契才能做到這一點。

梅特利戈靈活地操縱著左手握著的轡繩對應，雙方轉向左方看著彼此的同時交會了。梅特利戈的頭部位置較高。

喬格．沃德的劍劍身應該極為寬大，且為黑色的。那把過分巨大的劍發出異樣的風切聲，喬格將它由正上方往下一揮。梅特利戈的彎刀稍遲了一步，雖然接下了這一擊，但是喬格．沃德揮動那把如字面上所述的暴風大劍，漸漸地壓制了彎刀，最後直接擊中了梅特利戈的頭頂。

雙方錯身而過。

梅特利戈被從巨鳥身上擊落。喬格．沃格迅速調轉馬頭，由上往下地瞪視著敵人。

——喂喂。

巴爾特感到錯愕。因為剛才喬格使出的攻擊，是巴爾特年少時代最擅長的招式。

完全不拉轡繩也能隨心所欲地操縱馬匹，還得在準確的時機轉換方向。除了需要精湛的騎術之外，還得有一匹聰明伶俐，嚴加訓練過的馬匹才能辦到。此外還需要肌力，能夠盡情揮動既長又重的雙手劍。急速轉向後減緩速度，衝刺的力道會落在劍上。大劍一般是打橫揮出，要是想將大劍由上往下劈落會很難瞄準，但想避開更是難上加難。而且他為了打擊左側敵人，事先扭轉腰部以使出必要的力道。由於敵方沒有這麼做，所以攻擊只是輕輕帶過。

——這麼說來，在那傢伙還是個乳臭未乾的小鬼時，我曾經在那傢伙面前用過這個招式。這招連西戴蒙德和居爾南都沒有學得很好呢。而且，那把劍是什麼鬼東西？看起來比之前那把更長更重。應該沒有幾個英雄豪傑能揮得動那種東西吧。

先不提招式如何，沒有幾個騎士會在混戰中使用雙手大劍。因為使用這種武器不能拿盾，也必須捨棄防禦。接二連三地發出攻擊極耗氣力，要以身體承受所有攻擊則需要體力，得兼具氣力及體力才能使用這種武器。

但是一旦上手，它的突破力道極為強勁。這種武器能夠連盾擊一同擊穿，打倒對手。事實上在喬格．沃德面前使用大劍時，巴爾特只以三擊就將敵方的指揮官及副指揮官逼入無法戰鬥的絕境，以壓倒性的優勢擊潰敵軍。

梅特利戈似乎被打到腦震盪，站不起來，而喬格對他舉起黑劍——他想殺了梅特利戈。難得能與宿敵來場決鬥，卻有個不識相的傢伙跑來礙事，喬格對此絕不會手下留情。

巴爾特衝了出去，葛斯本來也想跟上，但是巴爾特舉手制止了他。

喬格機警地聽見了月丹的蹄聲，他回過頭看，臉上充滿了喜悅之情。能夠手刃巴爾特・羅恩的時候終於到了——他心裡應該這麼想著。

沒有錯。現在的喬格・沃德已經比巴爾特羅恩強大。

喬格再次調轉馬頭，想面向巴爾特。

巴爾特以驚人的速度逼近喬格。他的兩手始終拉著轡繩，並未拔劍出鞘。

他為什麼不拔劍？——喬格感到一陣困惑，但還是以雙手舉起黑劍。

巴爾特以讓馬的側腹互相撞擊的架式，直衝到喬格面前。

喬格揮下黑劍。即使巴爾特手無寸鐵，他也不會手下留情。這記斬擊的氣勢雖然稱不上強勁，但是足以殺死一位沒有武器的對手。

巴爾特舉起左臂，以手腕和手肘之間的部位擋下了黑劍。由於這個部位裡塞了五根以魔獸骨頭削製成的骨架，所以比右手來得厚實。這是皮革工匠波爾普的嘔心瀝血之作。

巴爾特的身材與喬格相當，但是馬匹高度由月丹勝出。因此才能在劍速還不快時擋下這一擊。巴爾特先是擋下黑劍，接著揮出右拳。牢牢握住的鐵拳隨著風切聲將喬格的下巴從右打向左。他的手甲也用上了魔獸的骨頭。

失去意識的喬格摔下馬。巴爾特也下了馬，拔出古代劍。

「巴爾特・羅恩！」

巴爾特望向聲音來源，一位騎士正拿劍抵著梅特利戈的喉嚨。

這張臉似曾相識。他是喬格麾下的其中一人，臉上的神色相當堅毅。

巴爾特一副你來得正好的模樣，開口問道：

「你們為什麼會在這裡？」

「因為聽說你正在前往伏薩的旅途上。喬格在往返伏薩最可能經過的這一帶布下了天羅地網。救下遭盜賊襲擊的商隊之後，蓋涅利亞國王對他極為中意。為了賺點生活費，才受他所聘。」

「聽說喬格在蓋涅利亞就擔任將軍吧？我現在是跟帕魯薩姆王國騎士一起行動，擅自對我們發動攻擊不太妙吧？」

「喬格一點也不想當將軍。他只是受人之託，負責在沙漠中巡邏並擊殺盜賊和野獸，還有幫忙鍛鍊士兵而已。而且他跟國王說過，他不需要其他附加條件，只要一旦發現你的蹤跡，不管何時何地，他都會將和你一決勝負這件事擺在第一位。國王稱讚他氣魄十足，就答應了這個條件。剩下就是看天意了！」

聽他這麼一說，巴爾特覺得自己對整件事的發展大概有了個底。

喬格的行動原則極為單純，一切只是基於與宿敵巴爾特做個了結的念頭。聽說巴爾特即將前往伏薩，沒想到他居然翻過眾多山頭，來到奧巴大河西岸埋伏。

公正又很照顧部下的形容真是笑掉巴爾特大牙。原來如此，他應該算得上公正吧？因為對這個男人而言，每個人都一樣無足輕重。

很照顧部下應該是指他對所有人都嚴加鍛鍊，讓他們越變越強吧？他可能是不希望無名小卒消耗自己和親信的體力，才提升了部下們的基礎實力，也可能單純只是以給部下迎頭痛擊來代替練習。

淡泊名利。他確實淡泊名利。他應該也不想被領地或爵位綁住，對錢也沒有執著，只要夠生活就可以了。若是遇上強敵，就提劍殺去。就算想要什麼獎賞，了不起大概就是堅固的長劍之流吧。

雖然他接下將軍一職令巴爾特感到驚訝，不過仔細想想，這個男人極度厭惡被別人命令，或許是因為這樣才接下的。而且還被委以軍權，應該是地位最高的將軍。原來如此，這樣就不用受任何命令了。

以這男人的個性，想必是不辭勞苦地跑遍了整片沙漠。或許他曾幫助旅人，還打倒了野獸或盜賊，不過事實上他只是拚盡全力在找巴爾特而已。

這位男人真是太耿直了，耿直到扭曲了。不知內情的人確實可能會認為他是位清廉高潔的騎士典範。

巴爾特將古代劍收入劍鞘，回到馬上。然後向拿劍抵著梅特利戈的騎士問道：

「你叫什麼名字？」

「柯林・克魯撒。」

「你們其他的夥伴怎麼樣了？」

「其他三個人各自率隊去巡邏了——為了尋找你的下落。」

名叫喬格的男人似乎意外地受到愛戴。他的四位親信都陪他離鄉背井，跟著他踏上這場荒謬的旅行。

——不過，這也是理所當然的吧。邊境武士的骨氣跟中央地帶的廢物騎士們大不相同啊。

「柯林・克魯撒。」

「怎、怎麼樣？」

「我要先去一趟奧巴大河對岸，再回到這裡來。」

「是、是嗎？」

「你這麼轉達給喬格吧。」

「知道了。」

巴爾特對在背後待命的五人一個信號，直接策馬往前進的方向而去。

柯林・克魯撒立刻釋放了梅利特戈。梅特利戈試圖攻擊倒在地上的喬格，被什束克一掌打趴。

喬格醒了之後應該會大發雷霆吧。踏破鐵鞋見到面，有機會一戰的時候，奇怪的綠人出面阻擾，最後像被騙似的狠揍到失去意識。當然會生氣了。

暫且不提這點，接下來他會怎麼做呢？

如果他是會無視蓋涅利亞國王對他的優厚待遇，以及部下對他的信任，就這麼背棄自己現今所背負的責任的人，一定會立刻追上巴爾特。只要他追上來，失去支柱的蓋涅利亞將再次失去支配地。如果他真的追上來了，喬格這個男人也就不過爾爾。

——喬格．沃德，但願你懂得什麼是騎士的名譽。

巴爾特在心裡向不特定的神明祈禱著。

3

今晚一行人在沙漠的正中央野營。葛爾喀斯特們待在離他們稍遠的地方。他們似乎不喜歡和人類一同用餐，所以就隨他們去了。

天氣雖然寒冷，一群人卻沒有生起營火。想生火也找不到枯木。

他們雖然生火煮了開水，不過騎士拉荷里達用的是綠炎石（里耶．巴葛古）。看起來像綠色的寶石，不過這種石頭是以名為綠炎樹（里耶・巴歐朱）的樹液凝固而成。在邊境地帶是稀有的昂貴之物，不過到了大陸中央地帶就不同了。

只要在少許綠炎石上點火，就能維持一段長到不可思議的時間。綠炎石散發的熱能也能溫暖冰冷的身體。用它把水煮開，煮了湯後用來炙烤了鹽漬肉。

一開始巴爾特以為那只是煙燻肉品，沒想到那是鹽漬肉。聽說是先鹽漬豬（帕魯克魯）的大腿肉，再拿去煙燻製成的肉品。

名為鹽漬肉的東西隨著時間過去，表面上會開始出現黏滑的水分及噁心的氣味，但這種鹽漬肉完全沒有這種狀況。而且，雖然是煙燻製品，但是水分充足，切開的斷面完全就像新鮮的肉。

切下一塊厚厚的鹽漬帕魯克魯肉稍微炙烤後，放在切成薄片的麵包上吃。這種吃法非常搭，是種絕佳的組合。

這種麵包和巴爾特在洛特班城吃過的麵包不同，它被烤得堅硬緊實，以利長久保存。這種類型的麵包在邊境地帶隨處可見，不過和巴爾特是現役騎士時吃的麵包不同。硬歸硬，但是紋理細緻，風味也不錯。

把炙烤過的鹽漬肉放在麵包上，從肉片上溢出的肉汁及油脂漸漸地滲入麵包之中。這樣最好吃。麵包被肉汁滲透的部分變得很濕潤。此外，鹽漬肉單吃起來極鹹且黏糊糊的，不過一旦放到這種乾燥的麵包上，水分被麵包吸收得恰到好處，轉化成雅致的滋味。清爽的麵包中和了鹹味，讓人一口接一口。

要是能來杯酒就更好了，但是邊境騎士團規定行軍中不可飲酒，所以麥德路普和拉荷里達都拒絕了邀酒。因此巴爾特等人在飲酒上也有所收斂。

滿天星光照耀著沙丘，入夜後也能看見遠方的景色。

求得溫飽之後，巴爾特用披風緊緊包住自己睡下。時已入冬，破曉時分極為寒冷。

第五章——安格達魯

煙燻奇奧魚乾

1

後來的旅途一切順利，一行人來到波德利亞交易村。在波德利亞，邊境騎士團副團長麥德路普之名極為有用，立刻為一行人安排了宿舍。

隔天一早，一群人準備前往搭船時發生了一個問題——船員拒絕讓葛爾喀斯特及其座騎無毛鳥上船。

「我是帕魯薩姆王國邊境騎士團副團長麥德路普．葉甘。我不是說了這幾位葛爾喀斯特是我的客人嗎？這樣你還是不讓他們上船嗎！」

「喂喂，學武的，少瞧不起人了。我們這些幹船員的可是跟奧巴大河賭上性命啊！我打死也不會讓這些會觸怒河神史克勒巴的怪異亞人上船。你說你是帕魯薩姆邊境騎士團的人？別開玩笑了！我們一腳踏上陸地的時候，或許是在帕魯薩姆國王的統治之下沒錯。但是在這艘船上是臨茲伯爵閣下的管轄範圍！我管你是邊境騎士團長還是什麼小角色，都不准再來啦！」

「你、你說什麼！」

「喂，你們在搞什麼啊？」

「啊，船長，沒有啦，這群騎士們居然要我們讓亞人上船！」

「喔，這不是斯甫勒姆嗎？」

「嗯？啊啊啊啊！您是哥頓大人！真是令人懷念！」

「你當上船長了嗎？哦～憑你也行？」

「這真是太難為情了！哥頓大人您不也當上了梅濟亞領的領主大人嗎？喂，你們這群混帳！這位大人可是臨茲伯爵大人的外甥，梅濟亞領主——哥頓．察爾克斯大人。你們要是敢對這位大人放肆，伯爵大人可是會生氣的！」

萬萬沒想到船長是哥頓．察爾克斯的舊識，所以一行人得以上了船。哥頓．察爾克斯過去曾在臨茲伯爵門下進行騎士修行。據說，當時他很疼愛宅邸中負責打雜的少年斯甫勒姆。

上得了船是很好，但是麥德路普．葉甘的心情完全被打壞了。再怎麼說，他對自己邊境騎士團副團長的身分充滿自信，可是誇下海口說過路上的事都交給他處理。但卻在搭船這種小事上被船員來了個下馬威，簡直是讓麥德路普顏面盡失。

第三天，船隻抵達臨茲時，巴爾特向船長斯甫勒姆借調了一位機伶的船員。巴爾特拜託那位船員幫他到臨茲伯爵宅邸去辦點事。

「我們這群中有帕魯薩姆王國邊境騎士團副團長麥德路普．葉甘及其四名隨行人員，再加上葛爾喀斯特索伊氏族的代理族長閣下和他的親信。想跟臨茲伯爵閣下借宿一宿。我們想先到領主宅邸打聲招呼，麻煩你去問問伯爵是否方便。」

麥德路普看著巴爾特的眼神裡有一絲訝異。哥頓的名字在臨茲伯爵家中比較好用，他可能認為巴爾特會利用哥頓的關係求見臨茲伯爵。

但是這麼做的話，整件事將會地下化。在這種情況下，名義上葛爾喀斯特族是邊境騎士團的客人，靠著邊境騎士團這個後盾才能去見族長安格達魯。巴爾特不想破壞這表面關係。而且麥德路普剛才面子掃地，得想辦法修補一下才行。

過了不久，巴爾特派去跑腿的人帶著臨茲伯爵家的使者回來了。

「邊境騎士團副團長閣下等各位客人，我家主人臨茲伯爵，賽門．艾比巴雷斯欣然歡迎各位的到來，請先到迎賓館。」

一群人騎著馬及希耶魯特來到臨茲伯爵宅邸時，有人要他們坐在座騎上直接進入。進入大門後還能騎著座騎前進，這至少是貴族等級的待遇。身為亞人的葛爾喀斯特們也得到這樣的許可，代表臨茲伯爵相當重視這一群貴客。

而在眾人抵達迎賓館時，一位身旁伴著隨從，威風凜凜的人物站在入口前等著他們。

「巴爾特閣下，那位該不會就是臨茲伯爵閣下？」

「是啊。那位就是賽門．艾比巴雷斯閣下。」

「他居然特地前來迎接。」

麥德路普急馬下了馬，以右手抵著左胸，深深鞠了一個躬後開口問候：

「我是帕魯薩姆邊境騎士團副團長，麥德路普．葉甘。臨茲伯爵賽門．艾比巴雷斯閣下，您的迎接令人不勝惶恐。」

這個行為連巴爾特也吃了一驚。他鞠躬的角度是面對貴人時的禮儀。而且麥德路普不僅報上了正式的職稱，還稱呼賽門為臨茲伯爵。賽門．艾比巴雷斯雖然自稱臨茲伯爵，但那只是他自封的稱號，並不是哪個國家冊封給他的爵位。而麥德路普還對他行了正式的伯爵之禮。

麥德路普應該不是在衡量利害關係後馬上做出這樣的舉動，而是深受臨茲府邸的威容及臨茲伯爵所感動，不由自主地這麼做了。不過，這個行為帶來了極佳的效果。賽門．艾比巴雷斯的臉上閃耀著喜悅的光采。

「不不不，葉甘大人，請您抬起頭來。能夠在此迎接保衛邊境的騎士團高階騎士，我賽門感激不盡。此外，能迎來各位葛爾喀斯特的勇士們，我深感榮幸。請您把這座宅邸當成自己家，把我當成各位的兒子，盡情差遣吧。來來來，請先到房間好好休息。隨行的各位也請進，問候就等晚餐時再說，現在請先休息一會兒。」

事實上，他們沒有非得繞來臨茲宅邸一趟的理由。只不過，巴爾特想到為了易於在邊境地帶活動及收集情報，之後又想到回程等事，先來跟臨茲伯爵打聲招呼對大家都比較方便。看起來這麼做是對的，最後演變成邊境騎士團的高官首次拜訪臨茲伯爵，前來問候的形式。對邊境騎士團和臨茲伯爵家今後的關係而言，應該也是件好事。

臨茲伯爵先帶麥德路普和拉荷里到達房間後，再領著什束克和梅特利戈到他們的房間去。玄關大廳只剩下臨茲伯爵、僕人、巴爾特、哥頓及葛斯。

「哎呀～巴爾特閣下，您過得好嗎？因為朱露察卡那邊的聯絡也斷了，我一直很擔心呢。哥頓，好久不見。太羨慕你能跟巴爾特閣下同行了。還有班．伍利略閣下，看來你順利見到巴爾特閣下了，真是太好了。」

「臨茲伯爵閣下，很高興見到您依然健壯。對了，這個男人已經不再是班．伍利略，他現在的名字叫葛斯．羅恩。」

「葛斯……羅恩？喔～聽起來另有內情啊。我們一直站在這裡說話也不是辦法，可以請各位一起到樓上去嗎？」

四人來到樓上風景優美的房間坐了下來。

「來來來，先喝點兌水的葡萄酒潤潤喉。所以？你剛剛說他是葛斯．羅恩？」

「嗯。這個男人已經是我的養子，也就是羅恩家的繼承人。雖然我也沒有什麼房產或領地能過繼給他。」

「居然如此！不過，竟然不只改了姓氏，而是連名字都改了，其中有什麼緣由嗎？」

「因為他捨棄了至今的所有一切，重生為一位新生的騎士。」

「嗯嗯嗯，其中好像有很多細節，不過我似乎不要再多問比較好。」

巴爾特向臨茲伯爵述說了葛斯在絕佳的時機出現，拯救一群人於危機之中的來龍去脈之後，為臨茲伯爵對葛斯的照顧致上了謝意。

接著又說了他們遇見多里亞德莎並救了她，一同擊退魔獸的經過。一行人差點去了葛立奧拉皇國都城，但是在王命之下又被邀請至洛特班城時，遇上了騎士團差點與葛爾喀斯特軍團發生戰鬥的場面。最後因為一些奇妙的緣分，他現在帶著騎士團及葛爾喀斯特族的代表，正前往名為安格達魯的葛爾喀斯特的所在地。

「嗯嗯，巴爾特閣下的周遭總是會發生一些有趣的事呢！聽得我都想跟你一起去旅行了。哎呀呀，這麼看來我當初留下葛斯閣下是對的。嗯，雖然我確實覺得萬一擦身而過就不好了，但是也有把他暫時留在身邊的想法。而且，葛斯看起來不太想去庫拉斯庫。話說回來，養子啊……巴爾特閣下，我覺得會有很多人羨慕你呢！」

當天夜里，臨茲伯爵端出佳餚及珍藏的名酒，盛大地款待了眾人一番。然後在麥德路普、拉荷里達、什東克和梅特利戈四人離開房間後，又邀請巴爾特、哥頓以及葛斯來到另一間房間。

「哥頓，我有話要跟你說。你在這個時候來到臨茲，簡直就像是察爾克斯家祖先的引導。你看看這個。」

他拿出盾和劍。雖然有些老舊，但是看起來品質極佳。巴爾特看見這些東西時，感覺記憶深處有什麼正在蠢蠢欲動。哥頓的反應極快。

「這、這是！我察爾克斯家珍藏的武器！這些東西到底為何會出現在這裡？」

「你果然不知情。哥頓，這些武器都是被人賣到市面上的，而且數量龐大。」

「您說什麼！」

「是在這個家裡出入的商人告訴我，察爾克斯家正在變賣大量的武器。所以我拜託那位商人去買幾件武器來。他買來的就是這些東西。即使是察爾克斯家，應該也會做些武器買賣的生意。但是這些是祖先流傳下來的武器，而且還是大量拋售，此事非比尋常。現在察爾克斯家中一定出了什麼事。」

哥頓驚訝地說不出話來。巴爾特則對哥頓說：

「哥頓。」

「伯、伯父。」

「你最好立刻返回梅濟亞領地。」

「嗯嗯，這樣嗎？不，總之我還是先陪伯父到那個叫什麼安格達魯的葛爾喀斯特那裡，而且好像也是同方向。去完之後我再回梅濟亞去。」

「你趕緊回去比較好吧？」

「伯父，我有事想拜託您。」

「什麼事？儘管說。」

「我希望您跟我一起回梅濟亞領地。」

原來如此。那麼先辦完葛爾特斯特的事，與他們道別之後再一起回梅濟亞領地比較好。雖然巴爾特還沒向任何人說過安格達魯住處的詳細位置，其實也算是在往梅濟亞的半路上。

「巴爾特閣下，能否請您就照這樣進行呢？拜託您了。」

「臨茲伯爵，您不必向我低頭。只要我和葛斯能幫上忙，我們就很開心了。」

「有巴爾特閣下和葛斯閣下同行，沒有比這還令人放心了。我會記住您的這份恩情。對了，也有一件開心的事，是關於德魯西亞家持有的魔獸毛皮。」

臨茲伯爵接到朱露察卡的報告後，這才明白帕庫拉領地的人完全不懂魔獸毛皮的價值。於是他派遣使者前往德魯西亞家，表示如果有可供賣出的老舊毛皮或骨頭，他想收購。如果是魔獸的毛皮，即使只是小小一片，只要拿去中原地帶都能以高價賣出。不僅是防具，從家用家具、裝飾品到手杖、收納盒等等，只要有魔獸毛皮或骨頭點綴的品項，都是超高級的貨品。只要去到帕魯薩姆王都，就能找到懂得如何加工的的工匠們。

隨著魔獸的種類，用途也不盡相同。而德魯西亞家中可說是擁有各式各樣的魔獸毛皮及骨頭，毛皮最後以巴爾特聞之咋舌的價錢賣出。

現在從王都發給臨茲伯爵的交易要求蜂擁而至。近幾十年來，魔獸的毛皮都沒有比較正式的買賣途徑，一聽見邊境有個家族擁有大量的存貨，怎麼可能不引起那些有敏銳觸覺的貴族或商人們關心。

今後也會由臨茲伯爵統一接受帕庫拉的魔獸毛皮委託。德魯西亞家在經濟上也會寬裕許多。

「哎呀，我在毛皮交易上也獲得了龐大的利益。我想送巴爾特閣下一匹馬。」

「不，我已經有馬了。」

「不是這樣的。如果那位叫安格達魯的人加入你們的行列，你們應該會需要交通工具吧？」

這麼說也是。

隔天早上，巴爾特跟什束克說了這件事，什束克很氣自己沒有把安格達魯騎乘的希耶魯特帶來。

臨茲伯爵贈送的馬匹非常高壯，是一匹適合葛爾喀斯特騎乘的馬匹。

吃完早餐之後，眾人出發了。

2

「那裡就是安格達魯閣下的住處。」

巴爾特指著位於瀑布深潭邊的岩棚上小屋說。

勇士什東克莫名緊張。

「那、那裡……咦，那裡就是安格達魯大人住的地方嗎？」

「剛才人家不就這麼說了嗎！」

梅特利戈高聲往岩棚上安格達魯所住的小屋呼喚。他說的是葛爾喀斯特語，所以巴爾特聽不懂。勇士什東克慌張地阻止他。

「喂、喂！梅特利戈，你不要擅自叫安格德魯大人，那是我的工作！」

——不對，他好像不在。一群人這麼吵吵鬧鬧往這邊過來，安格達魯閣下如果在家，應該早就走到小屋外頭來了。話說回來，原來這傢伙的個性這麼可愛。想必他是打從心底尊敬安格達魯閣下吧。

巴爾特不經意看向葛斯，他面向與小屋完全不同的方向。那個方位再過去就是森林深處，巴爾特也往那個方向轉過去。

來了。

可以感覺到一股氣息由遠而近。不久後氣息漸強，有個身影在林木枝葉間若隱若現，安格達魯出現在巴爾特等人面前。

——歷經歲月滄桑，如岩石般的男人。

上次見到安格達魯已經是八個月前的事。但是巴爾特內心感慨不已，彷彿是與一個多年不見的舊識重逢。

「恩凱特．巴爾特．羅恩，很高興看見你一切安好。」

「恩凱特．索伊．安格達魯，你也是一點也沒變，真是太好了。」

巴爾特後來才聽說，安格達魯的這聲問候讓勇士什束克大受打擊。首先，安格達魯把自己的弟子兼繼承人什束克丟在一旁，先跟人類這等生物打招呼。再來是聽見了安格達魯在稱呼巴爾特的名字時，居然加上「恩凱特」這個對榮耀戰士的尊稱。這代表安格達魯是把巴爾特視為與他對等的戰士。

「恩凱特．什束克，你變壯了呢。」

「是、是！安格達魯族長大人，能夠拜見您神采奕奕的風姿，我深感欣慰。」

兩個人像這樣站在一起，雖然勇士什東克也是個頭高大的葛爾喀斯特，但是安格達魯又比他大上一圈，更加壯碩。壯碩不全然是指肉體上的強韌，而是指他堅毅的形象。

「我已經不是族長了。現在你才是族長。」

「不不不，您現在依然是族長。索伊氏族的族長非您莫屬。不只是我，所有人都這麼想。」

「我犯了罪，我必須贖罪。」

「您說犯罪……不，您沒有罪。犯下罪行之人已經自行了斷了。」

「什麼？」

勇士什東克看向麥德路普・葉甘。他的視線說著要麥德路普負責說明。麥德路普走近安格達魯身邊，而這位強大的葛爾喀斯特宛如力量與威嚴的結合體。麥德路普的頭勉強達到安格達魯胸部的高度，如文字所述，這身高差距讓他必須抬起頭與其對視。麥德路普嚥下一口口水，抬起頭，直視安格達魯的雙眼說：

「我的名字叫麥德路普・葉甘。我是帕魯薩姆王國的騎士。」

「……葉甘？」

「是的，我的父親騎士奧依肯・葉甘曾受過安格達魯閣下您的恩惠。」

麥德路普開始說明。

奧依肯回國向國王報告完畢後，本來想依約回到安格達魯那裡去。但是自己等家人卻監禁父親，把他留下來，而最後父親自我了結了生命，留下遺書要他們轉告安格達魯，這是自己做出的補償。

聽完這席話，安格達魯沉默了一陣子，似乎正在想些什麼。他在思考的是已經死去的奧依肯，還是自己一去不復返的二十多年時光？不久後，安格達魯對麥德路普說：

「你的父親是位值得尊敬的戰士。」

麥德路普聽了這句話後哭了起來，當場流下了男兒淚。

「安格達魯大人，所有罪孽都已經償還，您已經沒有半分罪過，請您回到氏族來吧。」

「不可以，我曾向祖靈保證，人類奧依肯一定會回來，死在靈廟之前。既然我無法遵守這個承諾，我的罪孽就不會消失。」

安格達魯十分頑固，對這一切堅持到底。勇士什東克繼續說服他，但是眾人覺得最後或許會是白忙一場。但是就在這個時候，麥德路普．葉甘語調平靜地對安格德魯說：

「安格達魯閣下，我的母親一直到死前，都在後悔沒有讓父親回到你們氏族去。我也是，是我們錯了。我們不應該留下父親。此時，想必父親心中還是懊悔不已。只有一個方法能讓父親的靈魂安息，並且恢復他的名譽——就是您重新回到氏族去。您應該回到氏族中，公開證明您選擇成為保證人沒有錯，我認為這是唯一一條能讓父親不再懊悔的路。家父曾經給您添了麻煩，如今為了他，我更必須向您做出這個請求，我內心十分過意不去。但是，為了讓家父死後能從這種痛苦中解脫，是否可以請您回歸氏族呢？」

聽了這番話，安格達魯閉目沉思起來。

四周只聽得見瀑布的流水聲。

巴爾特看向勇士什東克，他正瞪大著雙眼，目不轉睛地盯著安格達魯不放。他非常緊張，全身上下的毛細孔都像耳朵一般，等待著安格達魯的答案。

——好了，安格達魯閣下會給出什麼答案呢？

什東克說您已贖完了您的罪，所以回來吧！

但是，這樣是不行的。

安格達魯是極為嚴以律己的人，也可說他的自尊心格外強烈。所以這個男人絕對不會接受「我原諒了你的罪過」的說法。

麥德路普則說到了重點。為了幫助自己、幫助家母及家父，敢於低頭懇請安格達魯回歸氏族。這麼做或許有可能……

但是一切都是未知數。

安格達魯不是會輕易改變自己決定的男人。

他會說出什麼答案呢？

唯一清楚的是，如果此時他給出了拒絕的答案，那麼即使再怎麼努力說服，安格達魯也不可能回到氏族去。

冗長的沉默之後，安格達魯睜開眼睛，做出了回答：

「回去吧。」

一群人的臉上瞬間閃耀著喜悅的光芒。

勇士什東克往騎士麥德路普的背上拍了好幾下。什東克的本意或許是想讚賞他的貢獻，但是麥德路普看起來真的很痛。應該說受到了傷害。

當天晚上，他們在安格達魯的住處前開了一個小慶祝會。

由於安格達魯事先製好的食材不可能全部帶走，所以大部分都在這天夜裡吃掉了。其中有些野獸禽鳥的肉即將腐壞，所以烤到全熟吃了。

巴爾特現在正在吃煙燻奇奧魚乾。這個每個人都有整整一隻。這東西是將河裡捕來的奇奧魚剖半之後，吊在營火上烤到水分徹底揮發製成。由於奇奧魚牙尖齒利，很會反抗，所以巴爾特不擅長捕捉奇奧魚。它的鰭骨非常堅硬，被刺中就會受重傷。小時候巴爾特吃過了很多次苦頭，完全對這種魚沒轍。但是安格達魯的皮膚堅硬，奇奧魚銳利的牙齒及堅硬的鰭骨應該對他構不成任何威脅。

而且，奇奧魚的肉並不是非常美味。不僅堅硬，腥味也很重，還缺乏油脂。這種魚必須煮到魚肉化開才能吃，但是這麼一來，澀味會混進湯汁之中，吃太多會覺得噁心。總結一句，這不是他會欣然入口的魚。但是送到嘴邊的食物沒有不吃的道理，巴爾特以盡義務的心態咬下了奇奧魚肉。

——這是什麼？

好硬，硬得像顆石頭。不對，這甚至比一些鬆動的石頭還硬，硬到都可以拿來當武器了。

——我、我咬不動。如果有葛爾喀斯特人的牙齒或下顎，或許咬得動，這玩意兒人類是吃不起的。

巴爾特不經意看向麥德路普和拉荷里達。兩個人都愣愣地看著手上拿著的奇奧魚乾。該怎麼下口？兩個人對這食物束手無策，不知道該如何是好。這時候巴爾特不服輸的念頭直冒上來。

——我才不會苦苦哀求呢。我要吃這個！吃給你們看！

巴爾特把全身的力量集中在下顎，往奇奧魚一口咬下。然後發出了「啪！」的碎裂聲響。究竟碎裂的是奇奧魚乾，還是巴爾特的牙齒呢？

結果碎裂的是奇奧魚乾，巴爾特贏了。然而，問題是接下來該怎麼辦？碎裂的奇奧魚乾變成許多碎屑散落在巴爾特嘴裡。要是直接吞下這些魚乾碎屑，喉嚨會被割得稀巴爛，五臟六腑也會受到嚴重損傷。話雖如此，實在很難再將這些碎屑嚼碎，而且也不能吐出來。

巴爾特拿起裝酒的容器，把濃烈的燒酒灌進口中。接著將酒和奇奧魚乾碎屑混合，輕輕地在嘴裡一嚼再嚼。他這麼做之後，慢慢地奇奧魚乾和酒及唾液融為一體，真的開始漸漸軟化了。

不過，這硬度非比尋常。過去巴爾特曾在這小屋裡住了約七天，當時巴爾特看過奇奧魚乾的做法。做法非常簡單，先將奇奧魚剖半，再把魚吊在營火上。剩下就是讓它充分煙燻而已。煙燻再煙燻，將它製成徹底的煙燻製品。為什麼非得煙燻到這種地步不可呢？就在巴爾特思考著這個問題時，奇奧魚乾的碎屑開始變軟了。

這時，不知道發生了什麼事，奇奧魚肉突然冒出一股甜味。這股淡淡的甜味在舌尖若隱若現，但卻是清甜無比。這股甜味漸漸將鮮甜滋味包覆其中。

——等等，這隻奇奧魚完全沒有澀味啊！

沒錯，它沒有奇奧魚獨有的噁心味道。而且，奇奧魚身上不應該存在的油脂和甜味靜靜地在口中擴散，逐漸滑落喉嚨。

經由徹底煙燻去除水分的動作，讓噁心的味道消失無蹤。而且，不知潛藏在何處的油脂和甘甜滲了出來，將魚肉包裹在其中。這片奇奧魚乾和煙燻前的奇奧魚已經是完全不同的食物了。

巴爾特閉上眼，仔細地咀嚼了口中的奇奧魚肉。真好吃！真是太好吃了！這股低調的鮮甜並不強勢，但越是咀嚼，鮮美滋味就一湧而出，充滿了整個口腔。奇奧魚中居然藏了這等甘甜風味。令人意外的是，奇奧魚肉以入口即化的口感直接滑入喉嚨，落入五臟六腑之中。

——呵呵，這硬得不得了的食物雖然不好下手，但是仔細一嚐，滋味極為深奧。吞下去之後的感覺意外地溫和，這不就像安格達魯閣下本人一樣嗎？

巴爾特嚥下奇奧魚後淺淺一笑。麥德路普和拉荷里拉以看著什麼可怕的東西的眼神看著他。

隔日一早，巴爾特對眾人說道：

「我、哥頓和葛斯要在這裡跟各位道別了。抱歉，恕我們無法陪你們回去。」

「這真是遺憾，巴爾特閣下有什麼要事嗎？」

麥德路普對巴爾特說話的語氣變得比較恭敬。

「有些事令我們很在意，接下來要前往察爾克斯家的領地——梅濟亞。」

反而是巴爾特對麥德路普的語氣變得熟稔。

「柯伊特離這裡遠嗎？」

「不遠，安格達魯閣下。而且經由柯伊特鎮到梅濟亞是距離最短的路線。」

巴爾特想著，安格達真是問了個奇怪的問題。不過聽完哥頓的回答，巴爾特突然想起了某件事。

那個名為柯因錫爾的商人男子。他年輕時曾在山中遭到野獸襲擊，當時是安格達魯救了他。後來為了報恩，偶爾會帶著商品造訪安格達魯的住處。柯因錫爾說他在柯伊特開了幾家店，而安格達路想去那座名為柯伊特的城鎮，為什麼呢？

——他應該是想告訴那位商人自己的夥伴前來迎接，他要離開這裡了。哎呀呀，為什麼？為什麼他如此重情重義呢？

不過對，話就此中斷了。安格達魯不會說他想去柯伊特，也不會要人帶他去。他還是老樣子。心高氣傲的葛爾喀斯特族戰士，絕對不會對人類這等生物做出請求。所以只能自己去揣測他們的意思。

如果要帶安格達魯去柯伊特，什東克和梅利特戈肯定也會跟來。如果讓麥德路普和拉荷里達先回去好嗎？不，如果沒有這兩個人，葛爾喀斯特們難以渡河。此外，既然已受命完成見證人的工作，應該不會就此分別，先行返回。

「好，大家一起去柯伊特鎮吧！」

巴爾特宣布道。

就這樣，一群人離開了安格達魯居住多年的小屋。

第六章——收復梅濟亞城

—醃漬布里克—

1

一行人在柯伊特鎮的入口遇上盤查，在這裡引發一陣騷動。他們說不能放葛爾喀斯特人進入鎮裡。

「伯父，這該怎麼辦才好？不然就我們幾個進去鎮裡，把那位叫什麼柯因錫爾的商人帶出來吧？」

巴爾特也認為這是個好方法。但是，有一點讓巴爾特很在意。如果這麼做，等於是人類將葛爾喀斯特拒於門外。巴爾特不希望這三位葛爾喀斯特更加討厭人類。哥頓看巴爾特陷入沉思，也開始動起了腦筋。

「對了！喂，哨兵！」

「什、什麼事？」

「現在這鎮上的警備隊長還是吉卡爾嗎？」

「是、是的，吉卡爾是我們的隊長。」

「太好了！你去把他叫來，跟他說梅濟亞領主哥頓・察爾克斯來了。」

過了一會兒，吉卡爾隊長來到現場。

「這是太令人驚訝了！哥頓閣下，您怎麼從南方過來了？」

「這不重要。你認識一個叫柯因錫爾的商人嗎？」

「認識啊。他也算是這鎮上的主力商人。」

「我們想去找他。你可以帶我們去嗎？還得一起帶上這群葛爾喀斯特的勇士。」

「唔唔……要不是哥頓閣下開口，我實在很想拒絕。不過我知道了，我帶你們去。」

吉卡爾隊長和一位士兵與眾人同行。

沿路上，撞見這群人的民眾們全都非常驚訝。

「哇啊！」

「那、那個綠色的亞人是什麼人？」

「是葛爾喀斯特族啦，葛爾喀斯特族！」

「這麼說來，有傳言說葛爾喀斯特定居在南邊的山裡耶。」

孩子們見到葛爾喀斯特後大哭，母親則是僵在原地。眾人讓開了一條路。

「他們被七位武人大人圍在中間！沒什麼好擔心的。」

「應該是騎士大人抓了那群葛爾喀斯特吧？」

還有一大群人跟了上來。

「這裡就是柯因錫爾的店。」

這家店相當氣派，僕人人數比巴爾特之前聽說的還多，所幸柯因錫爾在家。

在店裡見到的柯因錫爾身形渾圓，用字遣詞中也感覺得到幾分穩重。在他背後有位負責護衛的男人。巴爾特認識他。就在巴爾特從安格達魯家往南啟程時，曾經和柯因錫爾共度數日的旅程，當時也是這位男子以護衛的身分隨行。

「這、這是，居然是安格達魯老爺！很開心看到您到這裡來，而且身邊還跟著夥伴，真是難得。巴爾特．羅恩大人也好久不見了。還有，您該不會是梅濟亞領主哥頓．察爾克斯大人吧？」

「喔喔！你居然認識我。我是哥頓。」

「您能光臨本店，真是讓小店榮幸。總之，站著說話也不太方便，請各位到裡面去吧。」

「哥頓閣下，我在此告辭了。請別引起騷動喔。」

「好，吉卡爾，麻煩你了。」

一群人進入客廳，把客廳擠得水洩不通。

柯因錫爾為客人送上兌水的葡萄酒，先各自確認了來客的名字。等氣氛緩和下來後開口說：

「對了，各位來訪有何要事呢？」

一群人全看向安格達魯。畢竟要找商人柯因錫爾的是安格達魯。但是，安格達魯一直一聲不響地沉默著。無奈之下，巴爾特只好開口說道：

「柯因錫爾閣下。」

「是，巴爾特・羅恩大人。」

「安格達魯要回索伊氏族去了。索伊氏族的居住地位於奧巴大河西岸，極為北邊的地方。安格達魯閣下似乎是來向您辭別的。」

「什麼？」

柯因錫爾有好一陣子說不出話來。接著眼眶泛起淚水。

「這樣啊，是這樣啊。您的夥伴來迎接您，所以可以回去了呢。太好了，這真是太好了！」

「事情辦完了。」

安格達魯說完就站起身。他是打算就這樣回去了。這態度真不知道該怎麼說他。

「請、請等一下。各位長途跋涉應該也餓了吧？我現在請人去準備一些簡單的餐點，請在這裡用餐。哥頓大人，我有些話想跟您說，是否可以請您到別的房間？」

哥頓使了個眼色，要巴爾特和葛斯也一起跟來。三人跟著柯因錫爾換到另一間房間。

「哥頓大人，這雖然是我初次向您問候，但我早已久仰您的大名。我也會在梅濟亞領地出入，您是我見過最為民著想，最了不起的領主。」

「你真是大大地稱讚了我一番啊。不過，如果你也有在梅濟亞領地出入，那正好，我有件事想問你。我聽說梅濟亞領地中，最近正在變賣察爾克斯家珍藏的武器。關於這件事，你知道多少？」

「我就是想跟您提這件事。現在是由庫里多普・察爾克斯統治梅濟亞領地。」

「什麼！」

「恐怕連領主之印都在庫里多普大人手上。」

「叔叔大人竟然……凱涅和尤莉嘉怎麼可能會允許這種事發生。」

「我覺得那兩位的樣子有些詭異，不過這只是我的直覺。」

柯因錫爾瞇起眼睛，壓低聲音說：

「我覺得庫里多普大人手上可能有人質。」

「你說人質？」

「那兩位有個兒子對吧？」

「是啊！他叫米杜爾．察爾克斯，現在出外進行騎士修行當中。」

「謠傳那位米杜爾大人已經回到梅濟亞領地去了。然而，沒有任何人提過曾在梅濟亞城裡見過米杜爾大人，也就是說……」

「也就是說什麼？」

「米杜爾大人會不會被關在某個地方？」

「你說什麼！」

「然後呢……這也是傳聞。」

「嗯。」

「凱涅大人請求大領主大人針對領地內的紛爭做出仲裁。但是大領主大人做出不願干涉領地內政的答覆。只不過也有傳聞指出，庫里多普大人送了一大筆錢去賄賂大領主大人。」

「唔唔唔……如果這些是事實，還就嚴重了。」

看來梅濟亞領地裡出了大事。要是傻呼呼地直接回梅濟亞領地去，或許早就出事了。得感謝這位名叫柯因錫爾的商人的好意。

「我只知道這些了。希望能幫上您的忙。」

「喔……嗯！當然！你幫了大忙！伯父，我該怎麼做才好？」

巴爾特沉思了一會兒，開口說道：

「我想要情報。這種情況下，最重要的是你的外甥米杜爾的狀況。他是不是確實在城裡，而且被監禁起來了。只要能弄清楚這點，庫里多普閣下的罪也會跟著明朗，也會明白接下來該做什麼。」

「伯父，接下來該做的是什麼事？」

「還用說嗎？當然是救出凱涅、尤莉嘉和米杜爾三人，逮捕庫里多普閣下啊！」

總之，最需要的是情報。這種時候，要是朱露察卡在就好了。以朱露察卡優越的探索能力，想必很快就能取得巴爾特需要的情報。但是，現在朱露察卡不在這裡。探索該怎麼進行呢？葛斯的動作也相當敏捷，也很擅長在掩人耳目的狀況下活動。不過，由他單槍匹馬潛入城裡還是太危險了。想進城就得先穿越城門。要是有陌生騎士想進城，肯定會引起警戒。

「靠我的人脈就可以進城裡去了。」

柯因錫爾說出一句眾人想都沒想過的話。

「但是，要帶各位進城有點困難。不過，我可以盡力幫忙探探米杜爾大人是否在城裡。」

這個提議會讓他牽連太深，萬一計畫曝光將危及柯因錫爾的性命。

就在這個時候，柯因錫爾那位一直沉默不語的護衛開口說：

「你進城只能去談生意吧？談完就會立刻被趕出來。你想辦法拖延一下談生意的時間，我趁那個時候去找找米杜爾閣下的下落。」

巴爾特不禁對護衛男人說：

「不行，這樣太危險了。沒道理要你幫忙到這種地步。」

「巴爾特閣下，好久不見了。」

「嗯。話雖這麼說，我上次和你見面是今年二月的事吧。你叫……」

「我叫莫利塔斯。我說的好久不見，不是指今年二月的事。我們應該有三十年沒見了吧。」

「什麼？」

「在我還很小的時候，就已把你的大名刻在心裡。今月二月見面時，我有想過該不會真的是你，但是我心裡一直有著巴爾特·羅恩絕不可能離開帕庫拉的成見。當時真是失禮了。」

「你說我們三十年沒見了？三十年前我曾經見過你嗎？」

「那是在山中堡壘時的事情了。我們的故鄉被寇安德勒家攻陷，我和父母及夥伴淪為流民，想要越過山頭。但是遭到山賊襲擊，父親身受重傷，母親則是被他們給抓走了。我們衝進德魯西亞家的堡壘求救，但是他們說由於寇安德勒家可能隨時來襲擊，無法分出兵力幫忙。然而，你說既然這樣我一個人去就衝出去，最後成功地把母親大人救回來了。」

巴爾特想起來了，確實有這麼回事。但是以當時的情況，表面上海德拉也只能這麼說。他也是在等著巴爾特衝出去救人。

「我也想像你一樣拿劍幫助別人。結果不知不覺就在當保鏢過活了。求求你，巴爾特閣下，請讓我也出一分力吧。」

這位莫利塔斯八成也是騎士血脈，從他的言談間可以略窺一二。而且，當時巴爾特救下的那位婦人應該是一行人中相當受敬重的人。

「莫利塔斯閣下，那麼就恭敬不如從命了。請你一定要助我一臂之力。只不過記得千萬別冒險，只要在能力範圍內進行調查即可。」

「交給我吧。我已經去過那座城好幾次，平常他們只會讓我們走固定的路。可以幫我畫張城裡的平面圖嗎？還有，你們心裡有沒有頭緒米杜爾閣下可能會被關在哪裡？」

「喔喔！莫利塔斯閣下，感激不盡。我現在立刻畫平面圖給你。還有關於監禁地點，我有想到兩個地點。一個是地牢，但是那裡已經上百年沒用過了。另一個是祖先靈廟前的小房間，那裡本來是用來暫時懲罰族人的地點。那個房間可以上鎖，而且那個鎖無法輕易破壞。說到底，想進去都不容易。不過，如果米杜爾真的被關在那裡，其實對我們很有利。」

「哦？哥頓，這是為什麼？」

「伯父，靈廟有個可以通到外面的祕密通道。那條通道通到城裡的內庭，再從內庭下到古井就可以去後山。」

如果這是真的，那麼有很大的希望能把人救出來。

「對了，還有一件事。最近梅濟亞城裡有幾位像流氓的騎士和士兵，或許是僱來與哥頓閣下戰鬥的也說不定。」

這些若是事實，或許也很難強攻。無論如何，得知道對方的狀況才能訂立作戰計畫。

「這麼說來，哥頓，你出門旅行時是不是說過有留下文件，表示要將領主之位讓給妹婿？」

「對，我確實留下了這種文件。」

「呼嗯。柯因錫爾閣下。」

「是。」

「這座城鎮中是否收到了領主交替的通知？」

「沒有，沒有收到。如果發生了領主交替這種事，消息一定會傳到我這裡來。」

「也對，凱涅閣下和尤莉嘉閣下應該沒有取代哥頓坐上領主之位的打算。」

也就是說，現在梅濟亞領主還是哥頓・察爾克斯

結束和柯因錫爾與莫利塔斯的會談後回到客廳時，客廳裡已經開起了大型宴會。柯因錫爾準備的根本不是簡單的餐點，已經是豪華的大餐了。而且還送上了大量的酒。安格達魯的小屋中只剩下少許的酒，大家一直覺得喝不過癮，而那酒癮在此爆發。

巴爾特也加入夥伴們的行列，喝酒享受美食。

肉、蔬菜、水果還有酒。

這分量和品質，很難想像是臨時準備的。

一開始讓巴爾特讚不絕口的是肉的味道，但是將所有料理吃過一輪之後，他覺得最好吃的是再平凡不過的醃漬蔬菜。其中他最愛的是醃漬布里克。

布里克是種隨處可見的蔬菜，但它也不是山林野地中的野生蔬菜，家家戶戶都有種植。在邊境地帶種植蔬菜，最大的煩惱是會被野獸們挖走，不過布里克其實是長在地底下，不容易被取走。聽說布里克不是一種果實，而是由根部培養出來的植物。

這種蔬菜是生長在寒冷季節的蔬菜，現在正好是當季食材，生吃燉煮兩相宜。

又新鮮又嫩，十分美味。

而且口感也很好。咬下去的爽脆口感令人暢快無比。

一邊喝酒一邊咬著爽脆的醃漬布里克，又能再多喝幾杯。

它的美味是從何而來呢？

應該是用上了好鹽。這道醃漬蔬菜所用的鹽，和巴爾特在帕庫拉吃慣的那種混了許多雜質的鹽巴不同，是品質很好的鹽。應該是岩鹽吧？充分吸收了大地滋養的鹽。這種鹽是由吹拂這片大地的風及滲透其中的雨凝結而成。換句話說，這道醃菜的味道就是大地的味道，風雨的味道。

而且，這道醃漬布里克中加了翠綠的葉子。有很多人會把這部分丟棄，不過巴爾特的母親很常將它拿來做醃菜。

巴爾特內心充滿緬懷地將醃漬布里口送入口中。

2

柯因錫爾和莫塔利斯在兩天後的夜裡回來了。

「巴爾特閣下，沒有錯。米杜爾閣下就被關在靈廟前的小房間裡。」

「這樣啊……莫塔利斯閣下，真虧你查得出來啊。」

「因為跑到那麼裡面的地方太危險了，所以我送了一點東西給負責送食物的雜工才問出來的。雖然問不到什麼細節，但是從食物看來應該是貴族子弟沒錯。而且那個男子好像還很年輕，所以應該不會錯。而且那個房間禁止老家臣靠近，由最近新聘的人負責送食物和清理環境。」

「嗯，太感謝你了！只要知道這些，剩下就是我們的事了。」

「是啊。哥頓閣下，還有關於新聘兵力的部分。這是我請看守的士兵喝酒之後才問出來的。這幾個月來，梅濟亞領地新聘請了約十五六位騎士，還有約二十位的士兵。」

這可是頗具規模的戰力。巴爾特看向哥頓及葛斯。

這兩位其實具備驚人的戰力。葛斯的劍術造詣深不可測。哥頓的持久力及本領超乎常人，最近技藝也日益精湛。而巴爾特最近身體狀況極佳，彷彿返老還童似的。

過去佛特雷斯家曾派出三位騎士、六位從騎士及十位勤務兵來取多里亞德莎的性命。當時巴爾特曾抱著必死的覺悟，在沒有騎馬的狀態下與其對峙。不過他現在覺得以這三個人的組合，即使與敵方正面對決，搞不好也能打贏。這三人就是如此厲害。

當然，單憑三人沒辦法正式攻城。此外，在空曠處同時面對三十五個敵人絕無勝算。不過，只要能救出人質米杜爾，再潛入城內發動戰鬥，或許也不是不能一戰。我方的目的是抓住或殺掉敵方首腦——庫里多普・察爾克斯。庫里多普身邊理應跟著一些原本的家臣，也有部分城兵應該會聽從他的指示。反之，應該也會有城兵願意站在他們這一方。

這將會是場充滿不確定因素的戰鬥，但只要善於運籌帷幄就有取勝的機會。視情況或許會發展為一場苦戰，不過他們必須這麼做。

「伯父，怎麼辦？如果有必要，我們去跟臨茲的伯父借兵吧？」

「不行，你人來到這裡的事不久就會傳到對方耳裡。這麼一來，對方也會防備你，事情真的會演變到需要攻城的地步。還是趁對方還沒注意到我們時，快點動手才是上策。」

梅濟亞城雖然不大，但是建造地極為堅固。如果在他們嚴加防備的狀況下攻城，將會演變成長期抗戰，而且需要相當規模的兵力。要是這麼做，也可能讓梅濟亞領地變得一片荒蕪。最好的方法是趁對方不備，讓他們心生動搖。

「巴爾特大人，我也有事要跟您報告。」

「喔喔，柯因錫爾閣下，這次真的是勞煩你了。」

「不不不，這只是舉手之勞。然後呢，我只是問了領主大人現在身在何處，他們就回答我，領主大人現在出外進行視察之旅。」

這是很重要的情報。換句話說，在城內民眾的認知中，現在的領主依然是哥頓·察爾克斯。

「除此之外，我還問了，那麼現在代理領主大人上哪兒去了？之後得到凱涅大人最近身體抱恙的答案。接著我又問了，那麼庫里多普大人呢？」

「哦？那麼他們怎麼回答？」

「他們說管理官閣下現在忙到走不開。我想他應該躲在城裡，正在和奇怪的女孩子們享樂吧。」

這是極為重要的情報。管理官是凱涅之前擔任的職位。簡單來說，現在的察爾克斯家中是妹婿凱涅代替外出的家主擔任代理領主一職。而庫里多普以輔佐他的形式，在察爾克斯家中占得一席之地。也就是說，他先把凱涅拱上代理領主之位，自己在背後操縱一切，在梅濟亞領地中為所欲為。先不管實情如何，形式上凱涅是庫里多普的主子。換個方式來說，庫里多普還沒有完全掌握人心，所以不敢堂而皇之地宣布他篡奪了察爾克斯家主之位。

回到客廳後，又是另一場酒宴。巴爾特已告知麥達魯普及葛爾斯特們，自己還有要事要辦，請他們先回去。但是他們說不能在沒向主人家柯因錫爾道別的情況下離開，所以還賴在這裡不走。

「麥德路普閣下，柯因錫爾閣下回來了。你可以向他辭行了。還有，我們明天一早就要出去，趁現在先跟各位告別。請各位多多保重。」

「巴爾特閣下。」

「麥德路普閣下，怎麼了嗎？」

「梅濟亞領地發生了什麼變故吧？而巴爾特閣下你們要去解決這件事。我沒說錯吧？」

麥德路普提問的表情嚴肅，酒意似乎已然全消。仔細一看，拉荷里達、安格達魯、什柬克和梅特利戈也都放下了酒碗，靜靜地在一旁聽著巴爾特和麥德路普的對話。

「呼嗯，被你們看穿了嗎？正如你所說，是有一些糾紛，我們得過去一趟。」

「可以請您說明是什麼紛爭嗎？」

巴爾特看向哥頓，而哥頓點了點頭，代表可以說。

「其實是這位哥頓擔任領主的梅濟亞城，遭到相當於他叔叔的人謀篡，這個人正在城中橫行霸道。哥頓當初把領地事務交由妹妹夫婦打理，但是他們的兒子似乎被挾持作為人質。現在事情有些棘手。」

「您是要去處理這件事嗎？」

「沒錯。」

「是否能讓我們也一同前往？」

這個提議真是令人驚訝。好歹麥德路普和拉荷里達算是帕魯薩姆正規軍中的軍人，而且麥德路普的立場還是邊境騎士團副團長，不適合輕易涉入國外領地的紛爭。正當巴爾特猶豫該怎麼回答時，拉荷里達向他問道：

「巴爾特大人，我認為您所謂的處理不是靠協商就能解決。應該會演變成一場戰役吧？」

三位葛爾喀斯特聽見戰役這個詞，眼裡散發出異樣的光芒。

「唔唔嗯，我就坦白告訴你們吧。對方害怕哥頓回去，正在集結兵力。敵方至少有十五六位騎士，和二十位左右的士兵。而且，我們必須攻擊的敵人都躲在固若金湯的城堡中，這將是場極為嚴苛的戰役，我們不能把你們捲進來。」

此時，響起一陣劇烈的聲響。

是安格達魯族長用右手拍了一下桌子。由堅硬的鐸卡橡木製成的桌子上出現了一道大裂痕。

「你說困難的戰役！還有強敵！你們想把我們排除在這麼有趣的事情之外嗎？」

接在安格達魯的怒吼後，什束克也跟著說：

「沒錯！這真是太不像話了！恩凱特．巴爾特，莫非您認為我們索伊氏族不夠可靠嗎？」

梅特利戈怒目看著巴爾特，眼珠子瞪得都快掉出來了。

「不、不是，我不是這個意思。」

「那為什麼要剝奪我們參戰的權利！」

「我並不是要剝奪你們的權利。」

「那你會帶著我們這些索伊戰士去吧！」

「什、什束克閣下，我明白你們的意思了。那就拜託你們幫忙了。」

「嗯！當然！」

「那就代表您也會帶上我們沒錯吧？」

「不，拉荷里達閣下，邊境騎士團騎士參與他國領地的戰鬥不好吧？」

「不說出去，就沒有人會知道。」

「只要看見你們身上的盔甲，就知道你們是邊境騎士團的人了。」

「那麼，我們用泥巴抹在盔甲上再去。不過，我覺得這一帶應該沒人認得出這身盔甲。」

「還是說，巴爾特閣下的意思是您只相信葛爾喀斯特，卻不願意相信我等邊境騎士團？」

麥德路普的雙眼直望向巴爾特。巴爾特拿這種狀態下的人最沒轍。

「我知道了，請你們也一同參戰吧！」

「好！」

「是！」

「唔唔唔！」

不知道為什麼，眾人皆是戰意十足。特別是梅特利戈看起來非常高興。

巴爾特大口深呼吸，在調整好心情之後，閉上眼睛，雙手環胸。有了這群強大的援軍，就可以擬定完全不同的戰略。或許可以打著正義的旗號，來場堂堂正正的戰鬥。

巴爾特開始在腦海裡推敲作戰策略。

就這樣，收復梅濟亞城之戰即將開始。

3

在巴爾特的印象中，他從來沒有聽過這麼可怕的叫聲。

此時的他正和哥頓一起躲在距離梅濟亞城極近的草叢中。

城門前有三位葛爾喀斯特，也就是安格達魯族長、什柬克代理族長和年輕武士梅特利戈正在發出宣戰的吼聲。單憑這三人居然能發出這麼宏亮的聲音？這聲響應該連飛龍（伊恩特・那達）聽到都會腿軟。

為了搞清楚發生什麼事，城中士兵開始集結在城牆上。

這時，葛斯聽見吼聲這個信號，應該已經潛入了城裡。由於他從內庭的古井爬出來，接著跳進祕密通道時不能被任何人發現，所以才會把城中士兵的注意力引到前方去。

等到把城中士兵都被吸引過去時，安格達魯喊道：

「把尤莉嘉・察爾克斯和凱涅・察爾克斯交出來！」

從下顎長出來的兩支牙齒凸顯了他猙獰的樣貌。身上的傷痕顯示出這種生物極為好戰。左肩到胸前的巨大傷痕及被削去半邊的左耳，更加誇大了他外貌的可怕程度。

簡直就像從冥府（臺庫）冒出來的綠色惡鬼。而且這巨大的惡鬼一共有三隻，分別騎在巨鳥與巨馬上。

——好了，城方會如何應對呢？

「伯父，有人出來了。那個人就是庫里多普・察爾克斯。」

一位留著裝模作樣的鬍子，身穿奢華服飾的達官貴人出現在城牆上。不用哥頓多說，巴爾特心裡也有數——那位就是庫里多普。他的兒子班其．察爾克斯也在身邊。過去巴爾特短暫停留在梅濟亞城時，曾經和班其有過一面之緣。他們也必須抉擇要殺還是活捉班其。

「把尤莉嘉．察爾克斯和凱涅．察爾克斯交出來！」

安格達魯不停吼著這句話，語氣裡滿是責難。

城牆上的庫里多普似乎下了什麼命令。距離太遠無法聽見他說了什麼。過了一會兒，凱涅和尤莉嘉從城門口走了出來。不，應該說是被押送出來才對。

兩人背後跟著兩位騎士，手裡都拿著出鞘的劍。乍看之下像是護衛，但是並非如此。證據就是待兩人離開城門夠遠之後，騎士們就調頭折返。

直到此時，城門的門都不曾被放下來過。這個情況下所說的門扉，指的是裝在平常用來開關的門背後，將粗重圓木連結起來所作成的防禦門。即使他們放下防禦門，我方有三位葛爾喀斯特，或許能將門破壞掉也說不定。但是在處理防禦門的期間，我們也會受到相當大的損傷。所以盡可能地希望能在對方放下防禦門前進入城內。

凱涅和尤莉嘉走出城外後，防禦門依然沒有放下。這是當然的。就算只是名義上，凱涅和尤莉嘉可是城裡的最高權力者。如果下達將兩人趕出城外棄之不理的命令，會招來家臣們的反感。

凱涅和尤莉嘉互相扶持地走近葛爾喀斯特身邊。兩人都在發抖。這也難怪，凱涅雖然是位騎士，不過是所謂的文人騎士，沒有經歷過戰鬥訓練。

安格達魯遞出了某項物品。是一張小紙條——不對，應該說是一封信。葛爾喀斯特乘坐在希耶魯特身上，所以身處的位置較高，不過因為他們的手也異常地長，所以他遞出去的信就位在凱涅稍微伸出手就能拿到的高度。

就在凱涅想取信時，卻失手把信掉在地上。那封信飄啊飄地掉在地上。

——很好，做得好！慢慢地多花點時間。

凱涅和尤莉嘉的心中滿是恐懼及不安，但巴爾特連必須體諒這點都忘了，腦袋裡淨是這些無情的想法。尤莉嘉撿起信後交給凱涅。凱涅以顫抖的手打開那封信，讀了起來。那封信裡以哥頓的筆跡寫著這些內容：

「這群葛爾喀斯特是朋友。現在正從祕密通道前往營救米杜爾，你們暫時假裝跟他們說話，爭取時間。哥頓。」

凱涅再三端詳信件內容之後，把信件拿給尤莉嘉看。尤莉嘉驚訝地抬起頭，和凱涅討論著什麼。

然後，兩個人開始拚命地對安格達魯說話。從巴爾特兩人的角度看不見安格達路的表情和嘴唇，不過看起來只是默默地聽著凱涅和尤莉嘉說的話。算了，反正也不期待安格達魯能做出什麼細膩的演出。城牆上也開始亂哄哄地吵鬧起來。這個時候，安格達魯突然大喊：

「把尤莉嘉・察爾克斯和凱涅・察爾克斯交出來！」

周圍一片寂靜。

巴爾特用手捂住眼睛。

——他在搞什麼啊？你眼前的這兩位就是尤莉嘉和凱涅啊！那個綠人明明應該也知道這件事！我確實是叫他一直重複同一句台詞，但是這個時候不需要再重複下去了啊！

「把尤莉嘉・察爾克斯和凱涅・察爾克斯交出來！」

安格達魯再次吼道。

不過，這一招用來爭取時間很有效。城牆上的士兵們感到一陣混亂。那也難怪，尤莉嘉・察爾克斯和凱涅・察爾克斯已經確實送到他們面前了。即使如此，綠色的惡鬼還是不斷喊著：「把尤莉嘉・察爾克斯和凱涅・察爾克斯交出來！」。他到底有什麼目的？真是莫名其妙——他們會這麼想也是正常的。巴爾特也覺得莫名其妙。

尤莉嘉和凱涅乾脆也拚了命地跟安格達魯說話。但是也不知道安格達魯有沒有在聽，過了一會兒，他又開始吼了起來。

「把尤莉嘉・察爾克斯和凱涅・察爾克斯交出來！」

城內士兵們開始動搖，甚至感到有點恐慌。巴爾特人在遠處，也能清楚地看見這一點。人對於無法理解的事物會感到恐懼。即使不是如此，突然現身的三個葛爾喀斯特也是令人心生害怕的存在。而且，完全無法理解他們的行為，這些人變成他們無法應付的對象，恐懼會油然而生。看來巴爾特給安達格魯的指示產生了超乎預期的效果。

就在事態如此發展之下，踏開山中草木的腳步聲隨之接近。

「伯父大人。」

「喔喔！米杜爾，你沒事真是太好了。」

沒記錯的話，這位名為米杜爾．察爾克斯的青年應該是十八歲。雖然外表瘦削臉色憔悴，被葛斯半抱著走了過來。他身上骯髒不堪，氣味難聞。不過長相散發著一股溫和的氣質。這個青年雖然遭到監禁，但是看來他並沒有灰心喪志。

「米杜爾，這位就是巴爾特．羅恩閣下。之前我不是跟你提過很多次嗎？就是那位『人民的騎士』。營救你一事，也是在這位閣下的指示下進行的，快行跪拜之禮。」

米杜爾跪下來，向巴爾特行了一禮。

「然後米杜爾，救你出來的這位是巴爾特閣下的養子，葛斯．羅恩閣下。快向他道謝。」

「葛斯先生，感謝您救我出來。」

「後面那兩位是帕魯薩姆王國邊境騎士團副團長，麥德路普閣下及團員拉荷里達閣下。他們前來幫助我們解決家中危難。」

「什麼？帕魯薩姆王國？邊、邊境騎士團的副團長大人？非、非常感謝您的幫忙。」

「哥頓，安格達魯閣下已經等不及了，我們走吧！」

「好！」

一行人翻上馬背，由哥頓領軍，接著依照巴爾特、葛斯、麥德路普、拉荷里達的順序前進。米杜爾和葛斯一起乘坐一匹馬。

——米杜爾看起來筋疲力盡，心中也有所畏懼。是否該留下他呢？不對，這樣不行。現在發生的是察爾克斯家的一件大事。這個時候如果讓他躲在安全的地方，以後將無法繼承領主之位，統治梅濟亞領地。

「米杜爾閣下。」

「是、是的，巴爾特大人。」

「你要振作點。現在察爾克斯家陷入危機，我們得收復失城。你也是累積了騎士修行之人吧？」

「是、是的！」

「你不用擔心，葛斯．羅恩會守在你身邊。坦坦蕩蕩地入城去吧！然後迅速地前往領主的房間，確保印章及金庫。」

「是！」

「葛斯，你千萬別離開米杜爾閣下身邊。」

葛斯點了點頭。

「哥頓。」

「是！」

「你就依會談的結果，前去逮捕庫里多普·察爾克斯，可以的話，連班其也一併抓了。」

「伯父！遵命！」

「麥德路普閣下、拉荷里達閣下。」

「嗯。」

「在！」

「麻煩你們與米杜爾閣下同行，協助剷除擋住去路的人。」

「收到。」

「知道了。」

就在巴爾特一一做出指示的期間，一行人也來到安格達魯他們的所在位置。就在不久之前，城中兵士們注意到哥頓接近而來，開始指指點點地說著什麼。

巴爾特以手勢示意凱涅和尤莉嘉退到後方。米杜爾正往城堡的方向前進，兩人擔心地回頭望著，一邊依指示逃往草叢方向。

4

哥頓・察爾克斯走上前去。

他抬頭看著城門，停下了馬匹。巴爾特看著他這副模樣，在他身上發現一股一同旅程時從未感覺到的東西。

——哦？

哥頓擁有魁梧的身軀，他偉岸的身體在馬上昂然而立。不管從哪個角度看起來都圓滾滾的身體此時充滿武威，散發著一股不可侵犯的威嚴。

——不愧是名門察爾克斯家的家主。

哥頓用力吸飽了氣大喊，音量甚至超越了葛爾喀斯特。

「城裡的人給我聽著！我是城主哥頓・察爾克斯。我聽說叔叔庫里多普・察爾克斯打破了對父親的承諾，在城裡及領地中為所欲為，決定從旅行歸來！如各位所見，我們救出了遭綁為人質的外甥，也讓妹妹夫婦出城了。

我忠義的家臣們！現在開始，我要討伐這些心術不正的人們！你們可別搞錯狀況，出手反抗！」

迴蕩在四周的巨響有如雷神伯爾．勃一般。由於聲音太大聲，吊在巴爾特腰間的古代劍也微微顫抖著。

站在城牆上的庫里多普．察爾克斯瑟瑟發抖著。以豪傑聞名的哥頓．察爾克斯回來了，還帶著三位可怕的綠色巨人及四名精壯的騎士。這群人開始以千軍萬馬之勢朝著城門衝刺。

「把、把門給我放下！弓兵們，放箭──」

然而，門沒有落下。負責看門的士兵沒有遵從庫里多普的命令。

「我不會把門放下的。城主大人！請進城！」

這就是人望。哥頓以及他的祖先所累積的人望，讓城門沒有落下。

有幾位弓兵依庫里多普之命，開始放箭。這些箭軟弱無力，根本沒有閃避的必要。有支箭射中了巴爾特胸口，但他毫不在意。後方傳來葛斯斬落箭矢的動靜，應該是他出手保護了米杜爾。

眾人衝進中庭。中庭裡約有十位士兵及十位騎士。

──正合我意！

巴爾特認為在城裡不斷受到騎士的襲擊太麻煩了。本來這座城裡就只有哥頓和凱涅兩位騎士，所以在這裡的騎士全是敵人。而且在空曠之地的戰鬥，這場戰役已是葛爾喀斯特的囊中之物。

「這個廣場的敵人就拜託索伊氏族了！其他人從正面入口衝進去！」

三位葛爾喀斯特以可怕的低吼回應巴爾特的命令。

此時，站在最前方的人是巴爾特，或者該說是月丹。這匹悍馬活力十足，如魚得水地衝散敵人，立刻抵達了城門入口。葛斯與愛駒撒多拉和米杜爾緊跟在他背後，接著哥頓也衝了過來。四人下了馬，走進門口。

「是、是葛爾喀斯特族！廣場的士兵快前往迎擊！不可以讓他們進城！」

庫里多普大喊著。他似乎認為最大的威脅是這三個葛爾斯特，不過他的命令正中巴爾特下懷。

有兩位騎士及五位士兵等在城的入口處。五位士兵正將長槍對準巴爾特。他們手裡的長槍分別刺向巴爾特的胸口或腹部。

巴爾特完全沒有擺出防禦的架式。

——你們以為能刺穿波爾普嘔心瀝血製成的這套魔獸皮甲嗎！那你們就刺吧！相對地，我也不會坐以待斃！

本以為五把長槍都刺中了巴爾特，然而，世事不如人意。有個黑影從巴爾特身邊飛奔而過，斬飛了四枝長槍槍頭。這當然是葛斯．羅恩的傑作。剩下的一支長槍雖然刺中了巴爾特的腹部，但在魔獸皮甲的保護之下，巴爾特毫髮無傷。

巴爾特將古代劍打橫，橫向劈砍刺中他的士兵肩口。士兵被砍飛了出去。

葛斯則已經退回米杜爾身邊。

哥頓向前衝刺，撞飛了四位呆站在原地的士兵。哥頓的目標是士兵背後的兩位騎士。哥頓將戰槌高舉過頭，騎士們則試圖以劍迎擊，但其中一位騎士手中的劍被哥頓的戰槌擊飛，接著騎士本人也順勢成了戰槌下的犧牲者，身子一凹倒了下去。

巴爾特向前用力一踏，接下了另一位騎士的劍。對方的劍在這個衝擊下斷裂並飛了出去。巴爾特以一記左拳揍向騎士的臉頰，騎士飛了出去，頭部撞到神像昏了過去。

此時，麥德路普和拉荷里達飛奔而至，同時驅趕窮追不捨的士兵們。哥頓、米杜爾及葛斯已經衝上了樓梯，而麥德路普和拉荷里達也隨後追上。

巴爾特到入口外面去，想看清楚戰況。

庫里多普在城牆上奔跑著，他或許已經判斷現在不是待在建築物高處看著的時候。他穿越回廊，想繞到建築物上方。從這個舉動看來，或許他的目的地是城中的某個房間。

巴爾特的目光落到廣場，三位葛爾喀斯特居然下馬徒步戰鬥。而且連克伊坦和斧頭都沒有拔出來，空手進行戰鬥。

——對了，是因為我請他們盡量別殺人吧。

葛爾喀斯特族的年輕武士梅特利戈表現極為出色。這也難怪，梅特利戈怨氣沖天。暴風將軍對他發動攻擊時，梅特利戈的慘況令人不忍卒睹。他多管閒事地插手別人的戰鬥，還在與人類一對一的戰鬥中敗下陣來，留下了前所未有的汙點。後來他甩著昏昏沉沉的腦袋，回過神來時發現敵人已經倒下。俐落地想給敵人一劍，卻被代理族長打倒在地。一問之下才知道，自己輕輕鬆鬆地被人類打倒，而巴爾特連劍都沒有拔就打倒了那個人類。

自己居然是受到人類保護才撿回一條命，而且明明勝負已分，他還卑鄙地想要攻擊昏厥的對手。這是何等的醜事，何等的屈辱。梅特利戈的心裡一直鬱憤難當，想找人洩憤。他一副此時正是我上場之時的模樣，將前來的敵人一個個打飛出去。

這麼鈍的劍，他連閃避的意思都沒有，若無其事地以皮膚接下攻擊。接著一把抓起另一位騎士的劍折斷，拎起對方的身體往牆上摔去。

——喂喂，別殺人啊！算了，反正我是說盡量。

雖然對方是敵人，但是也有原本屬於察爾克斯家裡的人摻雜其中，所以巴爾特有指示他們，非不得已不要殺人。

巴爾特迅速瞄過葛爾喀斯特們的戰鬥情況後，飛奔跑上樓梯。過去在這裡短暫停留時，巴爾特曾經在哥頓的帶領下在城內四處走動，所以對這裡的構造也有著大致上的了解。

米杜爾等人往裡面的房間衝進去，哥頓正在爬樓梯。

「哥頓！哥頓！庫里多普會從屋頂上下來！」

並不是只有這裡有樓梯，不過想前往領主的房間，走這個樓梯最快。不出巴爾特所料，沒多久庫里多普就從上面走下來，身邊帶著四位騎士和五位士兵。五位士兵手上還拿著弓。

庫里多普．察爾克斯看見哥頓和巴爾特衝了上來，讓部下們停止前進，接著要他們對哥頓和巴爾特放箭。

剎那間，巴爾特曾想過要藏身於走廊裡，但是庫里多普如果趁機從岔路逃走也很不妙。巴爾特低下頭，用力掀起披風。掀起披風的右手傳來箭矢被披風揮開的感覺。這件披風是庫拉斯庫伯爵煞費苦心準備的禮物，製作得相當堅固。

巴爾特看向哥頓，他完全不閃避，以盔甲擋下箭的攻擊。他的肩上插著一把箭。這類型的攻擊，不要胡亂閃避反而不會射中要害。話雖如此，他還真是膽識過人。

哥頓試圖靠近庫里多普的所在位置。兩位騎士站到庫里多普身前，哥頓將戰槌由左往右揮出，其中一位騎士的劍搶先劈中他的腹部，哥頓依然毫不畏懼，將戰槌揮到底。這把戰槌尺寸偏小，適合出外旅行時攜帶，但到了哥頓手上，它的威力可與巨槌相比。兩位騎士同時被打飛出去，撞上了牆。其中一位騎士撞牆之後又彈了出去，最後墜落在入口大廳。

士兵們丟掉手中的弓表示投降。庫里多普．察爾克斯連劍都沒有拔，只是恨恨地瞪著哥頓。

哥頓看向走廊。走廊上還有一位士兵，他沒有拔劍並單膝跪下，對著哥頓低下了頭。

「史考特，原來你平安無事。把繩子拿來，我要將這罪人五花大綁。」

「是的，領主大人。」

在哥頓綁好庫里多普・察爾克斯時，確保領主印章及金庫的米杜爾、葛斯、麥德路普及拉荷里達來跟他們會合。

就這樣，成功收復梅濟亞城，哥頓・察爾克斯以城主的身分回到了梅濟亞。

第七章 ——旅行記趣的晚宴

—水夫鳥的葡萄燒—

1

事情最後在無人死亡的情況下結束。從樓梯墜落入口大廳的騎士沒有性命之憂，葛爾喀斯特在中庭制服的騎士和士兵們中也沒有出現死者。

一方面是因為戰力差距大到能夠不殺害任何人就成功壓制，另一方面是除了從外面聘僱而來的人以外，幾乎全違抗了庫里多普的命令。

巴爾特一行人都沒有受到什麼傷害。戰鬥這種事不管戰況多麼有利，也不可能以沒有任何人受傷作結，這個結果讓巴爾特放下心中大石。

敵對方的人們都被綁起來，拖到城門外的廣場上。廣場上還集結了家臣們，由村長帶頭，村民們也聚集了過來。這麼大的事情，為了讓眾人知道審判的公正性，會在眾目睽睽之下進行處置。雖然不是所有領主都遵守著這樣的習俗。

先從騎士們開始接受審判。所有人都是流浪騎士。換句話說，他們不是某個家族派來的人，也未曾向察爾克斯家宣誓忠誠。

哥頓．察爾克斯宣布對他們的處置，整體大致上是這樣的內容。

「你們是叔叔庫里多普．察爾克斯所聘的人，並且依其指示行動。而在與我哥頓．察爾克斯的戰鬥之中，沒有一個人做出卑鄙的行為。所以我不會問你們的罪。在聽取各位的姓名、故鄉及至今的經歷之後，我們會放你們出城。只不過，你們得在明天中午之前離開梅濟亞領地。後天以後，如果在領地內見到你們就會對你們進行處罰。此外，叔叔答應支付的報酬必須由他自己負起責任支付。但是此時，由於不法浪費察爾克斯家財產的罪名，叔叔的所有財產已被沒收。簡單來說，叔叔現在無法支付報酬給你們。不過察爾克斯家體恤各位，會發放當下所需的旅費及食物。」

聽見這寬大為懷的處置，不論是當事人或圍觀者都發出讚嘆聲。

「只不過，你們在城裡的這段時間，針對讓村民受傷及到處惹事生非的部分，我們也會給予相對的懲罰。」

聽到這個宣言，騎士們的興奮之情稍稍冷卻下來，圍觀的村民們則是歡聲雷動。

雖然他們是流浪騎士，但並不代表他們沒有朋友或家累。如果對他們施以重罰，可能會引起這些人的反感。總而言之，在這樣的狀況下，最重要的是不要再讓他們惹出事端，讓他們心無怨恨地離開此地。這是巴爾特在審判前給哥頓的建議。

接下來開始宣布對臨時聘僱的士兵們的處罰。他們的待遇也比照騎士辦理。

士兵們知道自己撿回一命，全都靜了下來。

接著，庫里多普・察爾克斯被押了上來，他的臉上掛著一抹淺笑。

「哥頓，你不必如此對待叔叔吧？你不在城裡時我自作主張，這點我向你道歉。先幫我把繩子解開。」

這個說法讓巴爾特感到傻眼。這不是做出謀反這個行為的人該說的話。他看輕哥頓的為人，認為哥頓是個天真的人。他打從心底瞧不起哥頓。由於助他謀反的騎士和士兵們實際上算是無罪釋放，他搞不好也認為自己不會被問以重罪。

哥頓語調平靜地說：

「讓罪人跪下。」

把庫里多普押上來的兩位士兵，使勁地讓他跪地。

「你、你們幹什麼！沒禮貌！放手！哥頓！叫他們停止這無禮的行為！」

哥頓低頭看著庫里多普，眼神中沒有絲毫動搖。他的眼裡藏著鋼鐵般的意志，決心把要做的事堅持到底。

「叔叔大人，過去您因為父親繼承領主而心生不滿，違抗前前任領主，也就是祖父的遺

命起兵反抗。最後的結果，是我們領地的家臣們自相殘殺，造成多達七人喪命。您當時發誓，絕不會干預政治，您及您的子孫將放棄察爾克斯本家的繼承權才得以活命。違背這個誓言的罪孽極為深重，您只能以死謝罪了。」

庫里多普萬萬沒想到哥頓會說出這麼重的話，臉色鐵青地還想說花言巧語。但是哥頓·察爾克斯不由分說地舉起了戰槌。兩位士兵壓制住庫里多普的手臂及肩膀，讓他的頭向前。戰槌發出低吼往下一揮，搗爛了庫里多普·察爾克斯的頭顱。

中庭裡一片鴉雀無聲。

2

一片靜默之中，尤莉嘉和凱涅光著腳走到哥頓面前，雙手繞至背後，雙膝跪地後垂下頭。這是罪人的姿勢。

「兄長大人——不，領主大人。我們在您外出的期間沒有好好守護這裡。我們阻止不了叔叔大人找遍各種理由出言干預，也未能防範他踏入此城。最後兒子被他抓去當人質，將領主印章交了出去。他培育私人軍隊，帶著女人們入城還大肆揮霍，我們即使百般不願，還是幫了他。府庫被掏空，還變賣了許多祖先傳下來的武器，我們無顏面對兄長大人。請您親手了結我們的性命吧。只不過，請您對我兒米杜爾手下留情。」

聽見這句話，米杜爾想飛奔到父母身邊，但是葛斯拉住了他。

哥頓低頭看著尤莉嘉和凱涅，語氣中帶著幾分溫柔。

「我啊，過去真是不食人間煙火。但是在和巴爾特．羅恩閣下一同旅行後，我醒悟了。世界上有各種各樣的城鎮及村莊。領地可以是荒蕪不片，也能繁榮無比，一切發展全在領主的一念之間。領主需要能夠保障領民安寧的力量，也需要能夠支撐領民生活的智慧。凱涅。」

「在、在。」

「我出外旅行到現在過了多久？」

「是，已經過了兩百九十四天。」

「麻煩你說出在這兩百九十四天裡死亡的領民之名。」

凱涅．察爾克斯說出了死者們的名字、年齡及死因。這些死者幾乎都是年事已高或因病去世。其次是出生不久的嬰孩。但這並不是只有發生在這個地區。嬰幼兒本身就容易夭折，一般來說也是到五六歲才會幫孩童報戶籍。

因此連出生幾天就死亡的孩童人數都瞭若指掌，這種事相當不尋常。這代表官員和村長們熱誠的心都是向著領民的。不過，凱涅不需查看記錄，就能說出八個村的死者名字，真的是位能幹的官員。

最後他所舉出的死者人數增加到二十三人。

「這二十三人中，是否有人因飢餓而死？」

「沒有，沒有人因為飢餓而死。」

「是否有人因為領主行為不當而死？」

「沒有。」

「那麼，在我不在的這段期間，領民中有沒有淪落風塵，流離失所之人？家臣之中有沒有死亡或遭到流放之人？」

「沒有。」

「這樣啊……雖然察爾克斯家的財產減少了，卻成功守護了領民。喔喔，喔喔！凱涅、尤莉嘉，你們兩個做得很好！保住了我們家族的名聲。」

聽完這段話，凱涅和尤莉嘉哭著趴在地上。

在如此艱難的情況下，想盡辦法保護民眾及家臣至今，想必是付出了最大限度的努力。這樣的努力得到認可及讚賞，兩人這是喜極而泣。

流著眼淚的不止他們兩位。家臣們也圍在兩人身邊哭泣。應該是聽完剛剛的對談之後，深受感動所致。

不止是家臣，聚集在此的領民們也流下了眼淚。

「凱涅、尤莉嘉。」

「是、是。」

「在。」

「以前的我真的什麼都不懂。但是在旅途中受到巴爾特・羅恩閣下的諸多教誨，我才明白了何謂騎士。然後，我的心裡產生了一個願望。這個願望呢……就是希望我們的領地能一直是個讓孩子有個快樂童年的地方。」

「孩子們能夠……」

「有個快樂童年的地方。」

「沒錯。然而，我腦袋不太靈光，完全不知道該怎麼做才能達成這個願望。所以……凱涅、尤莉嘉，請你們從旁輔佐我吧！」

「是、是。」

「是！我們一定會的！」

就在哥頓滿意地點著頭的時候，一位平民前來跪倒在他的腳邊。哥頓也注意到了，開口說道：

「喔喔！這不是土耳克村長嗎？最近好嗎？」

「很、很好。領主大人，我等著您回來，宛如一日三秋啊。」

「哈哈哈哈哈！你怎麼這麼會說話。應該沒有一個領主像我這麼遊手好閒的吧。」

「不不不，您總是在領地中四處奔走，與我們攀談。一聽見有野獸出沒，就第一個趕去驅逐野獸。一聽見有房子倒塌，您就親自前來協助搭建。盜賊們害怕您的武威，已經不敢靠近這一帶了。其他領地的人們都非常羨慕我們。最近一直有人來問我領主大人回來了嗎？有沒有寫信回來報平安？領主大人，我有個請求。」

「嗯？什麼請求？」

「那個……為了實現領主大人的夢想，請您讓老朽也貢獻一己之力。」

聽了這位村長的話，集結而來的領民們也紛紛說著：「請使喚我」、「我也願意」，低頭拜倒在哥頓面前。

哥頓眨著眼好一會兒，看著家臣與村人們漸漸聚集到他身邊。不一會兒，豪情萬丈的他，淚腺受到刺激，開始哭了起來。

最後是凱涅和尤莉嘉鎮住了整個場面。兩人命令家臣送來酒及食物，村人們也帶來了一些食物。

酒水菜餚被端了上來，在準備宴會的期間，巴爾特內心感慨萬千。

即使庫里多普是不可干預領地經營的狀態，但這終究是察爾克斯家內部的約定，並不是臣子或領民可說三道四之事。不管怎麼說，他確實是察爾克斯家的直系血親。即使做法強硬，但若是他一直罷著實際的領主位子不放，不需多久，這樣的情況就會被視為正確的發展。時間就是能夠起這樣的作用。

即使不是如此，只要哥頓再晚一點點回來，明事理的家臣可能就會被放逐或謀殺。真是好險在這個時候趕了回來。

如果沒有繞去臨茲一趟，就毫無管道可以得知梅濟亞領地的變故。會繞去臨茲，是為了帶索伊氏族的人到安格達魯身邊，而能遇上索伊族人是因為幫了多里亞德莎的關係。

而且單憑巴爾特、哥頓及葛斯三人，不可能如此精采地攻陷梅濟亞城。

世間萬物都在不可思議的時候連結在一起，為了其他人所做的事，到頭來幫了自己。巴爾特心想，這其中蘊藏著旅行的樂趣及生存的奧妙。

3

城前廣場轉眼間成了大宴會場地。遠方村莊的人們聽見消息也開始聚集而來。雖然時間已是晚上，人數卻不斷增加，柴火熊熊燃燒，簡直是萬人空巷。

中央的座位上坐著察爾克斯一家與巴爾特一行人。其中在火焰映照下，使得在黑夜中依然輪廓分明的綠色巨人們最受矚目。

人們都在議論紛紛，連以凶暴聞名的葛爾喀斯都趕來助哥頓・察爾克斯一臂之力。這說明了領主的德望，也是繁榮之兆。

今晚的事將會在領地各處中傳頌好一陣子吧。

安格達魯、什束克及梅利特戈三人從來沒有和這麼多人類共進酒食的經驗，雖然有些不知所措，但還是任憑眾人斟上燒酒，再一一灌下肚。

「唔，這好吃。」

「喔喔！安格達魯大人，人類的料理也很不錯嘛！」

「…………」

三位都非常喜歡黑蝦盔甲燒這道菜。察爾克斯家的廚師由此證明，他的技巧連葛爾喀斯特都能收服。

後來才趕過來的遠方村落村長們聽完土耳克的敘述，開始跑來向哥頓提出請求：「請讓我們加入實現領主大人夢想的行列。」。每每聽到這些話，哥頓都會表現出滿心的感激，朗聲喊著：「大家一起努力吧！」

「來來來，菜煮好了！」

廚師端了一大盤料理出來，瀰漫著一股濃烈的香氣。

「這是水夫鳥的葡萄燒。這道料理必須先幫水夫鳥放血，取出內臟後塞入三種葡萄，再在皮上搓入鹽巴和葡萄，最後拿去烘烤而成。每個部位吃起來都是不同的味道，請各位好好地享受它的滋味。」

說完之後快步走回廚房。今天應該忙到連休息的時間都沒有了。

「巴爾特大人，讓我來為各位夾菜。」

尤莉嘉熟練地切著肉。巴爾特取來一根柴火，照亮了尤莉嘉的手邊。

「哎呀，謝謝您。」

「嗯、嗯。」

巴爾特含糊地回答道。因為他將亮光舉至尤莉嘉手邊，雖然有部分是為了想利於她分菜，但是其中也有想要仔細看清楚這道料理的意思。

昏暗的月色中，只看得見一塊黑色塊狀物。原來那是被烤成美麗金黃色的水夫鳥，體型極大。真是隻美麗的水夫鳥。表面滋滋作響地冒出融化的油脂。這些脂肪藏在皮膚下方，經過烘烤就會滲出來。不過水夫鳥油脂豐厚，要是想充分烤熟就一定會烤焦。但是，如果不烤到表皮微焦的程度，中間又烤不熟。

然而，這道什麼「葡萄燒」似乎完全不同。被烤成金黃色的表皮滋滋作響地冒著油泡，卻沒有烤焦。但又散發著一股已經充分烤熟的香氣。真不可思議。

而且這股氣味也有些奇特。脂肪雖然已經完全融出，卻未必帶著一股油膩的臭味。這清爽的油脂氣味還帶著一股清涼感，這味道實在令人垂涎三尺。

——忍、忍不住了。

巴爾特被切好的肉吸引過去。

首先是皮的部分。一般表皮會在烤過之後丟棄。但是巴爾特的直覺告訴他這皮不能丟，應該很好吃才對。巴爾特一邊呼呼地吹著氣，咬下烤得熟透了的表皮邊緣。

一陣「啪哩」的清脆聲響起，巴爾特輕易地咬斷了皮——應該說折斷了。這表皮被烤得十分酥脆。鹽巴確實帶來了鹹味，葡萄的香甜也滲入其中，真是太好吃了。

難以言喻的香氣及甘甜。要怎麼烤才能烤出恰到好處的美味表皮呢？

巴爾特仰頭喝下一大口紅酒，再咬下一塊表皮。這個「啪哩」的聲音怎麼聽都覺得很悅耳。仔細咀嚼，嘴裡會想起啪哩啪哩的聲音。大量的脂肪在口中化了開來，卻不帶半點油臭味。廚師說上面抹了葡萄，不過這不單單只是葡萄汁液，表皮本身具備的複雜苦澀滋味，為單調的油脂味道帶來了變化。而且應該不止如此，其中還藏了別的巧思。

——唔唔唔，為什麼之前在這裡停留時，沒有吃到這道呢？

巴爾特接著咬了一口肉。沒記錯的話這是靠近頸部的肉。充滿嚼勁的口感，仔細咀嚼後漸漸冒出一股甘甜味。這也很好吃。

巴爾特再吃了一塊表皮之後，開始吃起其他部位的肉。這應該是靠近腹部的肉吧。

——喔喔！

膨鬆柔軟。但是咀嚼起來又鮮美十足，這是只有上等肉品才有的味道，屬於紅肉的深奧滋味。葡萄汁液與肉汁混在一起，才能引出這樣的味道吧。而且，這葡萄汁的味道和表皮上的葡萄味道又有所不同。這麼說來廚師好像提過，共抹了三種不同的葡萄來著？

對了！這道料理的關鍵就是用上了三種葡萄。廚師希望引出每個部位的肉的不同味道。廚師就是將肉與三種葡萄結合，做出了巧妙的安排。嚼著大塊的肉吞下，肚子一口氣有了滿滿的飽足感。

巴爾特突然注意到肉旁邊的醬汁。因此，他用肉片沾取醬汁送入口中。下一秒，一陣讓腦海震盪的感動襲向巴爾特。

——怎麼會……怎麼會這麼好吃！

水夫鳥流出的濃郁肉汁，配上烤過的葡萄滲出的汁液、某種濃烈的燒酒，還有好幾種的辛香料。這些食材全部混合在一起，形成一股難以言喻的深奧滋味。口中的餘韻促使巴爾特將倒入碗裡的紅酒一口飲盡。

——啊啊……

巴爾特喘了口氣，擺在盤子邊緣的葡萄突然映入眼簾。原本他覺得葡萄會妨礙他享受肉的滋味而不吃，但是這些葡萄讓他在意得不得了。說到底，尤莉嘉不可能專程幫他夾不能吃的菜。

巴爾特稍微把鼻子湊過去，聞到一股馥郁的香甜氣息。

——喔喔？

他突然再也忍耐不住，抓了一顆葡萄丟進口中。葡萄已被切成兩半，並且已經去了籽。應該很甜的成見給了他雙重背叛。原來這種葡萄酸味較強，烤得芳香無比的風味完全不干擾肉的餘味。但是要說它不甜嗎？它很甜。但是，這不是葡萄本身的甜味，而是在葡萄表面附著了類似焦痕的東西才是甜味的來源，而且散發著濃郁的香氣。

——是砂糖！

葡萄上灑了一層砂糖，而焦化的砂糖發出香甜的氣味。而且，混合了水夫鳥滲出的精華之後，引出一股很難形容的濃郁口味。總之，烤過的葡萄居然會這麼好吃，而且和葡萄酒如此契合，讓巴爾特感到十分驚奇。而且，先吃一口葡萄再吃水夫鳥的肉，再次將肉的美味提升一個檔次。

——原來是這樣！我知道了。

表皮能夠烤得這麼又香又脆的祕密是砂糖。在料理即將烤好的時候，毫無遺漏地撒上一層薄薄的砂糖。砂糖與表皮滲出的油脂，以及被抹在表皮的葡萄汁液混合之後，引來火勢在表皮燃燒，讓表皮上漸漸附著一股雅致的甜味。而且，由於不同的部位抹上了不同種類的葡萄，甜味也隨著部位而有不同的變化。

——啊啊！

巴爾特感到一陣暈眩，砂糖這種調味料居然如此深奧，人的技巧居然能如此玄妙。

表皮、肉、葡萄和紅酒。雖然只是這幾種食物，但是其味道之深奧真是沒有言語可形容。陶醉其中的舒暢感將巴爾特包圍其中。

畢竟最近一直處於連續不斷的緊張之中。真是多災多難的每一天。而今天的攻城之戰更是其中之最。但是作戰成功，米杜爾也平安無事，並收復了失城。而且沒有半個人犧牲。

巴爾特已是又累又餓。此時能夠吃到美味的食物，喝到好喝的酒，讓他整個人平靜了下來。今晚暫且能夠無憂無慮地睡上一晚，這居然是這麼幸福的事。反過來說，辛苦過，在苦難中抗戰到底，然後筋疲力盡之後，才能讓這美味更加令人愉悅。

——或許越辛勤勞苦，才能顯得食物更加美味。

忽地回過神來，巴爾特才注意到哥頓．察爾克斯正在說故事。四周的所有人都在側耳傾聽著。哥頓在說的是他在旅行中遇見的事，同時也是巴爾特的故事。巴爾特一邊打著瞌睡，一邊聽著他說故事。

哥頓就著醉意，鉅細靡遺地說起「人民的騎士」及一行人救濟民眾的故事。哥頓並不是很會說話的人，但充滿真摯情感的體驗談讓故事十分具有真實性。

每當說到精彩的地方，聽眾就群情激動。聽見三兄妹的報仇故事，大家都流下了眼淚。提到山澗小屋的危機，大家都捏了一把冷汗。無辜的工匠被捕一事也讓大家極為憤慨。聽到柯爾柯露杜魯的美味，大家都垂涎三尺。

但是不管怎麼說，最受歡迎的還是多里亞德莎的故事。

每個人都再三要求哥頓講美人子爵的冒險故事。為了保護公主騎士，勇敢地面對具有壓倒性優勢的騎士隊，這個場面引起一陣譁然。講到巴爾特接下尋找並狩獵魔獸的無理要求這一段時，眾人都鼓起掌來。最後終於打倒大紅熊魔獸，公主騎士感動落淚的場面也引來大家一陣鼻酸。

坐在中心位置聽著這些故事，巴爾特的心中五味雜陳。大致上哥頓都算依事實直說。雖然是照事實說，但是在哥頓所說的故事裡，巴爾特彷彿成了天下無敵的英雄。

巴爾特只要拿起劍就勇猛無雙。他的劍技及體力過人，哼著歌就能躲開並卸去哥頓的猛烈攻擊，連他國畏懼不已的將軍都能擊敗。他不僅只能感化人類，觸角還深及亞人，和應該與人類毫無交集的亞人們結下親密的羈絆。被他遇上的惡人會自露馬腳，自取滅亡，善人都能免除罪孽，歡欣雀躍。巴爾特曾踏足的所有城鎮，在他離開時都會對他充滿敬愛及深厚的

感謝之意。他是個不屈不撓的指導者，從不畏懼任何困難，為夥伴們帶來勝利及幸福。

他對民眾憐憫至深、雄才大略、情深義重，是位知道何謂真實正義的騎士中的騎士。

——再怎麼說這也太誇張了。

不，這並不誇張。在哥頓眼中的巴爾特就是這樣的人。而且，這也不是單純的自吹自擂。哥頓在旅行中學到了什麼，接下來打算如何統治這塊領地，這些熱情的想法都強烈地傳了過來。

話雖如此，巴爾特雖然被捧成了童話故事中的英雄，卻讓他著實如坐針氈，睡意也完全消失了。

——哎呀呀，連這種荒唐的故事也信以為真，果然是鄉下人啊。

巴爾特心裡這麼想著，不經意往旁邊一看。

騎士麥德路普、騎士拉荷里達和勇士什柬克、梅特利戈正看著巴爾特。他們的眼裡充滿了無法掩飾的敬畏之情。

——這教我不喝酒怎麼撐得下去！

巴爾特灌了一大口碗裡的紅酒。

他走到稍遠處，坐下來小口小口啜著紅酒，神情微醺地看著周遭的一切。

大家的表情都閃閃發亮。

士兵、村民、男男女女都一樣。

大家都帶著開心的表情，一邊吃吃喝喝一邊談天說地。

老舊的木材不停送來，被劈開放進火堆。每個人都希望在今晚盡情享樂。

冬天的夜晚十分寒冷，呼出的氣雪白。四處的篝火燃燒著熊熊烈火，火勢彷彿要驅盡今晚的寒意。

哥頓・察爾克斯依然熱情地講述著他的故事。

圍在他四周的人一片歡聲雷動。

熊熊燃燒的不只是篝火。

梅濟亞領地所有人的心中也燃起了一片烈火熾焰。

與哥頓・察爾克斯共度今晚的人們心中燃起了引領的火焰。

想必他們會讓它延燒下去。

這引領的火焰將帶著人們走上幸福之路。

這塊領地接下來將會繁榮許久。

巴爾特帶著作夢似的心情這麼想著。

終章

1

「伯父，我有事相求。」

「哥頓，什麼事？」

「我想請您成為米杜爾進行騎士誓約的導師。可以的話，今天就舉行也行。」

「喔喔！真是恭喜他了。可是，等等……米杜爾不是才十八歲嗎？應該稱不上已累積了足夠的騎士修行吧？」

「伯父，事情也講究時機。我認為對米杜爾來說，今天就是那個時機。」

「嗯，既然你都這麼說了，就這麼做吧。我願意欣然接下導師的任務。」

「謝謝您。然後我還有一個請求。」

「什麼請求？」

「等米杜爾成為騎士之後，我想派他到庫拉斯庫去一趟。我想麻煩您陪他一同前去。」

「哦？」

一問之下，原來是哥頓想要讓米杜爾以領主使者的身分前往庫拉斯庫，採買柯爾柯露杜魯，並希望他去找出飼養方法及所需飼料。簡單來說，哥頓希望能在自己的領地繁殖飼養這種鳥類。

這正是所謂的打鐵要趁熱。

梅濟亞領地剛經歷過一大變故，米杜爾被捲入此次事件，遭人玩弄於股掌。想必他也深切地感受到要維持一塊領地不是件易事。要趁他這股熱情尚未消退的時候，讓他背負梅濟亞領主之名前往遠方地區進行交易。這個計畫如果成功，能讓領地富饒，讓人民幸福。一旦失敗等於把大筆金錢丟進水裡。在讓身為領主繼承人的米杜爾有所成長的同時，還能試著取得新的特產品，說起來是個一石二鳥的嘗試。

——這傢伙滿有領主的風範嘛。

巴爾特一直認為哥頓的思維不夠細膩，但是，這次的安排極為細緻且恰合時宜。果然他與生俱來就流著領主的血。而這樣的血脈在這次的事件中一口氣顯露在外。巴爾特感受到了血統的可怕。

「錢的事我會想辦法去籌措的。」

接下來一段時間，哥頓都忙於幫庫里多普幹的好事收拾善後。庫里多普似乎大肆揮霍了不少。失去的武器應該幾乎都買不回來了。這種狀況下，他還必須施恩於因為無理苛徵稅收而苦不堪言的領民。

「哥頓，這些錢你先拿去吧。」

巴爾特遞給哥頓二十萬蓋爾的金幣。

「伯、伯父？您這是？」

「不必驚訝。亞夫勒邦閣下答應支付八十萬蓋爾作為購買魔獸毛皮的費用，這是那筆費用的四分之一，也是你應得的部分。你就大方地收下吧。當初說好那八十萬蓋爾會送到洛特班城，我到了那邊再收錢就好。」

其實這二十萬蓋爾幾乎是巴爾特身上所有的錢，把這筆錢交給哥頓之後，他也會有些辛苦。不過，下次要渡過奧巴大河時會再繞去臨茲伯爵那裡一趟，再提領一些寄放在那裡的錢就好。巴爾特認為自己應該有辦法撐到那個時候。

「喔喔喔！伯父、伯父，真是太感謝您了。」

「真是的！別為了這種小事哭啊。」

在巴爾特的引導之下，米杜爾完成了騎士宣誓。

見證人除了領主哥頓、重要的家臣之外，還有帕魯薩姆王國邊境騎士團副團長麥德路普．葉甘、騎士拉荷里達及索伊氏族族長恩凱特．安格達魯、代理族長勇士什柬克和年輕武士梅特利戈，最後再加上葛斯．羅恩等豪華陣容。

過去可沒有任何一位騎士在騎士就任時，接受過葛爾喀斯特的祝福。不得不說米杜爾真是個幸運的人。

附帶一提，年輕武人梅特利戈在城內中庭中的凶猛戰鬥模樣廣為流傳，城裡的人對他都十分畏懼。這件事似乎讓他非常痛快，總是踩著沉重的腳步在城裡四處遊盪，把民眾嚇得直發抖，並以此為樂。

看著兒子成為騎士的模樣，身為父親的凱涅眼淚掉個不停，還抽抽噎噎地哭了起來。陪在他身旁的尤莉嘉則撫著他的背，安慰著他。

「安格達魯閣下、麥德路普閣下，我要陪米杜爾．察爾克斯前往庫拉斯庫。我們得在這裡分道揚鑣了。」

「巴爾特閣下，我奉命必須將您帶到洛特班城。等事情辦完，可否請您到洛特班城來一趟？」

「那當然，我還要去看邊境武術競技會呢。翟菲特閣下應該會幫我打理一切才是。」

「您要來看邊境武術競技會！但是……啊，您和王子殿下的關係非比尋常，既然團長都這麼說了，應該有什麼方法。庫拉斯庫這個地方離這裡很遠嗎？」

「唔唔嗯，應該有足足八十刻里吧。或許有九十刻里左右。」

「這樣的話，時間還相當充裕。邊境武術競技會將於明年四月一日舉行，請務必在開始的前兩天抵達洛特班城。」

麥德路普似乎不怎麼把九十刻里這個距離當一回事。不過這麼想起來，麥德路普的距離感是基於在平原上策馬前行的距離感。而翻越邊境的高山深谷及森林的九十刻里又是另一回事了。但是沒有必要特別提這點。

「了解。」

「恩凱特．巴爾特．羅恩。」

「喔喔，安格達魯格下，這次也承蒙你多方照顧了。」

安格達魯默默地盯著巴爾特不放。

最近巴爾特開始能大致上猜得到他的想法了。安格達魯想說的是：「我們也受到了你的幫助，謝謝。」

但是要他對區區人類說出這麼謙恭的話，是絕對不可能的。所以他才會不發一語。

安格達魯倒是說出了這麼一句話：

「你知道索伊氏族養著一種叫亞孜的野獸嗎？」

「喔喔？沒聽過。」

亞孜。

那究竟是什麼樣的野獸？

「亞孜的肉好吃得不得了。」

安格達魯只說了這些，接著又陷入沉默。但是巴爾特也能理解，他的意思是要巴爾特前來享用亞孜肉。

「這樣啊！要是我前去拜訪，你們會端出那個什麼亞孜肉來招待我嗎？」

「恩凱特．巴爾特來訪的時候，索伊氏族應該會帶著憐憫之心，歡迎你們的到來。」

換句話說，就是讓他也帶著夥伴來的意思。

這個時候巴爾特還不知道，葛爾喀斯特族招待人類來到氏族一同用餐，是極為特別的一件事。他們甚至不常招待同一族的其他氏族前來用餐。擺放在氏族餐桌上的，都是蘊含著祖先靈威的供品，吃下這些食物，就代表將氏族祖先的靈威吸收進自己的體內。況且在這種情況，他還讓巴爾特帶夥伴前來，安格達魯已對巴爾特表現出了最深的厚意。

「真是令人期待，我必定找時間前去拜訪。」

當晚舉行了米杜爾的騎士就任慶祝宴會。隔日一早，安格達魯、什東克、梅特利戈、麥德路普及拉荷里達五個人離開了城內。

3

又隔了一天，在巴爾特見證之下，哥頓把米杜爾喚至領主室，還叫上了四位年輕人。哥頓對一臉緊張的米杜爾說：

「騎士米杜爾．察爾克斯。」

「在，領主大人。」

「我將賦予你一個任務。你必須在巴爾特大人的帶領下，前往北方的艾古賽拉大領主領地，拜託一座名為庫拉斯庫的小鎮，向他們購買名為柯爾柯露杜魯的雌鳥及雄鳥各十隻。」

「艾古賽拉大領主領地……遵、遵命。」

「柯爾柯露杜魯味道極佳，肉量厚實。這種鳥不會飛，所以也方便管理。再加上成長速度快，會生下許多的蛋。牠的蛋相當大顆，好吃又營養豐富。我非常希望能在我們領地多加繁殖。」

「是、是。」

「這份委託書可證明你是領主的代理人。」

「是。」

「然後這些是經費。」

哥頓將裝有二十萬蓋爾金幣的布袋，咚地一聲放在米杜爾面前。米杜爾從來沒看過這麼多錢，驚訝地瞪大了眼睛。

「錢必須由你來管理。這裡面包括了購買柯爾柯露杜魯的錢、支付給對方官員的謝禮、路上的住宿費用及餐飲費用、購買柴火及馬飼料，還有保管費等等所有費用。該花的錢就要花，不該花的就省下來。然後把所有花費的項目及金額記錄成冊，回來之後跟剩下的錢一併提出。」

「是，知、知道了。」

「羅恩閣下將以兼任帶路人及介紹人的身分與你同行。不用說，這是我拜託羅恩閣下擔任帶路人。他的所有經費都以這筆金錢支付。」

「是。」

「關於柯爾柯露杜魯的飼養方法及飼料等資訊，你必須詳加詢問並記錄。等你回來之後，飼養柯爾柯露杜魯一事的執行將歸在你的責任範圍內。一定要用心學。」

「是、是的！」

馬車、馬和武器都準備好了。幾位年輕人會輪流負責駕馭馬車。

巴爾特一直認為葛斯當然也會跟來，但是在跟他提起要去庫拉斯的時候，葛斯是這麼說的：

「主人，我要留在這裡。」

「什麼？」

巴爾特想了一下為什麼，心裡立刻有了個底。

班其·察爾克斯。

在巴爾特等人攻進梅濟亞城時，庫里多普的兒子班其的確在他身邊。但是當庫里多普從城牆下來時就不見人影了。換句話說，班其是從別的樓梯下樓。在這個時間點，他從別的樓梯下樓就代表放棄保衛城堡。葛爾喀斯特們也有提到，曾看到一位騎士策馬衝出城外。班其·察爾克斯早早就拋棄家人與臣子逃走了。而且從被抓起來的騎士們的證言來看，他似乎還帶走了相當大筆的金錢。

被釋放的流浪騎士和聘來的士兵都還沒走遠。即使他們沒有打壞主意，剛發生大騷動的領地容易遭惡徒盯上。有個技藝高超行動靈活的人在，哥頓應該能得到助力。

巴爾特對葛斯的體貼感到佩服。

4

「巴爾特大人！請再來一次！」

「嗯！你上吧！」

巴爾特正在陪米杜爾訓練。在庫里多普的謀反騷動中，他應該親身感受到騎士最重要的果然還是武力。在這次的旅途中，米杜爾只要一抓到機會，就會求巴爾特為他進行訓練。巴爾特也爽快地答應下來。

或許是受到這個刺激，四位隨行的年輕人也開始要求訓練。哥頓跟巴爾特提過，這四位都是鄉士子弟，他有意將這幾位培養成騎士，成為米杜爾的親信。每個人都學問淵博，體格良好，多少對武藝有些認識。

一開始巴爾特是同時幫五個人進行訓練，但是身體實在撐不住，腰部和肩膀痛得不得了。後來他讓年輕人自己互相練習，最後由他做訓練的結尾。

很遺憾的是米杜爾沒什麼劍術才能，力氣也不怎麼大。不過，持久力倒是出類拔萃。真不愧是和哥頓流著同樣血脈的孩子。巴爾特花了許多時間在米杜爾身上，對他進行仔細的指導。

冬天的旅行非常辛苦且嚴苛，但是從五位年輕人身上完全沒有感到絲毫悲壯的感覺。一路上總是活力十足，樂在其中。旅行本身和路上見到的一切帶來的新鮮感，以及身為領主代理人遠赴他鄉的使命感讓米杜爾非常亢奮。米杜爾散發出來的熱情，讓另外四個年輕人也很興奮。一開始雖然不太熟悉野營準備，但是很快就適應了。過了十多天，旅行的步調也開始穩定了下來。已經稱得上是有模有樣的旅人了。年輕怎麼會如此耀眼呢？

途中一行人經過特厄里姆領地。因為哥頓拜託巴爾特前去確認目前狀況。

現任領主是前任領主的親戚。他已調降過去的不合理稅率，徵收稅金的執行也變得比較寬鬆。巴爾特可以感覺到每個人都容光煥發。

城郊立了一個塚。這個塚是用來祭奠恩巴夫婦及他的三個孩子。據說是在前任領主被殺的前一天，曾經見過三兄妹的旅行商人提議下建造而成。塚前供奉了許多供品，不過其中最多的是葡萄乾。

據說是因為其中一位孩子在死前……

「葡萄乾好好吃！謝謝！」

留下了這句話。

新領主找出恩巴的親戚之後，將他們提拔為武人。看見領主的這個舉動，民眾明白了新領主的盛情厚意，大家都感到非常開心。

米杜爾和四位年輕人都曾在「旅行記趣的晚宴」中，直接聽哥頓說過三兄妹的報仇故事。五人將從梅濟亞領地帶來的三色葡萄乾供奉在三兄妹的塚前，參拜了許久的時間。

——哭吧！憤怒吧！這些情感都將成為你們的血肉。

巴爾特對著他們的背影說道。

抵達庫拉斯庫後，突然被帶到首任領主哈道爾．索路厄魯斯面前，盛情款待了一番。而且慷慨地答應了關於收購柯爾柯露杜爾一事，並且鉅細靡遺地針對飼育的注意事項全說了一遍。米杜爾踴躍地發問，然後將學到的東西記錄在冊子裡。

準備好的載貨馬車裡塞滿了鳥和伴手禮。當然也沒有忘了布蘭酒。

旅途的回程中，年輕人們的矯健身手已經不可同日而語。他們真的學得很快，也成長得很快。不久之後，將會迎來由他們扛下梅濟亞領地未來的那天。當他們下一次踏上這條路，應該已經站上了指導下一代年輕人的位置了吧。

他們剛好在本年度最後一天回到梅濟亞領地。

過完年後，巴爾特就六十歲了。

終於要和哥頓．察爾克斯道別了。凱涅和尤莉嘉為了慶祝新年到來舉辦了三晚的宴會。而在最後一天晚上，他們做好了一切安排，不讓任何人打擾哥頓和巴爾特好好聊聊。回憶怎麼聊也聊不完。

巴爾特、葛斯向哥頓及他的家人告別，回到了臨茲。此時，臨茲伯爵提出了一個請求。南邊有兩個村莊遭到野獸襲擊毀壞，他曾派遣士兵前往，卻反而只是蒙受其害。似乎是狼型魔獸作祟。正當他在猶豫是否要向德魯西亞家求助時，巴爾特正好回來了。

結果，敵人是兩隻長耳狼（巴露班）魔獸。巴爾特和葛斯將牠擊退。

巴爾特拜託臨茲伯爵用牠們的毛皮幫葛斯訂製一件盔甲。

之後兩人渡過奧巴大河，策馬飛奔至洛特班城。

他們得去觀賞多里亞德莎的戰鬥。

為了前往邊境武術競技會觀戰，必須在開賽日的前兩天抵達。但是兩人稍微花了點時間在處理長耳狼一事，而且跟去程不同，無法利用帕魯薩姆王國的堡壘及補給所，所以時間已經迫在眉睫。雖然每天都數著日子，但實際上可能會差個一兩天。

巴爾特原本很擔心喬格·沃德會不會在路上等著，所幸最後沒有遇上他。

最後一天他們在破曉前動身。

巴爾特和葛斯策著愛馬奔馳，太陽在他們右側升起。

山脈的頂峰閃耀著金黃色的光芒。

金黃色的光芒遍照在萬里無雲的天空及沙漠之中，兩人彷彿誤闖進了諸神的國度。

陽光下奔走的兩匹馬翻越巨大沙丘時，遙遠前方的洛特班城若隱若現地出現在眼前。

（邊境的老騎士②新生之森　完）

不管該稱之為科幻小說還是奇幻小說，我認為以虛構世界為舞台的故事的醍醐味，可說是在於與未知事物的邂逅所得到的喜悅。

有位擅於描寫虛構世界的名作家，名叫羅伯特．西爾柏格。每當我和他的作品相遇，都會感嘆他所建立的世界觀是如此精妙。附帶一提，本書第一集第二部第九章〈恩賽爾大人之城〉的標題就是在向他的《瓦倫廷君王的城堡》致敬。（註：《Lord Valentine's Castle》，目前未有台版譯本）

那麼，如果你問我對他的哪本著作印象最為深刻，我會說是《從地球上消失的生物》。

或許大家會認為我為什麼偏偏要選一本非小說的書，不過這本書濃縮了與未知事物邂逅的故事。

這本書的主角是過去曾經存在於地球上，但是現今已經絕種的動物們。渡渡鳥這種鳥感覺只會出現在童話故事中，而大地獺這類型的怪物直到比較靠近現代的時期，都還在森林中昂首闊步的說法非常幻想。

原牛、大海牛（儒艮）、大海雀、短尾矮袋鼠、恐鳥（摩亞鳥）、旅鴿……這些動物們，過去曾經存在於這個世界上，但是我們和我們的子孫卻永遠沒有機會再見到牠們。而當我們踏上歷史之旅與牠們相遇時，就會知道我們所在的這個世界，遠比我們想像的更加遼闊及不可思議。

其中最精彩的就屬博物學者斯特拉的冒險了。

斯特拉以醫生的身分接受聘僱，成功登上冒險家白令的船。他從堪察加半島出港，成為首次踏上阿拉斯加土地的歐洲人之一。雖然他以第一眼看到的生物為線索開始進行採集，但是聖彼得號只停留一天就踏上了回程。不過，他們歷經冬季暴風雨及船員罹患敗血病的苦難才抵達的這座島，正是日後被命名為白令島的未知生物寶庫。

在隊長白令及多位高級船員因為疾病或疲勞而倒下的情況中，成了指揮者的斯特拉發現高營養價值的生物，讓船上的人員回復了健康。並請他們利用嚴重損壞的船隻木材打造新船，等待春天到來後，再出航返回祖國。

這個冬天的期間，斯特拉觀察到的生物記錄成了世界之寶。也很少有博物學者能在這麼短的時間裡，遇見這麼多新品種的生物吧。後來，他在年紀輕輕就不幸死亡，但是在白令島上發現的海牛、冠藍鴉、鴨子、軟體動物、三種魚類、渡渡鳥、數種植物和兩座山都冠上了他的名字，這些事物永遠歌頌著他的偉業。

斯特拉所寫下的大海牛相關觀察記錄，成了唯一一篇正統學者的記錄。因為在斯特拉發現這種生物之後，牠就絕種了。為什麼會絕種呢？因為牠好吃且營養豐富。附帶一提，過去旅鴿幾乎覆蓋了整片北美大陸的天空，後來會絕種也是因為它的肉實在太美味的緣故。

那麼，《邊境的老騎士》第二集中刊載了地圖。由於巴爾特一行人東奔西跑，為了讓各位讀者在閱讀過程中不至於混亂，需要有張地圖。

但是，希望各位不要忘記——巴爾特手上沒有地圖。這個世界中，沒有任何人已將邊境地帶走遍。邊境地帶中，來來往往的人煙相當稀少，人類未曾踏足的地方遠遠多上許多。

巴爾特的每一步、每一個腳印，就是與未知世界的一場邂逅。

地圖表現出來的距離感無法反映出要抵達這些地點有多困難。而這些地點有多麼危險，從地圖上也看不出來。還有很多東西無法一一寫出，而這些地方也都各有不可思議的地方。

如果是像朱露察卡那種人，或許能輕鬆畫出一張地圖。但是，那張地圖並不是一張被完全馴化的地圖。只要踏進地圖上沒有畫到的區域，就有可能進入陌生亞人的統治範圍，或者是魔獸橫行的地點，也可能是人類完全無法靠近的天然要害或祕境。

前往未知地點的旅行也會再次遇見未知的味道。在邂逅陌生動物、魚或是果實，享受著每塊土地的調味料及烹調方法的同時，旅行會繼續走下去。即使是同一種的魚，只要棲息在不同的水域，味道也會不同。

此外，對於巴爾特來說，大陸中央地帶也是個陌生的世界，他將會在此體驗到各式各樣的驚奇事物。

請各位讀者和巴爾特一同享受這場美食冒險。

對了，不過！

大海牛。

還有旅鴿。

我都好想吃吃看啊……

二〇一四年八月　支援ＢＩＳ

老騎士巴爾特一行人也被捲入了

以洛特班城為舞台的
邊境武術競技會終於展開。
多里亞德莎能夠得到
自己企求的優勝嗎？

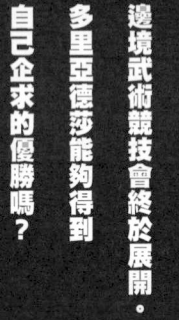

英雄豪傑們的

邊境的老騎士 3

作者 支援BIS　插畫 笹井一個

2019年夏發售預定

熾熱之戰!!

插畫 zpolice 多宇部貞人
魔王大人的究極饗宴
大排長龍的魔王食堂
Kadokawa Fantastic Novels

與佐伯同學同住一個屋簷下 I'll have Sherbet 1~3 待續

Kadokawa Fantastic Novels

作者：九曜　插畫：フライ

校慶時，總會有什麼事情即將發生的預感——
同居＆校園戀愛喜劇第三幕即將開演！

睽違四個月回老家一趟，也因為櫻井同學的提案，和佐伯同學一起去了游泳池，我——弓月恭嗣和她的同居生活在暑假期間還稱得上順遂。緊接著時序來到九月，水之森高中進入了第二學期，也即將迎來的校慶。回過神來，這一年也走過一半了——

各 NT$220~270/HK$68~80

艦隊Collection 瑞之海，鳳之空 1~3（完）

Kadokawa Fantastic Novels

作者：むらさきゆきや 協力：「艦これ」運営鎮守府 插畫：有河サトル

深海棲艦襲向戰力銳減的鎮守府！
為您獻上高潮迭起的結局！

鎮守府為加強大家的基礎體力而舉辦運動會！然而總司令部下達的「戀愛禁止令」，讓瑞鳳對提督的心意產生了波折……此時，要求「攻下深海棲艦前線基地」的作戰內容發布下來，卻導致防守戰力薄弱的鎮守府反被鎖定!?提督與瑞鳳的戀情將何去何從……？

各 **NT$190~200/HK$58~60**

幻獸調查員 1 待續

Kadokawa Fantastic Novels

作者：綾里惠史　插畫：lack

**少女懷著「人類與幻獸共存」的夢想，
與蝙蝠、兔頭紳士一起展開旅程——**

襲擊村莊卻不取人性命的飛龍用意為何？老人莫名陷入的貓妖精的審判將如何收場？村莊中獵捕少女的野獸又是何種怪物？擁有獨特的生態與超自然力量的生物——幻獸。國家設立了負責調查幻獸，有時予以驅除的專家機構。這是殘酷又溫柔的幻想幻獸故事。

NT$200/HK$60

田中～年齡等於單身資歷的魔法師～ 1 待續

Kadokawa Fantastic Novels

作者：ぶんころり　插畫：MだSたろう

單身資歷與年齡相等的田中（36）
在異世界衝擊性妄想的轉生奇幻故事！

死於非命的田中生前就是一臉衰樣，向神要求玉樹臨風帥哥臉卻被遭拒，於是討了作弊級治療魔法後，開始了異世界生活。然而才一上街就被關進牢裡，遇到的每位女性也冷淡無比。但他毫不氣餒，以各種淫穢想像為食糧享受這世界的種種……

NT$240/HK$75

異世界
different
world
Foundation
櫻木櫻
插畫 屡那
建國記
1
Kadokawa Fantastic Novels

怕痛的我，把防禦力點滿就對了 1 待續

Kadokawa Fantastic Novels

作者：夕蜜柑　插畫：狐印

防禦力×全點＝無雙!?
怕痛少女悠悠哉哉大冒險！

梅普露缺乏一般遊戲常識，把所有配點都灌到防禦力（VIT）去了。雖然動作緩慢又不會用魔法，卻意外取得特殊技能【絕對防禦】，並以致命施毒技能蹂躪全場？不按牌理出牌讓眾玩家都傻眼的「移動要塞型」最強初學者登場！

NT$200/HK$60

5
三鏡一敏
Illustration ファルまろ
瓦爾哈拉的晚餐
～龍與弒神的主菜～
Kadokawa Fantastic Novels

熊熊勇闖異世界
7
くまなの
Illustrator029
Kadokawa Fantastic Novels

國家圖書館出版品預行編目資料

邊境的老騎士. 2, 新生之森 / 支援BIS作 ; 劉子婕
譯. -- 初版. -- 臺北市 : 臺灣角川, 2019.01
面； 公分
譯自 : 辺境の老騎士. 2, 新生の森
ISBN 978-957-564-695-0(平裝)

861.57 107019869

Kadokawa
Fantastic
Novels

邊境的老騎士 2
新生之森

（原著名：辺境の老騎士 2 新生の森）

2019年1月7日　初版第1刷發行

作　者：支援ＢＩＳ
插　畫：笹井一個
譯　者：劉子婕

發行人：岩崎剛人
總經理：楊淑媄
資深總監：許嘉鴻
總編輯：蔡佩芬
編　輯：陳凱筠
美術設計：胡芳銘
印　務：李明修（主任）、黎宇凡、潘尚琪

發行所：台灣角川股份有限公司
地　址：105台北市光復北路11巷44號5樓
電　話：（02）2747-2433
傳　真：（02）2747-2558
網　址：http://www.kadokawa.com.tw
劃撥帳戶：台灣角川股份有限公司
劃撥帳號：19487412
法律顧問：有澤法律事務所
製　版：巨茂科技印刷有限公司
ＩＳＢＮ：978-957-564-695-0
香港代理：香港角川有限公司
地　址：香港新界葵涌興芳路223號
新都會廣場第2座17樓 1701-02A室
電　話：（852）3653-2888

HENKYO NO ROKISHI Vol.2 SHINSEI NO MORI

First published in Japan in 2014 by KADOKAWA CORPORATION, Tokyo.
Complex Chinese translation rights arranged with KADOKAWA CORPORATION, Tokyo.